CREATIVE WRITING PROJECT

생각의 스위치를 켜라

창의적인 글쓰기 프로젝트

홍숙영 지음

박영사

저자의 말

알랭 드 보통은 '여행의 기술'에서 사람들은 어디로 떠날지에 대해서만 떠들 뿐 정작 떠나는 이유에 대해서는 고민하지 않는다고 불평합니다. 글쓰기도 마찬가지입니다. 사람들은 저마다 글을 잘 쓰기를 바라고 창의적인 사람이 되기를 원합니다. 그러나 그 이유에 대해서는 질문을 던지지 않습니다. 왜 창의적인 글을 써야 하는가? 책을 읽기 전에 스스로에게 이렇게 물어보기 바랍니다.

우리는 지금 언제 어디서나 모바일로 연결되고, SNS에 사진과 글, 동영상을 공유하며 소통이 자유로운 시대에 살고 있습니다. 시, 소설, 수필, 희곡과 같은 문학 장르, 기사나 사설, 논문 등 딱딱한 글, 시사교양, 뉴스, 드라마, 다큐멘터리를 포함하는 TV프로그램, 영화, 연극, 뮤지컬, 웹툰, 웹 소설, 웹 드라마, 전시기획, 도시 재건 프로젝트, 기업의 사회공헌마케팅에 이르기까지 모든 콘텐츠의 근간을 이루는 것은 글입니다. 그냥 글이 아니라 창의적인 아이디어로 쓴 창의적인 글이 기본이 됩니다.

작가나 기자 등 전통적으로 '글쟁이'라 불리던 사람들에게만 요구되던 글쓰기 능력은 이제 모든 분야에서 필수가 되었습니다. 재미있고 독창적인 아이디어가 담긴 기획서, 조회 수가 어마어마해서 영화화된 웹툰, 원하던 직장에 합격하게 된 일등공신인 자기소개서, 공모전에서 상금을 받게 된 나만의 창작스토리…….

이제 우리는 "왜?"라고 던진 질문에 대해 답을 찾아야 합니다. 성공하고 싶거나 인정받기를 원하기 때문일 수도 있고, 부를 획득하기 위해서일 수도 있습니다. 그렇지만 가장 정답에 가까운 것은 이야기하기라는 본성에 따라 인간이면 누구나 창의적인 글쓰기를 갈망한다는 것이 아닐까 합니다. 재미있고 독특한 이야기를 소재로 글을 쓰고 그것을 다른 사람들에게 전파하고 싶어 하는 것은 인간 본연의 자연스러운 욕망입니다.

아이디어의 씨앗은 어디에나 널려 있고, 창의적인 글쓰기는 그런 씨앗을 찾아 심고 가꾸는 작업입니다. 하나의 멋진 문장을 찾는 것은 복권에 당첨되기를 기다리거나 길거리에서 일확천금을 줍는 횡재를 바라는 것과 마찬가지입니다. 좋은 글, 재미있는 글, 인기 있는 글은 생각을 쥐어짠다고 해서 한 번에 쓸 수 있는 것은 아닙니다. 매일매일 자신의 생각과 주위에서 일어난 일을 새로운 듯이 바라보고 기록하는 습관을 들여야 합니다. 단기기억상실증에 걸려 하루만 지나면 누가 누구인지 자신이 전날 누구를 만나 무슨 일을 했는지 전혀 기억하지 못하는 여성이 있습니다. 바로 영화 '첫 키스만 50번째(50 First Dates)'의 주인공 루시. 그녀에게는 모든 것이 처음입니다. 데이트도 키스도 사랑도. 이처럼 낯설고 두렵지만 설레는 느낌을 매일 경험하는 것이 바로 창의적인 글쓰기입니다.

보통 사람들은 글쓰기는 어렵고 두려우며 성가신 일이라고 생각합니다. 그러나 손에 펜을 잡거나 자판 위에 손가락을 올리며 쓰기 시작하는 순간 모든 걱정거리는 사라지게 되고 우리 안의 본성에 따라 쓰고 싶은 이야기가 강물처럼 흘러나오게 됩니다. 이 책은 어디에서 어떻게 시작할지 막막해 하는 사람들에게 재미있고 새로운 글쓰기의 세계를 열어 줄 것입니다. 지금부터 경이롭고 두근거리는, 창의적인 글쓰기의 세계를 탐험해 볼까요?

책 사용법

이 책의 목적은 스스로 '창의적인 글쓰기 프로젝트'를 진행하는 과정에서 글쓰기 실력을 향상시키는 데 있습니다. 먼저 창의성과 글쓰기에 관한 이론적인 부분을 공부한 다음 Creative Project를 진행합니다. 이 때 이미 이러한 훈련을 거친 사람들이 만들어낸 'Output'을 보고 이를 모방한 나만의 Creative Work를 작업합니다. 플라톤과 아리스토텔레스는 창작에 있어서 'Mimesis(모방)'의 중요성을 강조하였습니다. 그 누구라도 무에서 유를 창조할 수는 없습니다. 모방을 반복하면서 글쓰기의 기법을 익힌 다음 자신만의 창의적인 글쓰기 방식을 개발해 낼 수 있습니다. 단순히 읽는 것만으로는 글쓰기 실력을 쌓을 수 없으며 직접 글을 써 보는 것이 최선의 비책입니다. 이 책에서 제시하는 훈련법에 따라 프로젝트를 진행한다면 머지않아 글쓰기 달인의 경지에 오르게 될 것입니다.

차 례

1부 생각의 스위치를 켜라

2부 내 안의 창의성을 깨워라

3부 창의적인 아이디어를 찾아라

4부 창의적인 생각을 담아라

5부 창의성에 깊이를 더하라

제 1 부

Creative Writing Project

생각의 스위치를 켜라

창의적인 글쓰기와 창의성

모든 글쓰기는 창의적인 작업이다. 여기에 굳이 '창의적인' 글쓰기라고 덧붙인 이유는 많은 사람들이 그 방법을 몰라 헤매는 현실을 감안해서이다. 글쓰기라고 하면 일단 눈앞이 깜깜해지고 더욱이 남과 다른 글을 쓴다는 건 어렵게만 생각된다. 어떻게 하면 글쓰기가 쉽고 재미있어질까? 이것은 글을 잘 쓰는 사람이건 못 쓰는 사람이건 누구나 갖게 되는 고민이다.

글쓰기가 쉬워지려면 글쓰기에 대한 두려움부터 없애야 한다. 글쓰기 숙제가 어려워서 쩔쩔 맸던 기억이나 창피를 당했던 사건, 누군가에게 써 달라고 부탁했던 일 등 두려움이나 곤혹감을 느꼈던 시절로 되돌아가 보자. 그 일을 떠올려보고, 그것이 별것 아니었다며 대수롭지 않게 생각하자. 지금부터 잘 쓰면 된다고 자신과 약속하면 그만이다. 글쓰기는 나의 생각을 나 자신에게 혹은 타인에게 보여주는 작업이다. 나에게 보여주는 글은 자아성찰이나 스스로에 대한 만족감을 얻기 위한 목적을 지닌다. 타인에게 보여주는 글은 생각을 공유하거나 공감을 얻기 위해 쓰는 것이다. 무엇보다 글을 쓰는 일 자체가 즐거운 일이라는 것을 깨닫는 것이 중요하다. 글을 잘 쓰는 기법은 자꾸 써보고, 좋은 글이라고 인정받은 글을 소리 내어 읽고 따라 써 보면 익힐 수 있다. 그러나 창의적인 글을 쓴다는 것은 글을 잘 쓰는 것과는 다른 작업이다. 창의적인 글쓰기를 위해서는 무엇보다 창의적인 아이디어를 낼 수 있어야 하며 이는 창의적인 훈련을 받은 창의적인 사람만이 가능한 일이다.

창의성이란 "새롭고, 질적으로 수준이 높으며, 적절한 산물을 생산해내는 능력"을 말한다.[1] 여기서 특히 강조할 것은 신기하고 새로운 무언가를 상상하는 것만으로는 창의성을 설명할 수 없다는 사실이다. 창의성은 거기에 더해 무언가를 만들어낼 수 있는 능력까지 포함한다. 심지어 창의성이 발현되는 과정보다 결과물의 독창성과 유용성에 주목한 학자도 있다.[2]

크로플리(Cropley)도 창의성이란 참신한 산출물(production of novelty)이라고 정의를 내리면서 무언가를 생산해내는 능력을 강조하였다.[3] 그는 창의성을 참신성, 효과성, 윤리성의 세 가지 측면에서 설명하였다.[4] 참신성(novelty)이란 알려지지 않은 방식에 의한 생각이나 행동, 산물을 의미한다. 새로운 생각, 창조적인 행동, 독특한 결과물이 여기에 해당한다. 효과성(effectiveness)은 특정한 목표를 효과적으로 달성하는 것으로 이 때 목표란 정신적인 것과 물질적인 것을 모두 아우른다. 윤리성(ethicality)은 창의성이 이기심, 파괴적인 행동, 범죄, 전쟁도발 등과 관련해서 사용되지 않는 것을 의미한다. 이타심, 평화, 사건의 해결, 정의의 실현 등에 사용되는

'착한 창의성'이어야 한다는 것이다.

토랜스(Torrance)는 창의성을 '아이디어나 가설들을 세우고, 그 가설들을 검증하고, 그에 따른 결과를 전달하는 과정'으로 정의내리면서 여기에는 새로운 어떤 것, 즉 전혀 볼 수 없었거나 존재하지 않았던 새로운 것을 창조한다는 의미가 포함되어 있다고 하였다.[5] 정해진 노선을 벗어나 미지의 길에 접어드는 것, 그 길에서 예기치 못한 위험에 처하고 이를 해결해 나가는 것, 그렇게 발굴해낸 길에 새로운 이름을 붙이는 것이야말로 창의적인 사람들이 갖게 되는 특권이라고 할 수 있다. 그는 창의성이 모든 사람들이 갖고 있는 보편적인 것이라고 강조하면서 훈련을 통해 높일 수 있다고 보았다.[6] 실제로 많은 연구들이 제대로 된 교육환경을 제공하고 동기를 부여하며 참여와 연습 그리고 상호작용의 기회를 제공한다면, 교육에 의해 창의성을 높일 수 있다는 결과를 보여주고 있다.[7]

창의성에 관한 논의는 1957년 스푸트니크 1호의 발사와 함께 시작되었다. 미국과 소련이 서로 경쟁관계에 있던 이 시기에 소련이 먼저 인공위성 스푸트니크 1호를 성공적으로 발사하였다. 미국의 국가적 생존과 관련된 이 세계사적인 사건에서 미국은 소련보다 뒤처진 이유를 찾았고, 이 때 길포드(Guilford)를 중심으로 한 창의성에 관한 논의가 눈길을 끌게 되었다.[8] 당시 길포드는 지적능력에 대한 전통적 개념들이 속도, 정확성, 무오류성, 논리성 등 '수렴적 사고'를 지나치게 강조한다고 비판하면서 여러 분야의 정보를 탐색하고 상상력과 융통성을 발휘하여 다양한 해결책을 모색하는 확산적 사고를 제안하였다.

초기 학자들은 창의성이 보통 사람들과 다른 특별한 능력이라고 보아 타고난 재능이라고 생각하였다. 그러나 창의성에 관한 연구들이 점점 복잡해지고 다각화되면서 복수주의(pluralism)가 강조되고 있다.[9] 룬코(Runco)는 아이들이 상상력을 이용해서 표현하는 것에서부터 세계적인 전문가들이 고도의 기술을 요구하거나 광범위한 사회적 문제를 해결하는 데 이르기까지 다양한 분야에서 창의성이 활용된다고 하였다. 그는 창의성과 함께 쓰이는 '창의적인 재능'이라는 용어에 대해 이러한 능력이 단지 뛰어난 사람들의 삶에서 드러날 뿐만 아니라 개인들이 문제를 해결하는 일상에서의 창의성까지 포함된다고 보았다.[10]

이제 창의성은 일상생활에서 개인이 어려움을 해결하기 위해 아이디어를 내는 일과 같이 사소한 것에서부터 지구온난화 문제를 해결하기 위해 초국가적으로 아이디어를 모으는 일에 이르기까지 폭넓게 활용되고 있다. 특히 기술이 급격히 발달하고 콘텐츠가 디지털화되면서 과학기술 분야와 문화예술 분야에서는 창의적인 재능을 지닌 인재들을 요구하고 있으며, 창조적인 경영을 통해 혁신을 이루고 발전하는 기업들 역시 창의적인 인재들을 기용하고 조직원들의 창의성을 향상시키기 위해 교육, 세미나, 연수 등 여러 가지 노력을 기울이고 있다.

창의적인 글쓰기란?

1 창의적인 글쓰기

그렇다면 도대체 창의적인 글쓰기란 무엇인가? 우선 창의적인 글을 쓰는 목적이 있어야 한다. 과제나 과업, 설득, 제안 등 글을 쓰는 이유와 대상이 여기에 해당한다. 다음으로 그러한 목적에 맞는 글을 새로운 방법을 사용해 수준이 높은 내용으로 채워야 한다. 누군가 먼저 생각하지 않은 방식으로 아이디어를 내고, 글을 쓰며, 독자를 설득하거나 부모님의 생각을 바꾸는 것과 같은 목표를 효과적으로 달성할 수 있어야 하고, 이기적이거나 파괴적이지 않은 착한 글쓰기, 이것이 바로 창의적인 글쓰기이다.

창의적인 특성은 특별한 자에게 주어지는 특별한 능력이라고 생각하는 사람들이 많지만 사실은 그렇지 않다. 인간의 외형조차도 각자가 다 다르며 성격이나 취향도 다양하기에 인간은 존재 그 자체로 창의적이다. '마인드 맵핑'의 저자이자 이노베이션 네트워크의 공동창립자인 조이스 위코프(Joyce Wycoff)는 인간은 선천적으로 창의적인 존재라고 하였다. 반 고흐, 모차르트, 셰익스피어와 같은 대가뿐 아니라 인간이라면 누구나 창의성을 지녔다는 것이다.

그렇다면 왜 우리는 자신의 창의적인 능력을 발휘하지 못하고 있는 것일까? 그것은 바로 닫힌 교육과 획일적인 평가, 그리고 세상의 고정관념에 갇힌 채 살아오면서 자신의 창의적인 본능과 접촉할 기회를 잃어버렸기 때문이다. 창의성이란 각기 다른 특성을 지닌 인간들이 개개인의 개성을 찾아서 귀를 기울이는 과정이다. 자신의 창의적인 역량을 발휘하기 위해서는 자신만의 분명한 목소리를 듣고 그것을 존중하며, 내면에 꿈틀거리고 있는 창의 본능을 찾아내기 위해 노력해야 한다.

브랜드 혁신컨설턴트 샐리 혹스헤드(Sally Hogshead)는 산업과 의료 기술의 발전에도 불구하고 아기의 탄생일을 정확히 알 수 없는 것처럼 아이디어 역시 예측을 허용하지 않는다고 하였다. 어떤 농담이 우리를 웃게 만들지, 어떤 사람을 만나서 사랑에 빠질지, 어떤 영화를 보고 감동을 느낄지 알 수 없듯이 아이디어도 스스로 태어날 시기를 결정한다는 것이다. 아기가 언제 태어날지 모르는 것처럼, 어떤 농담에 웃음을 터뜨릴지 모르는 것처럼, 어떤 사람과 사랑에 빠질 것인지를 모르는 것처럼 창의력은 예측이 불가능하다.[11]

창의적인 글쓰기는 내 안의 창의적인 본능을 찾아 여행을 떠나는 것에서부터 시작된다. 식상한 것, 상투적인 것, 틀에 박힌 것은 모두 거부하고, 특이한 것, 신선한 것, 실험적인 소재와 표현을 찾아내는 새로운 글쓰기에 도전해야 한다.

2 10년의 법칙

아무리 창의적인 글쓰기를 위한 확실한 동기를 지녔다고 해도 모든 기술이 그렇듯 창의적인 글쓰기의 숙련에도 시간이 필요하다. 어떤 분야에서 탁월한 능력을 발휘하기 위해서는 기본적인 기술이나 지식을 습득해야 하며, 그것이 익숙해졌을 때 이를 응용한 새로운 산물의 산출이 가능하다. 추상화나 풍경화를 그리기 위해서는 선긋기와 명암, 구도 잡기와 같은 기술을 익혀야 하고, 창작 무용을 공연하기 위해서는 스텝과 시선 처리, 손동작에 익숙해져야 한다. '생활의 달인'이라는 TV 프로그램에는 십수 년째 그 분야에 종사하고 있으며, 자신의 일을 즐기고, 도전하는 사람들이 등장한다. 남들은 판에 박힌 듯 따분하고 지루하게 일할 때 어떻게 하면 좀 더 빨리 효율적으로 재미있게 일할지를 고민하다가 달인의 반열에 오른 경우가 대부분이다.

헤이즈(Hayes, 1989)는 이것을 10년의 법칙으로 설명하고 있다.[12] 사회적으로 인정받는 전문가가 되기 위해서는 10년 혹은 그 이상의 시간이 필요하며 결국 시간과 노력을 그만큼 투자해야 한다는 의미이다. 아무리 타고난 재능을 지녔다 하더라도 탁월한 능력을 발휘하고 적용시키기 위해서는 많은 시간이 요구된다.[13] 말콤 글래드웰은 이를 만 시간의 법칙으로 설명하기도 한다. 그에 따르면 비틀즈는 그룹의 이름을 세상에 알릴 때까지 총 만 시간을 연주했으며, 통계적으로 똑같은 악기를 연주하는 음악가라 할지라도 만 시간을 투자한 사람만이 상급연주자가 될 수 있었다는 것이다.[14] 만 시간이든 10년이든 '보통 사람', 혹은 '조금 잘 하는 사람'에서 '정말 잘 하는 사람'으로 패러다임이 전환하는 순간을 맞이하기 위해서는 오랜 준비의 시간이 필요하다는 것만은 분명하다.

여기에 더해 가드너(Gardner, 1994)는 창조자가 그의 두 번째 위대한 예술 작품을 창조하기 위해서는 두 번째 10년이 필요하다고 하였다. 훌륭함에서 위대함으로 발전해가는 데에 또 다른 10년이 요구된다는 것이다. 카우프만(S.B.Kaufman, J.C.Kaufman)은 그 법칙에 대한 증거를 제시하고 있다. 이들은 215명의 현대 소설가들을 연구했다. 그 결과 작가들이 첫 작품을 발표하고 초기 작품을 출판하는 데 걸리는 시간은 평균 10.6년이었다. 작가들이 처음 펜을 들기 시작해서 종이에 쓰기까지 10년이 걸리는 것처럼 정예 작품을 만들기까지는 또 다른 10년이 걸릴 수도 있다.[15]

그루버와 데이비스(Gruber & Davis) 역시 창의성과 관련한 자신들의 연구에서 가장 확실하게 말할 수 있는 것은 창의적인 업적이 오랜 시간을 필요로 한다는 점이라고 하였다.[16] 이별의 괴로움이나 미워하는 마음 혹은 고통을 잊는 최상의 방법은 '시간이 지나가는 것'이라고 하듯이 어떠한 분야의 대가가 되어 새로운 방식으로 기술을 응용하는 경지에 오르기 위해서는 시간을 투자하는 것 외에 달리 방도가 없다. 이제 막 포토샵을 배우기 시작한 사람에게 일년의 경력을 가진 사람은 대단한 기술자처럼 보인다. 쓱쓱 마우스를 움직여 턱을 깎고 피부색을 바꾸어 뽀샵 미인을 뚝딱 만들어내는 것을 보고 나면 초보자는 기가 죽는다. 그러다가 이 두 사람이 편집디자인 분야에 10년 종사한 전문가를 만나게 되면 사정이 달라진다. 만 시간 이상을 투자한 이 디자이너가 원본에 손을 대는 순간 마법은 시작된다. 생각지도 않은 곳에 커서를 대고 어느 순간 무에서 유를 창조하는 모습을 지켜본 초보자들에게 10년은 꿈같은 시간이고, 이 시간동안 끈기 있게 자신의 일에 헌신한 10년 지킴이는 마법사와 같은 존재처럼 보인다. 초보에서 중간 기술자로 넘어가기까지 시간이 걸리지만, 중간 기술자에서 고급 기술자로 넘어가는데도 시간이 걸린다. 단순히 시간뿐 아니라 새로운 아이디어를 생각해내고 이를 실험해보며 추진하는 자세가 필요하다. 그럴 때 비로소 패러다임의 전환이 가능해진다. 이런 과정을 거쳐 기술적으로 숙련된 사람이자 동시에 아이디어가 넘치는 창의적인 전문가가 되는 것이다. 따라서 금방 글쓰기가 잘 될 것이라고 생각해서는 곤란하다. 10년까지는 아니더라도 적어도 1년은 꾸준히 많은 노력을 기울여야 한다. 다른 모든 분야와 마찬가지로 창의적인 글쓰기 역시 아이디어를 내고 글을 쓰는 데 시간을 투자하고 지속적으로 훈련해야 가능하다.

3 창의적인 글쓰기, 왜 필요할까?

창의적인 글이라고 했을 때 우리는 보통 문학 작품을 떠올리게 된다. 시, 소설, 희곡, 시나리오 혹은 광고 카피나 개그 프로그램 대본 같은 것이 여기에 해당된다고 믿고 있다. 그러나 현대는 모든 분야에서 창의적인 글을 요구하고 있다. 감성적인 문학작품이나 배꼽을 쥐게 하는 코미디 대본은 물론이고, 이름, 슬로건, 팸플릿, 이력서, 자기소개서, 제안서뿐 아니라 심지어는 학술논문이나 기사, 논술, 사설, 칼럼과 같은 논리적인 글마저도 창의적으로 쓸 것을 요구받는다. 10년 넘게 스테디셀러로 각광받는 정재승 교수의 저서 '과학콘서트'는 과학에 관한 여러 이론을 사회 현상에 적용시켜 해석하고 이를 에피소드 형식으로 풀어낸다. 좋은 일보다 나쁜 일이 생기는 원리를 통계적으로 분석한 머피의 법칙. 정재승은 이것이 "세상이 우리에게 얼마나 가혹한가를 말해주는 법칙이 아니라, 우리가 그동안 세상에 얼마나 많은 것을 무리하게 요구했는가를 지적하는 법칙"이라며 발상의 전환을 제안한다. 이 책에서 우리는 강의실에서 듣는 딱딱하고 지루한 과학이 아니라 차선을 바꾸는 도로, 바닥에 떨어뜨린 토스트, 물감을 뿌리는 화가의 작업실에서 궁금해 했던 문제에 답하는 과학을 만나게 된다.

오늘날 텍스트와 언어가 뒤섞여 소통이 이루어지는 소셜미디어 환경에서 글쓰기는 필수적으로 갖추어야 할 능력이지만 단순히 쓰는 능력만으로는 부족하다. 개방과 참여, 공유의 시대에 사람들이 이해하고 공감하며 행동하게 만드는 글, 마음을 움직이고 변화를 일으키는 글을 쓰기 위해서는 글쓰기 실력에 창의성이 더해져야 한다. 뿐만 아니라 우리는 지금 창의적인 글쓰기 작업을 통해 태어난 작품과 기획물이 지역의 위력, 기업의 위력 나아가 국가의 위력을 보여주는 다양한 사례를 목격하고 있다.

4 창의계급

세상은 창의적인 능력을 지닌 사람을 따라 움직이고 있다. 창의적인 학교, 창의적인 기업, 창의적인 도시, 창의적인 국가 등 모든 조직과 제도, 문화, 예술, 경제를 움직이는 사람들은 창의적이며 그들은 어디나 자유롭게 가서 자신의 진가를 발휘하며 성취감을 느끼고 그에 상응하는 대가를 받는다. 이런 사람들의 집단을 '창의계급(creative class)'이라고 부르기도 한다.[17] 이들은 창의성이 발휘될 수 있는 환경, 즉 문화적으로 풍부한 콘텐츠와 문화를 존중하고 사랑하는 사람들로 가득한 '문화적 매력도시(cultural magnet)'에 호감을 느끼며 이런 곳에서 자신의 창의적인 성향을 마음껏 드러낼 수 있다.[18] 이러한 분위기에서 도시는 재미있는 일터이자 삶의 기쁨을 발견하는 곳이 되고 사람들은 활력이 넘치며 경제는 더욱 활기를 띠게 될 것이다.

창의적인 사고는 창의적인 글쓰기에만 필요한 사고 능력이 아니라 인성의 발달과 정신건강 측면에서도 중요한 기능을 담당한다. 창의적인 욕구를 억제하게 될 경우 엄청난 긴장을 초래할 수 있으며 심지어는 인성이 파멸될 위험도 있다고 한다. 또한 창의적 사고는 정보를 습득하는 데 중요한 공헌을 하며, 획득한 지식을 일상에 적용하여 문제를 해결할 수 있도록 돕는다.[19]

창의적인 글쓰기는 글쓰기 자체보다는 오히려 창의성과 더 연관이 있다. 사실 글쓰기는 패턴을 익히면 어느 정도 훈련에 의해 가능하다. 뉴스나 대본도 양식에 맞추어 자꾸 쓰다보면 실력이 늘게 된다. 이는 마치 초보운전자가 연습과 현장경험을 반복해 운전에 익숙해지거나 외과 의사가 수술 경험을 쌓아 능숙하게 되는 것에 비견된다. 그런데 여기에 '창의적'이라는 형용사가 붙게 되면 달라진다. 창의적인 운전자는 도로의 흐름과 차의 기능을 이해하고 이것을 차의 효율적인 관리에 활용하거나 시간과 비용의 절감에 활용하는 능력을 지닌 사람일 것이다. 운전을 직업으로 한다면 고객에게 어떠한 서비스로 만족을 줄 수 있는지에 대해 배우고 탐구하며 이를 실천하는 사람이 이 부류에 포함된다. 창의적인 의사라면 자신이 취미로 배우는 클래식 음악을 응용해 수술 전 환자들의 공포와 불안을 없애주는 음악을 찾아서 들려준다든지, 손놀림을 정교하게 만들기 위해 도예를 배운다든지, 수술자국이 남지 않거나 흉해 보이지 않도록 하는 등 자신이 경험한 것과 연결시켜 새로운 방법을 찾아내고 이를 적용할 것이다. 창의적인 글쓰기란 숙련된 글쓰기 실력에 더해 창의적인 소재를 찾고, 문제 해결을 위해 창의적인 질문을 던지며, 기존의 형식에서 벗어난 새로운 글을 쓰기 위해 아이디어를 짜내는 것을 의미한다.

각 분야에서 창의적인 사고를 하고 거기에 더해 창의적인 글쓰기 작업이 이루어지면 복잡한 수학이나 물리, 법, 제도는 물론 난해한 이론이나 검증방법도 쉽고 재미있게 다가온다.

창의적인 글쓰기, 어떻게 시작할까?

1 건설적인 생각을 하라

새로운 것을 대하게 될 때 우리는 보통 이중적인 자세를 취하게 된다. 새로운 것을 발견하게 되는 호기심과 동시에 미지의 것에 대한 막연한 두려움을 느낀다. 글을 쓰기 시작할 때, 글감을 떠올리며 써내려간다면 두려움을 극복할 수 있지만, 계속 그 앞에 있으면서 손을 움직이지 않는다면 두려움은 사라지지 않는다.

운전면허증을 취득한 뒤 처음으로 혼자 자동차의 핸들을 잡는다고 생각해보자. 일단 차문을 열고 시동을 걸어야 한다. 차 앞에만 서있어 본들 차가 저절로 굴러가지는 않는다. 마찬가지로 창의적인 글쓰기를 시작하기 위해서는 우선 두려움을 물리치고 펜을 들거나 컴퓨터의 자판기를 두드려야 한다. 우리는 하루에도 수백, 수천, 수만 가지 생각을 하게 되는데 이 중 절반 이상이 불안, 근심, 두려움에 관한 내용으로 채워진다. 지진이 나지는 않을까? 어디

병이 생긴 것은 아닐까? 내가 글을 쓰면 다른 사람들이 비웃지 않을까? 일을 시작하기도 전에 두려움부터 떠올리게 되면, 이러한 감정이 창의력의 토대가 되는 자기 인식과 성찰을 방해하고 우리의 호기심과 탐구에 대한 열정을 가로막게 된다. 결국 창조의 기쁨을 누리는 일은 요원해지고 만다.[20]

메리 J 로어는 "하루에 막강하고 건설적인 생각을 몇 개만 해도 약하고 두려운 생각을 물리칠 수 있다."고 하였다.[21] 따라서 두려움을 이기기 위해서는 무엇보다 막강하고 건설적인 생각을 떠올리는 것이 중요하다. "나는 멋지고 재미있는 글을 쓸 수 있어.", "내 글을 읽고 많은 사람들이 기부에 참여하겠지.", "내가 쓴 자기소개서가 인사담당관을 감동시킬 거야.", "반짝이는 아이디어가 담긴 기획서로 심사위원들을 깜짝 놀라게 해 줘야지." 이처럼 자신감 넘치는 생각만으로도 글을 쓰기 위한 아이디어는 쉽게 떠오를 것이며, 일단 쓰기 시작하면 술술 자신도 모르는 사이에 마지막 점을 찍게 될 것이다.

Creative Project

나는 어떤 건설적인 생각이 필요한가? 자신을 어둡고 절망적이며 불안의 길로 이끄는 생각을 떨쳐버리기 위해 필요한 외침을 적어보자.

Output

"잘 끝낼 수 있어!"

나는 끝맺음을 잘 못하는 편이라 일단 시작하기가 두렵다. 그래서 나의 건설적인 생각을 담은 외침을 "잘 끝낼 수 있어!"라고 정했다. 이렇게 반복적으로 되뇌며 자기 암시를 하다 보니 제대로 마무리를 지을 수 있다는 확신이 생겼다. 자신감을 갖고 한 발짝 한 발짝 다가간 결과 실제로 좋은 성과도 얻을 수 있었다. 작은 일 한 가지라도 결실을 맺는 오늘 하루를 위하여 "오늘 하루를 잘 끝낼 수 있어"하고 외치면 정말 그렇게 된다.

Output

"긍정의 힘!"

사람은 누구나 어떤 일을 시작하기 전 불안을 느끼고 실패하면 어떻게 할지 걱정한다. 나는 그 정도가 좀 심한 편이다. 나와 맞지 않는 사람과 부딪히거나 좋지 않은 일이 생기면 왜 하필 나에게 이런 일이 생기는지에 대한 의문부터 시작해 계속 나쁜 일이 겹칠 것이라는 불안감에 휩싸이게 된다. 이 때 "긍정의 힘!"이라고 외치고 좋은 방향으로 생각하려고 노력하며 부정적인 생각과의 고리를 끊어버린다. 사람은 시련을 통해 단단해지는 법이니까 잘 극복할 수 있을 것이라고 자신에게 용기를 북돋아주면 실제로 좋은 결과가 생긴다.

Being Creative

2 경험을 활용하라

작가와 예술가들은 다양한 감정과 사건, 한가한 일상 등 현실 세계에서 경험한 내용을 토대로 영감을 떠올린다.[22] 사람은 누구나 살아오면서 다양한 경험을 하게 된다. 경험을 쌓으면서 세상의 부조리에 대해 알게 되는 한편 문제를 해결하는 방법도 배우게 된다. 노벨문학상을 수상한 프랑스 작가 르 클레지오는 대륙을 넘나들며 어린 시절을 보냈다. 그는 아프리카에서 잉태되어 프랑스에서 태어났지만 전쟁으로 인해 길이 막혀 수년간 아버지를 만나지 못하게 되었다. 그러다 다시 가족이 재회한 곳은 아프리카. 그곳에서 원주민의 문화와 아버지의 강압적인 교육을 받으며 어린 시절을 보낸 후 프랑스로 돌아와 정규교육을 받았다. 그의 자전적 소설 '아프리카인'에는 아버지와 어머니, 개미떼의 습격 등 가족과 아프리카의 정취가 담겨 있으며 그의 소설 대부분에는 아프리카의 향기가 진하게 배어 있다. 이처럼 경험은 창작의 원재료가 된다는 것을 알 수 있다. 그래서 많은 작가와 예술가들은 자신이 겪은 일들을 기록해 놓고 훗날 이를 토대로 작품을 구상하거나 작품 속에 경험을 묘사하기도 한다.

앙드레 지드의 '좁은 문' 역시 작가의 삶이 고스란히 배어 있는 소설이다. 르아브르에 살던 열두 살 소년 제롬은 의사였던 아버지가 세상을 떠나자 어머니와 함께 파리로 이사한다. 제롬은 방학이면 퐁그즈마르에 있는 외삼촌을 방문해 사촌들과 시간을 보내곤 했다. 외숙모 뤼실은 식민지에서 태어난 백인 여성으로 자유분방한 행동으로 구설수에 오르기도 하고 가끔 발작을 일으키는 등 집안에 크고 작은 문제를 일으킨다. 급기야 그녀는 제롬에게 성적인 희롱을 하고, 젊은 장교를 집안에 불러들이기까지 한다. 외숙모의 이러한 행동으로 인해 제롬은 도덕에 대한 강박증을 갖게 되고 괴로워하는 외사촌 누이 알리사를 지켜주겠다고 마음먹는다. 이후 외숙모는 가출하고 제롬은 좁은 문에 관한 보티에 목사의 설교에 크게 감명 받아 자신의 깨끗한 마음을 알리사에게 주고자 한다.

그러나 알리사는 제롬을 좋아하는 동생 쥘리에트의 마음을 알아채고 제롬에게 그녀와 결혼하라고 한다. 제롬의 마음이 자신에게 돌아설 수 없다는 것을 안 쥘리에트는 다른 남자와 결혼해 버린다. 제롬과 알리사는 서로를 사랑하지만, 도덕적 결벽성으로 인해 적극적으로 구애를 하지 않는 제롬과 성스러운 신앙심을 더 중요하게 여기는 알리사는 결국 맺어지지 못한다. 알리사는 제롬에게 유언장과 일기를 남긴 채 요양원에서 쓸쓸히 생을 마감한다.

소설에 등장하는 알리사는 실제 앙드레 지드의 외사촌 누이이자 훗날 아내가 된 마들렌으로 작품 속에 등장하는 편지는 그녀가 앙드레 지드에게 보낸 것을 거의 그대로 옮겼다고 한다. 제롬처럼 작가 역시 몸이 허약했으며 일찍이 아버지를 여읜 점도 비슷하다. 동성애 성향을 지녔던 그는 평생 육체적 관계없이 아내인 마들렌과 정신적인 사랑만을 추구했다고 한다. 이처럼 우리가 겪은 경험 중에는 좋은 경험도 있고 시답잖은 경험도 있으며 떠올리기 싫은 나쁜 경험도 있지만, 그런 모든 것들이 합쳐져 극적인 장면을 만들어내고 독자에게 감동을 주게 된다. 사실 우리의 삶에 보다 강력한 영향을 주는 경험은 긍정적인 경험보다는 오히려 부정적인 경험이다. 수술이나, 사고, 낙방, 경제적인 실패 등 갖가지 고난이 찾아왔을 때 어떤 이들은 불안 장애나 섭식 장애, 악몽, 공포증 등에 시달리기도 한다. 또 어떤 이들은 약물중독에 빠져 허우적거리거나 심지어는 자살을 기도하기도 한다. 그러나 이러한 나쁜 기억, 괴로운 경험이 긍정적인 에너지를 발휘하기 위한 자원으로 사용된다면 그 무엇과도 바꿀 수 없는 소중한 자산이 될 수도 있다. 누군가에게 자신의 경험을 들려주고 글이나 그림, 음악 등의 예술 활동으로 감정을 표출하며 자신에게 닥친 위기를 오히려 기회로 삼아 생산적으로 잘 활용하고 아픔을 극복하는 지혜가 필요하다.

Creative Project

나에게 아픈 경험은 어떤 것들이 있는가? 그러한 경험이 나에게 어떤 영향을 주었는가?

Output

내 인생에서 가장 최악의 시절, '흑역사'를 골라보라고 한다면 나는 주저없이 중학생 때를 고를 것이다. 이유는 간단하다. 그 때의 나는 정말이지 지독한 열등감에 시달렸다. 끝도 없이 다른 친구들과 나를 비교하며 자신을 깎아내렸다. 어려운 집안 형편, 작고 통통한 체형에 늘 빨갛게 달아올라

있던 여드름투성이 얼굴, 내성적이고 소극적인 성격, 특별하지도 특이하지도 않은 내 모습. 14살에서 16살, 채 크지 못한 어정쩡한 소녀는 자신이 제일 싫었고 미웠다. 세상에서 내가 제일 못났다는 열등감에 빠져들면서 나는 점점 예민해져만 갔고 이유 모를 눈물을 시도 때도 없이 터뜨렸다.

그 때부터 나의 마음과 생각을 기록하기 시작했다. 말하자면 '읽는 이가 없는 편지'였다. 원망도 하고 저주도 했다가, 또 나름 괜찮은 하루였다고 감사 인사를 쓰기도 했다. 글로 심정을 토로하면 묵직했던 마음이 갭직해졌다. 글을 쓰는 것만이 유일한 위로가 되어주었다.

그리고 현재. 나는 여전히 다소 우울한 감성을 가지고 있고, 때로는 사춘기 시절에 느꼈던 자괴감과 피해의식이 스멀스멀 피어오를 때도 있지만 그것을 분출하고 극복하는 방법을 터득했다. 내가 그랬기에 결핍과 상처가 있는 사람들을 더 깊이 공감할 수 있다.

지금 겪고 있는 경험들이 앞으로의 인생에서 득이 될지 독이 될지는 모르겠다. 다만, 충돌과 뒤엉킴의 과정을 지나 지금의 내가 성형되었다는 것. 따라서 풍족함 뿐 아니라 혹독한 상처 역시 나에게는 꼭 필요한 일이라고 믿는다. 여드름투성이 십대 소녀의 고독하고 쓸쓸한 열등의식이 비슷한 상황에 처한 이들에 대한 이해와 글쓰기의 치유 능력을 깨닫게 해 준 셈이다.

Output

나는 4남매중의 맏이인데, 어렸을 때 부모님이 너무 바쁘셨기 때문에 우리 4남매를 제대로 돌봐주지 않으셨다. 단 한 번도 부모님이 우리 숙제를 봐주셨던 적이 없었다. 4남매는 거의 방치된 상태로 자랐는데 그러던 중 일이 터졌다. 초등학교 2학년 때 친척집에 가다가 그만 동생이 자전거와 부딪혀 사고를 당한 것이다. 나는 9살 꼬마의 작은 손으로 동생의 이마에서 흐르는 피를 막으려고 애쓰며 주위 사람들에게 도움을 청했다. 내 손은 피범벅이었지만, 어린 나이에도 동생이 어떻게 될까봐 제정신이 아니었다.

결국 동생은 눈과 눈 사이 부분을 몇 바늘 꿰매야 했고, 얼굴에 거즈를 붙인 상태로 입학식에 가야 했다. 한참 동안 흉터가 남아 있던 동생의 얼굴을 볼 때마다 죄책감을 떨쳐 버릴 수 없었다. 정말 끔찍했지만, 그때부터 더욱 강한 책임감을 갖게 되었다. 책임을 다하지 않을 때의 무시무시한 결과를 이미 어린 나이에 경험하게 된 것이다. 동생들을 챙기고 과제를 도와주며 어린 나이에 과도한 책임감에 시달렸지만, 그것이 나를 책임감이 강한 사람으로 만들어준 것만은 분명하다.

Being Creative

3 매일 꾸준히 하기

마음에 평안을 주는 아기자기한 그림을 그리며 작가이자 디자이너로 활동하고 있는 마리사 앤은 블로그에 데일리 페인팅을 해서 올리겠다는 약속을 한 뒤로 매일 소품을 하나씩 완성하는 프로젝트를 진행했다. 그녀는 학창 시절 귀여운 작품을 무시했던 교수의 지적에도 굴하지 않은 채 작업을 지속한 결과 다양한 아트워크를 완성하였고, 그림 속의 주인공이 많은 사람들의 사랑을 받으면서 캐릭터 상품으로 빛을 보게 되었다.[23]

타인의 평가나 시선을 깡그리 무시할 수는 없지만 그렇다고 주눅이 들어 방향을 전환하거나 포기할 필요는 없다. 자신의 창조물에 대해 스스로 비판하되 완벽을 기하기보다는 세상과 소통하고 싶을 때 살짝 내어 보이면 된다. 대단한 글을 쓰려고 작정하기보다는 매일 조금씩 장르나 형식에 구애받지 않은 글을 쓰기 시작한다. “길은, 가면 뒤에 있다.”라고 끼적여 놓은 것이 시가 될 수 있고,[24] “좁고 좁은 저 문으로 들어가는 길은 / 나를 깎고 잘라서 스스로 작아지는 것뿐 / 이젠 버릴 것조차 거의 남은 게 없는데 / 문득 거울을 보니 자존심 하나가 남았네”라며 자신을 돌아본 글이 대중에게 사랑받는 노랫말이 될 수도 있다.[25] 길이를 규정할 필요도 없으며, 대상이나 목적을 정할 필요도 없다. 편하고 재미있게 시작해야 글쓰기를 지속할 수 있다. ‘매일 글쓰기’라는 이름으로 파일을 하나 만들어서 작업을 해도 되고, 다이어리나 수첩, 공책에다 적거나 스마트폰의 메모장 어플리케이션을 활용해도 된다. 지치고 피곤해서 도저히 글을 쓸 수 없을 때는 ‘오늘은 사방팔방에서 나를 부려먹는다. 이렇게 살아야 할까…’라고 한탄하는 낙서를 써도 좋다.

한 줄이라도 반드시 쓴다는 각오를 다지고 이를 습관으로 만들어 자신의 삶 속에 정착시키는 것이 중요하다.

Creative Project

내가 하고 싶은 꾸준히 하기는 무엇인가?

Output

책을 읽고 사색하는 것을 낙으로 삼았었는데, 스마트폰이 등장하면서 책보다는 폰을 만지작거리는 시간이 많아졌다. 나는 매일 단 한 쪽이라도 꼭 책을 읽고 싶다. 100페이지가 채 되지 않는 아주 얇은 책을 한 달이 넘도록 다 읽지 못해도 상관없다. 속도는 목표가 아니다. 꼭꼭 씹듯이 한 줄 한 줄 삼키는 것, 그리하여 내 마음 속에 천천히 가라앉아 앙금이 될 그 한 줄이 중요하다. 이동하는 지하철 안, 잘 준비를 마치고 침대에 누워 잠들기 전, 잠시 시간이 남아 들린 카페, 하다못해 공원이나 정류장 벤치라도 간간히 책을 읽을 타이밍은 많다.

스마트폰 위의 의미 없는 검지의 방랑은 멈추고 책을 꺼내든다. 순식간에 사방이 멈추고 나와 책 속의 '나'와 마주친다. 그러다 다시 때가 되면 책을 덮는다. 현실의 시간은 충실히 흘러가 있고 나는 책을 가방에 넣은 채 다음 일정을 향해 홀연히 일어난다.

매일매일 사소하고 작은 순간을 책 속에서 발견한 따뜻한 문장으로 빈틈없이 채우고 싶다.

Output

새벽 5시 30분. 알람이 울린다. 주말에는 다소 느슨해지기도 하지만, 주중에는 어김없이 이 시각에 일어나 분주히 움직인다. 물을 한 잔 마시고, 카페 라떼를 만들어 나에게 따뜻한 아침을 선물한다. 나의 이러한 일상과 함께 빠지지 않는 것이 걷기와 쓰기이다. 하루에 무슨 일이 있어도 한 시간을 걷는다. 혹여 채우지 못하면 다음 날 꼭 걸음수를 보충한다. 그러나 매일 쓰기는 생각처럼 안 될 때가 많다. 올해는 오렌지색 다이어리에 꾸준히 무엇이라도 쓰려고 노력하고 있다. 그것이 비록 헛소리라 할지라도. 단 한 글자라도 쓰겠다는 각오로 시작했더니 지금까지 꽤 꾸준히 하고 있다. 얼마 전 외할아버지 생각이 나서 남긴 기록이다. 왜 지금 이렇게 외할아버지가 보고 싶은 것일까? 그리움은 기억을 되살리고, 기억은 글을 쓰고 싶은 욕망을 자극한다.

그림 1 다이어리

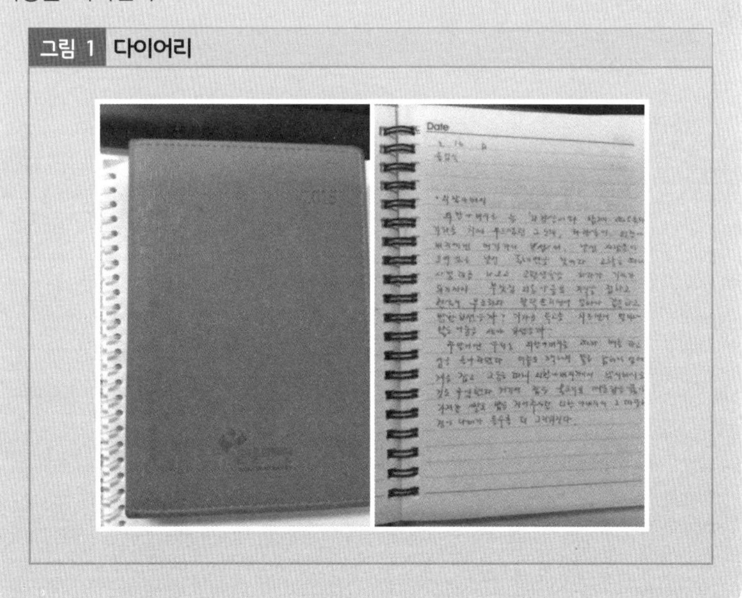

Being Creative

창의적인 글쓰기를 위한 환경

창의적인 글쓰기를 위해서는 무엇보다 마음의 상태가 안정적이고 평안해야 한다. 물론 글을 쓰기 위해서는 약간의 긴장이나 스트레스가 요구되는 경우도 있지만, 스트레스를 받은 상태에서는 글이 잘 써지지 않으므로 가급적이면 고요한 상태를 유지한다. 우울하고 화가 난 상태에서 벗어나 자신의 상태를 되돌아보며 쓴 글은 다른 사람에게 커다란 울림을 준다. 창의성 전문가이자 작가인 자넷 룬고는 창의성에 둘러싸인 하루를 디자인하라고 조언한다. 창의성이 발휘되기 위해서는 마음을 가라앉히고 편안히 앉은 채 긴장을 풀어야 한다. 마치 컴퓨터에서 삭제 버튼을 누르듯 산만한 잡념에서 벗어나 자신만의 리듬을 찾는다.[26]

우리는 살아가면서 직장이나 학교, 가정 또는 외출이나 모임,

행사 등에서 사람들과 만나고 부딪치면서 분노하거나 불안에 빠진다. 때로는 예기치 못한 사건에 휘말려 짜증이 나기도 한다. 이 때 자신만의 스트레스 극복 매뉴얼을 갖고 있다면 단계적으로 마음의 평정을 얻는 데 도움이 될 것이다. 다음 매뉴얼을 참고하여 나만의 매뉴얼을 만들어 보자.

표 1 스트레스 극복을 위한 매뉴얼

스트레스 극복 단계별 실행 지침
대화 ⇒ 멍 때리기 ⇒ 활동 ⇒ 주문걸기 ⇒ 기록하기

1 대화

괴롭고 화가 날 때, 초조하게 결과를 기다릴 때, 가슴이 답답할 때, 자신에게 실망했을 때, 슬플 때 사람들은 대개 술을 마시거나 담배를 피거나 생각에 생각을 거듭하면서 자신을 괴롭힌다. 안 그래도 정신이 힘든데 몸까지 학대받으면 버티기도 힘들고 살아갈 의욕마저 꺾이기 십상이다. 이럴 때 스스로를 괴롭히기보다는 대화의 상대를 찾아 나서는 것이 현명하다. 절친한 친구와의 대화는 우리에게 마음의 평정을 가져다준다. 오랜 벗이나 소울메이트는 무슨 이야기를 하더라도 우리 편이 되어 처음부터 끝까지 차분하게 들어줄 것이다. 섣부른 조언이나 충고 대신 "그래, 그래."하며 들어주기만 해도 어느 정도 기분이 가라앉는다. 마음의 문을 열고 진정으로 대화를 나눌 상대가 있다면 굳이 상담가나 정신과 의사를 찾을 필요가 없다. 생일을 챙겨주고, 문자를 주고받으며 소소한 일상을 공유하는 친구와의 대화는 울분을 삭히게 하며 스트레스를 날리는 데 도움을 준다.

Creative Project

나의 진정한 친구는 어디에 있을까? 힘들 때 내가 찾는 든든한 나무 같은 존재는 누구인지 적어보자.

Output

억울하거나 화가 날 때 나는 십년 째 알고 지내는 후배 H에게 전화를 건다. 나보다 어리기 때문에 새로운 관점에서 문제를 보고 의견을 제시하지만, 무조건 내 입장에 서 보기 때문에 마음이 편해진다. 처음에는 화가 머리끝까지 차오른 상태에서 시작하지만 이야기가 진행될수록 강도는 약해지고 마지막에 가면 거의 풀어지게 된다. 대화를 나눌 상대가 없다는 건 몹시 슬픈 일이다. 일전에 라디오에서 진행자가 들려 준 이야기가 떠오른다. 한 택시 운전자가 보내온 사연이었다.

"저는 택시를 운전하는 사람입니다. 얼마 전 차에 탄 손님과 이야기를 나누는데, 그 손님이 집에 가서 한 잔 하자고 하셨어요. 그 집까지 따라가서 함께 양주를 마시고 그 다음엔 필름이 끊겼어요. 참고로 저 이상한 사람 아닙니다."

웃음과 동시에 그이의 사연에 가슴이 시려왔다. 두 사람 모두 얼마나 외로웠으면, 얼마나 사람이 그리웠으면, 얼마나 술 한 잔을 기울이고 싶었으면. 가끔 동네를 떠돌아다니는 도둑고양이에게라도 말을 걸고 싶어질 때가 있다. 내게는 후배 H가 있고 원하면 언제든지 대화할 수 있으니 행운이라고 생각한다.

Being Creative

2 멍 때리기

멍 때리기란 아무 것도 하지 않고, 머릿속을 비운 채 있는 상태를 말한다. 다들 바쁘게 돌아갈 때 넋을 놓고 가만히 있다고 해서 남들보다 뒤처지는 것이 아니다. 오히려 한숨 돌리며 완전히 비우고 나면 새롭게 채우기가 쉬운 법이다. 실제로 광화문 광장에서는 '멍 때리기 대회'가 열리기도 하였다.[27] 멍 때리기 전에 미리 물을 마시고 편한 자세를 취한다. 기대도 좋고 방석에 앉거나 눕거나 엎드려도 좋다. 그런 다음 멍 때리기를 시작한다. 집착이나 경쟁으로 인한 과도한 스트레스에서 벗어나 무념무상의 상태에서 나의 뇌에게 휴식을 안겨주는 시간이야말로 진정한 충전의 시간이다.

Creative Project

복잡한 현실에서 벗어나기 위해서나 자신을 비우기 위해 혹은 무료하다는 이유 등으로 가끔 멍때리고 있는 시간들을 경험하였을 것이다. 자신은 언제 어떻게 멍 때리는지 적어보자.

Output

실제로 '멍 때리기 대회'에 나가는 것을 심각하게 고민했을 정도로 나름 멍을 잘 때리는 편이다. 평소에 워낙 잡생각, 잡고민이 많다. 우연히 보게 된 타인들의 어색한 장면, 방송 프로그램에서 어떤 연예인이 저지른 말실수까지 떠올리며 괴로워한다. 그러다 어느 순간 정말 아무것도 생각하지 않는 시간을 만들어야 한다는 어떤 절박한 심정에 도달하기에 이르렀다.

내가 멍을 때리는 방법은 간단하다. 조용한 곳이든 아주 시끄러운 곳이든 소리는 상관없다. 등과 머리를 기댈 곳이 있으면 훌륭하다. 적합한 장소를 물색하고 등을 기댔으면 그 뒤엔 시야를 흐린다. 이것은 설명하기 다소 까다로운데 모든 것이 보이지만 아무것도 보지 않는다는 식으로 초점을 잃는 것이다. 그리고 생각을 지운다. 그저 '보이는 모든 것'에 집중한다. 아무것도 떠올리지 않을 때 생각이 멈추고 멍을 때리게 된다.

Being Creative

3 활동

자극적인 활동보다는 차분히 자신을 되돌아보거나 다른 사람들을 관찰하거나 구속에서 벗어난 자유로운 몸놀림이 창의성을 높이는 데 도움이 된다. 해피엔딩 부류의 영화를 다운받아 보거나 찜질방에 가서 만화책을 본다든지 서점에 가서 시집을 읽거나 음악을 듣는 것도 좋다. 산책이나 등산, 수영과 같은 운동은 정신을 맑게 하며 전시회나 공연장에 가서 다른 이들의 창작 작품을 감상하는 것도 우리의 감각에 잔잔한 파문을 일으키는 활동이다. 요리, 바느질, 뜨개질, 스케치, 가구 만들기, 도예 등 무언가 눈에 보이는 것을 만드는 작업에 몰두하면 정신의 집중과 창작의 기쁨을 동시에 맛볼 수 있다. 인형이나 우표를 수집하는 것은 정서적으로 안정을 주면서 새로운 것을 추구하는 이중적 효과를 기대할 수 있다. 식물을 가꾸거나 동물을 돌보는 것은 관찰력을 높이고 보살피는 따뜻한 마음을 갖도록 해 준다. 청소나 정리정돈은 주변을 깨끗하게 함으로써 마음까지 정리해 주는 효과가 있다.

Creative Project

마음을 안정시키기 위해 어떤 활동을 하고 있는가? 무엇을 만들었는지, 무엇을 읽었는지, 어떻게 도움이 되었는지에 대해 적어보자.

Output

핸드폰이나 컴퓨터에 저장해놓은 사진들을 시간 순으로 나열하여 쭉 관람한다.

내가 직접 찍은 사진, 남이 나를 찍어준 사진, 혹은 인터넷에 여기저기 떠도는 사진들, 어느 아티스트의 작품, 가수의 앨범 커버 등 내 취향의 이미지들을 웬만하면 모두 저장해놓는다. 이따금 차곡차곡 모아둔 사진들을 보다보면 사진에서 영감을 얻기도 하고 내 취향의 형태를 다시 한 번 확인할 수 있는 좋은 계기가 된다.

Output

시네마 데이: 좋아하는 감독의 영화를 한 번에 몰아본다.

박찬욱, 미야자키 하야오, 자비에돌란, 미셸 공드리. 한 감독의 영화를 한 번에 몰아보다 보면 그 감독만의 스타일과 세계관이 명확하게 보인다. 즐겨 쓰는 소품, 색깔, 상황이나 캐릭터 등 디테일한 부분도 읽을 수 있다. 감독의 흐름을 놓치지 않고 영화라는 허구의 세계에 한껏 몰입하게 된다. 머리가 복잡하고 어딘가로 훌쩍 떠나고 싶지만 마땅치 않을 때, 이런 놀이는 더없이 재미있는 현실도피다.

Output

등산하기: 힘들게 등산을 한 다음 그 느낌을 SNS에 적고 지인들과 공유한다.

밤기차를 타고 태백역에 도착했는데 비가 억수같이 쏟아졌다. 포기하고 강릉바다나 볼까 하다가 찜질방에서 대기, 다행히 비가 그쳐 태백의 신비와 마주할 수 있었다. 아! 다정도 해라, 산은.

— 태백산에서(페이스북)

그림 2 태백산에서

4 주문걸기

기도문을 반복해서 외거나 어떤 부분의 후킹을 따라 부르면 실제로 그렇게 된 것 같은 착각이 들 때가 있다. 반성의 기도는 스스로를 되돌아보게 만들고 용서의 기도는 누군가를 계속 용서하게 하며, 행복의 노래는 자신이 행복하다는 착각에 빠지게 해 준다. 비록 착각일지라도 지속적으로 하다 보면 효과를 보게 된다. 매일 거울을 보면서 "나는 바보야"라고 말하는 사람과 "나는 똑똑해"라고 말하는 사람이 있다면 일 년 뒤 이 두 사람은 어떻게 될까? 결과는 뻔하다. 긍정의 외침이 우리를 얼마나 행복하게 만들어 주는지 알게 될 것이다. 실의에 빠졌을 때, 피곤하고 지쳐 있을 때, 위로받고 싶을 때 나만의 주문을 만들어 둔다. 즐거워지기 위해 노래로 만든 주문송도 좋고, 기도 구절 비슷한 것도 괜찮다.

디즈니의 애니메이션 라이온킹에는 노래에 맞춰 "하쿠나 마타타(Hakuna matata)"라는 주문이 나온다. 주인공인 어린 사자 심바가 누명을 쓴 채 쫓겨났을 때 만난 미어캣 티문과 멧돼지 품바가 나타나 심바에게 들려준 것이다. 스와힐리어로 걱정할 것 없다는 뜻을 지닌 하쿠나 마타타를 모토로 삼고 있는 이들과 함께 생활하면서 품바도 낙천적인 성품의 소유자로 성장하게 된다.

마법을 부리는 보모가 등장하는 뮤지컬 영화 '메리 포핀스'에는 발음하기 어렵고 길지만 일단 길들여지면 반복하게 되는 중독성을 지닌 문구가 나온다.

"슈퍼칼리프래질리스틱익스피알리도셔스(Supercalifragilisticexpialidocious)!"

외우면 행복해진다는 마법의 주문이다.

그 밖에 나쁜 기억은 사라지고 좋은 기억만 남긴다는 뜻을 지닌 주문 "Obliviate(오블리비아떼)!"도 일기장 같은 데 써 놓으면 효과를 볼 수 있을 것이다.

Creative Project

나를 위로하고 긍정의 길로 인도하며 행복하게 만드는 나만의 주문을 만들어보자.

Output

- 나만의 주문

-다 잘 될 거야. 곧 좋은 소식을 듣겠지.

-이 세상에서 가장 귀하고 가장 아름다운 00아!(이 때 자신의 이름을 부른다) 너의 모든 근심과 걱정은 사라질 것이다. 사라진다. 사라졌다.

-Tout doit disparaître!(뚜 두와 디스파레트르, 모든 것은 사라져라!)

-오늘의 나는 어제의 그리고 내일의 나보다 훨씬 더 중요한 사람이다!

-나는 소중하다.

Being Creative

5 기록하기

이렇게 여러 가지 방법으로 스트레스와 부정적인 감정을 쫓아 낸 다음 차분하게 앉아 자신의 문제를 떠올려보고 이를 진솔하게 기록해 본다.

글을 쓸 때 최대한 집중하게 될 경우 부정적인 생각이나 불안감, 두려움을 떨쳐 낼 수 있다. 보통 노트북이나 데스크탑, 노트 등을 이용해서 글을 쓰게 되는데, 이 때 자신이 만들어내는 소리에 귀를 기울여 본다. 자판을 두드리는 소리, 마우스를 클릭하는 소리, 펜이 종이 위에 사각거리는 소리, 심장이 뛰는 소리, 침 삼키는 소리, 헛기침 소리……. 그리고 자신이 써 가고 있는 글을 소리 내어 혹은 눈으로 따라 읽으면서 문장에서 느껴지는 리듬감을 찾는다.

온전히 감각에 몸을 내맡긴 채 작업을 하다보면 열정이 살아나고, 창의적 욕구가 꿈틀거리면서 두려움이 어디론가 사라져버렸음을 알게 될 것이다.

Creative Project

자세히 보고 들은 것, 생각한 것, 느낀 것을 자유롭게 기록해 보자.

Output

- 학생들이 바라본 교수 군상

A 똑똑하지만 업데이트가 안 되어 있다. 그가 말하는 것은 모두 구식이다. 이론은 변하지 않는다고 해도 예시는 바뀌어야 한다. 게으르다고 해야 하나?

B 피해망상증 환자. 솔직히 학교에 이런 교수들이 남아있다는 사실이 이해가 안 되지만, 교수도 생활인이고 지식노동자인지라 무작정 내쫓을 수도 없을 것이다. 인간적으로 연민을 느끼나 지금 B에게는 우리가 아니라 의사가 필요한 상황이다.

C 열성적이고 자신감이 강하다. 모든 이들을 자신의 기준에 맞추어 평가한다. 꿈이 없으면 어떤가? C는 희망과 비전으로 우리를 고문한다.

Output

- 놀이터의 풍경

놀이터에는 모처럼의 일광을 향유하려는 부모들과 아이들로 가득 차 있다. 열흘간의 흐린 날씨 뒤에 찾아온 화창함. 아이들은 놀이터 곳곳에서 이제 막 사귄 친구들과의 놀이에 열중하고 있다. 놀이터 중앙에는 원형을 중심으로 퍼져 나온 조형물이 놓여 있다. 태양을 상징하는 듯한 이 조형물로 인해 놀이터는 원시 부족의 의식을 거행하는 장소처럼 신성한 분위기마저 감돈다. 모래밭 속에 문명에서 다소 벗어난 어린 부족민들은 원시의 놀이에 열중하며 나름대로의 신화를 만든다. 20년 뒤 아니 30년 뒤에 이 이 어린 원시인들은 문명 속에서 자신들이 만들었던 신화를 어느 정도나 기억할 수 있을까?

Output

• 자전거 타기

바람을 가르며 신나게 자전거를 탔다. 얼마만인가? 이렇게 속에 든 온갖 오염물질을 다 날려버릴 정도로 허파에 바람을 넣었다 뺀 적이 있었던가? 자전거대여소에서 3000원을 주고 빌린 자전거는 그 열배에 이르는 값어치가 있었다. K를 떠난 후 나는 늘 토하기 직전의 상태였고, 항문은 열릴 듯 말 듯 배설물을 담은 채 고통스럽게 밀어내기를 했지만 성공은 하늘의 별 따기였다. 아무튼 그에게선 오늘도 연락이 없다. 곧 전화하겠다는 문자를 보낸 지 벌써 일주일째. 하긴 인생에서 일주일이란 그리 긴 시간은 아니다. 어떤 말을 하더라도 상처받지 않고 아프지 않도록 단단히 마음을 다지고 있다. 나를 사랑하자, 나는 특별한 사람이다, 사소하고 하찮은, 언젠가는 떠나가 버릴 사랑에 연연하지 말자, 끊임없이 주문을 건다.

그가 영영 전화를 하지 않을지도 모르겠다. 아직 이별을 받아들일 준비가 되어있지 않은데, 이별은 사랑이 끝났을 때에만 가능한 것인데, 사랑하면서 이별하는 일은 생살을 도려내는 것 같은 아픔일 텐데……. 사랑이 곧 식을 수도 있으니 그 때까지 가보자고 그 사람에게 애원이라도 하고 싶은 마음이다. 자전거처럼 사랑도 타고 싶을 때 탈 수 있고 힘들 땐 잠시 세워놓을 수 있다면 얼마나 좋을까.

Output

• 친구신청

페이스북을 하다가 우연히 고등학교 때 내가 짝사랑했던 국어 선생님의 계정을 발견했다. 반가운 마음에 친구신청을 걸었다. 다음 날 보니 선생님께서 친구신청을 수락하시곤 나의 타임라인에 글을 남기셨다! 고등학교 때 딱 2번, 방과 후 수업으로 논술을 들었던 선생님이셨다. 그럼에도 나를 기억하시고 선뜻 글을 남겨주시다니. 나는 너무나도 들뜬 마음에 선생님께 안부를 여쭈었다. 선생님께선 기회가 되면 학교로 놀러오라고 하셨고 나는 당연히 꼭 한 번 찾아뵙겠다고 하며 인사를 마무리지었다. 어쩐지 기분이 뿌듯했다. 우스갯소리로 SNS가 'S 시간을 N 낭비하는 S 쓰레기'라고들 하지만 보고 싶던 사람들의 안부를 확인하고, 편하게 연락할 수 있는 순기능도 있지 않은가. 교복을 입지 않은 채로 방문하는 학교는 어떤 모습일지도 궁금하다. 선생님 책상 위에 늘 있던 체리 맛 사탕 박스도 아직 그대로일지. 졸업식 날, 선생님께 남몰래 책과 직접 쓴 편지를 두고 갔던 걸 혹시 아시는지도 여쭤 봐야겠다.

Being Creative

나는 창의적인가?

우리는 창의적인 사람이라고 하면 창의적인 직업을 갖고 있으며 무언가 특이한 것을 좋아하고 남과 다른 특징을 지니고 있을 것이라고 생각한다. 그러나 굳이 창의적인 분야에 종사하지 않더라도, 눈에 띄는 스타일을 하지 않더라도, 괴짜 같은 행동을 하거나 기괴한 취미가 없더라도 사람은 누구나 저마다의 개성과 특징을 지니고 있는 법이다. '크리에이티브 마인드'의 저자 허버트 마이어스와 리처드 그스트먼은 창의적인 사람들의 다섯 가지 특징을 제시하고 있다. 창의적인 사람은 역동적이고 대담하며 문제 해결 능력이 뛰어난 한편 부지런하고 독립적이라는 것이다.[28] 창의적인 사람은 수동적이거나 소극적으로 사고하지 않는다. 지적 호기심으로 똘똘 뭉쳐 있어 궁금하면 즉시 찾아보고 즐거운 마음으로 기꺼이 자신을 자극하며 넘치는 에너지를 사방에 흩뿌린다. 그리고 생각을 하나의 모험이라고 여기며 선입관과 편견에서 벗어나 있기 때문에 발상이 대범하고 유연한 사고를 한다. 특히 타인의 평가나 시선에 크게 신경 쓰지 않는다. 문제나 과제가 주어졌을 때 창의적인 사람은 그 시점부터 모락모락 아이디어의 연기를 피우기 시작한다. 고민하고 걱정하기에 앞서 어떻게 하면 해결할 수 있을지 답을 찾는다. 실패는 창의적인 사람에게는 오히려 성공의 기회가 된다. 비록 실패하더라도 부지런히 탐색하고 강한 의지로 새로운 도전을 시도하기 때문이다. 또한 창의적인 사람은 목표에 집중하고 게을러지는 것을 용납하지 않는다. 새롭고 창의적인 아이디어를 떠올리는 순간 새로운 세계를 경험하게 되는데 이는 평범한 다른 사람과 구분되는 특징으로 창의적인 사람을 홀로 굳건히 서게 만드는 원동력이 된다.[29]

모든 인간은 창의적인 성향을 지니고 있으며 재미있는 일을 찾고, 형식에 얽매이는 것을 싫어한다. 다만 그 정도의 차이가 있을 뿐이다. 토렌스는 창의성 체크리스트[30]를 제시해 자신의 창의성을 점검해 볼 것을 조언한다. 자신은 어떤 성향을 지니고 있는지 각각의 항목에 대해 ○, △, X로 표시해 보자.

- 독립적으로 작업하기를 좋아한다. ( )
- '만약…라면 어떻게 될까'라는 질문을 좋아한다. ( )
- 상상을 좋아한다. ( )
- 융통성 있는 사고를 한다. ( )
- 끈기와 인내심이 있고, 쉽게 포기하지 않는다. ( )
- 특별한 외부 자극이 없어도 많은 시간을 지루하지 않게 보낼 수 있다. ( )
- 주어진 과제 이상의 것을 해내려고 한다. ( )

- 자신이 발견하거나 발명한 것에 대해 말하기를 즐긴다. ( )
- 새로운 일을 시도하는 것을 두려워하지 않는다. ( )
- 남과 다르게 보이는 것에 대해 별로 신경 쓰지 않는다. ( )

결과를 보면 생각보다 자신이 창의적인 사람이라는 사실을 깨닫게 될 것이다. 창의적인 사람은 자신이 만든 것, 생각한 것, 쓴 것 등에 대해 이야기하기를 좋아하며 남들의 평가나 주위의 시선에 괘념치 않는다. 문제를 해결하는 과정이나 일을 하는 것 자체에서 기쁨을 느끼고 새로운 방법을 시도하며, 새로운 만남을 기꺼워하는 자유로운 영혼의 소유자, 바로 창의적인 사람이다.

Creative Project

토렌스의 창의성 체크리스트 가운데 어떤 부분에 특히 능력이 있는지 자신의 창의적인 성향에 대해 생각해 보고 창의적인 경험에 대해 적어보자.

Output

나는 상상을 좋아한다.

나는 홀로 상상의 나래를 펼치며 공상하는 것을 좋아한다. 네버엔딩 스토리, 열린 결말을 내 마음대로 상상하여 또 한 권의 작품을 만들어간다. 고장난 기계, 버려진 물건의 처음을 쫓아가 보기도 한다. 왜 멀쩡하던 MP3가 갑자기 고장이 났을까? 서랍 속에서 꺼내주지 않아 낙담하여 스스로의 에너지를 방전시킨 것이 아닐까? 혹은 왜 405호는 저렇게 멀쩡한 그릇들을 버린 것일까? 애인과 함께 예쁜 접시에 손수 만든 음식을 담아 먹으려 했지만 애인이 바람을 피우는 바람에 모든 것이 물거품으로 돌아간 걸까? 그래서 홧김에 그릇들을 버린 것이 아닐까? 등등.

상상의 대상들은 눈을 돌리면 가득하다. 새로운 장소에 가서 새로운 대상을 만나고 그것에 대해 알아본다. 인상 깊었던 것을 글이나 녹음, 사진, 동영상 등 어떤 형식으로든 기록해 두면 나중에 어딘가에 반드시 쓰일 데가 오는 법이다.

Being Creative

제 2 부

Creative Writing Project

내 안의 창의성을 깨워라

창의성에 관한 책

밀턴 글레이저는 밥 딜런의 음반 커버 디자인, 스토니 브룩 대학교와 루빈 아트미술관의 로고, 타임 매거진과 에스콰이어지의 표지디자인 등 상업적인 디자인뿐 아니라 반핵 운동, 기후변화 방지와 같은 사회참여 캠페인을 위한 디자인에도 참여했다. 그 중에서도 가장 유명한 것이 바로 'I♥NY'이라는 로고인데, 심플하면서도 세련된 디자인으로 사람들의 가슴에 사랑스러운 뉴욕을 남기는 인상 깊은 디자인이다. 밀턴 글레이저는 자신이 아이디어를 내는 원천은 바로 "독서"라고 하였다. 그의 독서는 예술 분야에 국한된 것이 아니라 인류학과 행동주의, 뇌 구조에 이르기까지 방대하며 경계가 없다.[31] 아이디어에 경계가 없듯 아이디어의 원천이 되는 독서에도 한계가 없으며, 과거와 현재, 미래를 아우르고 장르를 허무는 독서야말로 창의적인 아이디어를 내기 위한 귀중한 자산이 된다.

밀턴 글레이저처럼 독서가 습관화되고 다양한 책을 읽고 있는 사람이 아니라 이제 막 창의성에 눈을 뜨고 자신 안에 꿈틀거리는 창의적인 본능을 찾아내려고 하는 사람이라면 효율적인 독서를 위한 가이드라인을 설정해서 시작하면 된다. 창의성이 무엇이고, 어떻게 하면 창의적이 되는지에 대한 책들을 소개한다.

생각의 탄생(다빈치에서 파인먼까지 창조성을 빛낸 사람들의 13가지 생각도구) | 미셸 루트번스타인, 로버트 루트번스타인 저 | 박종성 역 | 에코의 서재 | 2007

어떻게 창조활동이 이루어지는지 그 의문에 대한 답을 찾아가는 책이다. 관찰, 형상화, 추상화, 패턴인식, 패턴형성, 유추, 몸으로 생각하기, 감정이입, 차원적 사고, 모형 만들기, 놀이, 변형, 통합 등 13가지 생각도구를 이용하여 다빈치, 아인슈타인, 파인먼 등 다양한 분야에서 창조적 결실을 거둔 천재들의 흔적을 따라간다.

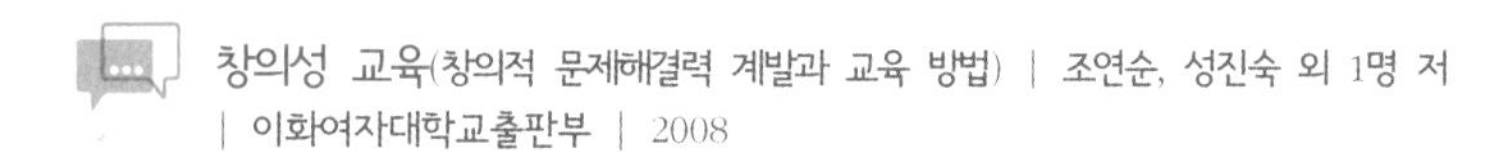

창의성 교육(창의적 문제해결력 계발과 교육 방법) | 조연순, 성진숙 외 1명 저 | 이화여자대학교출판부 | 2008

이 책은 창의성의 개념과 인지적 접근, 성격 특성 및 동기적 접근, 사회심리학적 접근, 통합적 접근 측면에서 본 창의성 이론을 다루고 있다. 이와 함께 창의성의 구성요소를 제시하고 창의적 문제해결방법과 창의적 사고기법에 대해서도 알려주고 있다. 초등학교를 중심으로 사례를 제시하고 있지만, 현장에서 어떻게 창의성이 발휘되고 있는지 알면 좋을 것이다.

창의성(그 잠재력의 실현을 위하여) | 로버트 J. 스턴버그 외 2명 저 | 임웅 역 | 학지사 | 2009

창의성이란 무엇이며 창의적인 사람은 어떤 특성을 지니고 있는지에 대해 탐구한 책이다. 창의성을 발현시키기 위한 도구들과 창의성을 신장하기 위한 훈련 등에 대해 알려주며 창의적인 도전의 중요성을 설파한다.

토랜스의 창의성과 교육 | E. 파울 토랜스 저 | 이종연 역 | 학지사 | 2005

창의성 연구의 대가인 저자가 창의적인 잠재성과 창의적인 사람의 특징, 창의성 훈련과 동기 유발 등에 대해 이야기해 주고 있다. 창의성을 개발하는 데 있어 무엇보다 창의적인 인식을 발견하고 자신이 생각해 낸 아이디어가 가치 있다는 것을 깨닫는 것이 중요하다고 강조한다.

어른들을 위한 창의학 수업 | 스탠 라이 저 | 신다영 역 | 에버리치홀딩스 | 2007

아시아 공연예술계의 최고봉으로 꼽히는 저자의 창작 경험이 담겨 있는 책이다. 창의성을 키우기 위한 훈련법의 핵심을 담은 '창의성 피라미드'를 제안하며 어떻게 아이디어가 무대 위의 공연으로 현실화되는지 그 과정을 자세하게 설명해 준다.

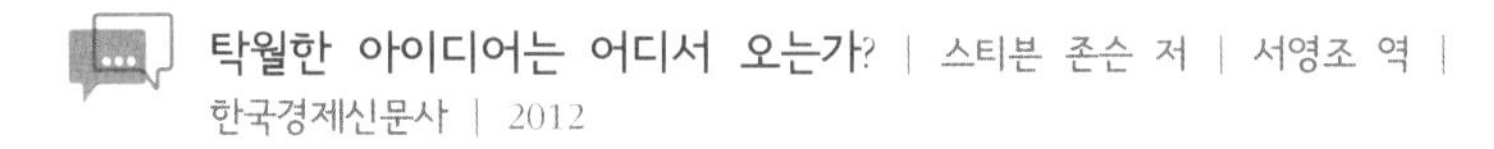

탁월한 아이디어는 어디서 오는가? | 스티븐 존슨 저 | 서영조 역 | 한국경제신문사 | 2012

창의성과 혁신의 비밀을 밝힌다. 이 책은 700년간의 역사 속에서 탁월한 아이디어가 어떤 환경에서 나오게 되는지를 분석한 것이다. 저자는 신경생물학에서 도시학, 인터넷 문화에 이르기까지 여러 분야에 대한 폭넓고 깊이 있는 지식을 활용해서 진정한 혁신 뒤에 놓인 공간, 그리고 7가지 중요한 패턴을 증명한다.

문학과 창의성

1 고전에서 길찾기

삼국유사 | 일연 저

『삼국유사』는 일연이 지은 책으로 역사를 이야기와 함께 풀어 나간다. 삼국사기가 정사인 데 비해 삼국유사는 일연 혼자서 쓴 야사로 우리 선조들의 풍부한 상상력을 보여준다. 건국신화와 시조신화가 실려 있으며, 부부의 사랑과 절기의 비밀을 담은 '연오랑과 세오녀' 설화를 비롯해 절개와 충정, 우의 등 그 시절의 가치관을 엿볼 수 있는 내용으로 꾸며져 있다.

돈키호테 | 미겔 데 세르반테스 저

에스파냐의 한 시골에 살고 있던 알론소 키하노는 기사 소설을 너무 많이 읽은 나머지 자신이 기사라는 착각을 하게 된다. 그는 스스로 '돈키호테'라 부르며 이웃 농부의 딸을 연인이자 공주인 둘시네아 델 토보소라고 여긴다. 돈키호테는 하인인 산초와 애마 로시난테를 이끌고 모험을 떠난다. 그는 풍차가 돌아가는 것을 보고 거대한 괴물이라 생각하여 풍차와 싸우기도 하는 등 여러 마을을 돌아다니며 크고 작은 소동을 일으킨다. 그러던 중 어느 기사에게 초대되어 찾아간 곳에서 그가 기사인 척 하지만 실은 학자라는 사실을 깨닫고 크게 실망하게 된다. 자신의 이상적인 삶은 실현되기 힘들다는 것을 알게 된 돈키호테는 집으로 돌아와 평범하게 살다가 임종을 맞이한다.

좌충우돌하며 현실 감각이 떨어지는 돈키호테를 주인공으로 한 소설 『돈키호테』의 작가인 세르반테스 역시 파란만장한 삶을 살았다. 스페인의 소설가이자 극작가이며 시인은 그는 레판토 해전에 참가하여 승리를 거두었으나 크게 다치게 되어 왼손을 쓸 수 없게 된다. 전쟁이 끝나자 그는 투르크군에 의해 알제리로 끌려가 노예로 팔렸고 이곳에서 5년 동안 노예 생활을 한다. 그러다가 성 삼위일체 수도회의 도움으로 석방되어 다시 조국으로 돌아오게 된다. 이후 생활이 어려워지자 세무원을 했으나 계좌에 남아 있던 연체금 때문에 투옥되고 만다. 이 때 감옥에서 쓴 돈키호테가 1605년 출간되면서 큰 인기를 얻는다. 하지만 출판사가 모든 판권을 가지고 있어서 결과적으로 세르반테스는 인기만 있었을 뿐 경제적으로는 아무런 이득도 보지 못했다. 1613년부터 레모스 백작이 그를 후원하면서 비교적 순탄한 말년을 보냈다. 위트 있게 세상을 풍자한 세르반테스는 동시대에 더불어 이름을 떨쳤던 영국 작가 셰익스피어와 우연히도 같은 날인 1616년 4월 23일 세상을 떠났다.[32]

2 압축의 힘, 단편소설

체호프의 단편

누군가의 삶과 희로애락이 고스란히 녹아있는 단편소설은 압축의 묘미와 정제된 문학의 정갈함을 느끼게 해준다. 안톤 체호프는 내로라하는 작가들이 글쓰기의 모델로 삼고 있으며 그의 단편에서는 평범한 일상에서 발견하는 진리의 위대함을 깨닫게 된다. 체호프의 작품 『애수』는 누구에게도 자신의 슬픔을 털어놓을 수 없는 한 늙은 마부의 이야기를 담고 있다. 어스름한 저녁, 늙은 마부 이오나는 그의 늙은 말과 함께 눈을 맞으며 손님을 기다린다. 정작 그가 기다리는 사람은 아들을 잃은 슬픔을 나눌 사람이지만, 일주일째 그의 동료나 문지기, 그 어떤 손님도 자신의 말에 귀 기울여주지 않는다. 그가 애수를 쏟아낸다면 온 세상이 잠길 테지만, 끝을 알 수 없이 거대한 애수는 보이지 않고, 결국 이오나는 건초를 먹는 늙은 말에게 아주 열심히 자신의 모든 것을 이야기한다.

그의 또 다른 단편 『굽은 거울』은 거울과 나르시시즘에 관한 이야기다. 남편은 아내에게 굽은 거울 때문에 엉망이 된 증조할머니의 이야기를 들려준다. 엄청난 값에 거울을 사서 죽을 때까지 손에 들고 밤이나 낮이나 쳐다보았다는 이야기를 들은 아내는 남편의 곁으로 다가와 거울을 들여다보더니 이내 정신을 잃고 쓰러진다. 이후 아내는 거울만 들여다보며 산다. 우연히 뒤에서 거울을 보게 된 남편은 못생기고 매력 없는 아내가 눈부시게 아름다운 모습으로 비춰진다는 사실을 알게 된다. 굽은 거울이 아내의 얼굴을 비틀고 변형시켜 우연한 아름다움으로 탄생시킨 것이다.

앨리스 먼로의 단편

캐나다 출신인 앨리스 먼로는 2013년 노벨문학상을 수상한 현대 단편소설의 거장이다. 삶의 소소한 면을 특유의 섬세한 눈으로 관찰하여 구성하는 그의 소설은 단편소설의 위력을 절실히 느끼게 해 준다. 그의 작품 『행복한 그림자의 춤』에는 상업성과는 거리가 먼 피아노 교사 마살레스가 등장한다. 현실과 동떨어진 삶을 살면서 병든 언니를 돌보고 학생들에게 인자한 이상주의자의 미소를 띠는 그녀. 그녀의 제자들과 그 부모들이 참석한 가운데 개최하는 연주회의 마지막 순간, 지적 장애를 지닌 한 소녀가 천재적인 실력으로 곡을 연주한다. 그것은 기적이라고 부를 수 있겠지만 마살레스는 반드시 피아노를 가르쳐야 하는 누군가를 생의 끄트머리에서 찾아냈고 그것을 당연해하며 흐뭇해한다. 기적을 믿는 사람은 정말로 기적이 일어날 때 법석을 떨지 않는 법이기에.

3 비유와 상징, 시

공자는 논어의 『양화』편에서 “시는 기쁨을 불러일으키고, 이치를 살피게 하며, 사람들과 어울리게 하고 원망하게도 만든다. 가까이는 부모를 섬기고 멀리는 임금을 섬기게 하며 새와 짐승, 산천초목의 이름도 알게 해 준다”(양화9)라고 말하였다. 시는 다양한 비유와 상징을 통해 자연의 섭리를 이해하게 하며 지혜를 깨닫게 해준다. 고전시, 시조, 현대시, 서양의 시 등 시대와 장소에 따라 다양한 감성과 정서가 담긴 시를 소리 내어 읽어보면 시인의 마음과 일체되는 경험을 하게 된다.

여성한시선집 | 강혜선(교수) 저 | 문학동네 | 2012

『국조시산(國朝詩刪)』, 『대동시선(大東詩選)』 등에서 여성들의 시만 가려 뽑아 우리말로 옮긴 시선집이다. 유교의 이데올로기에 갇혀 살면서도 자신의 정서를 노래했던 조선시대의 사족(士族), 소실, 기녀 등 여성들이 지은 아름다운 시가 실려 있다. 누군가의 연인으로, 아내로, 어머니로 한평생을 살다 간 옛 여성들이 남긴 한시 속에는 그녀들 삶의 희로애락이 고스란히 담겨 있다. 이 책에 실린 한시들을 읽다보면 조선시대 여성들의 다양한 삶의 진실을 마주하게 된다.

양반의 서녀로 태어나 양반의 소실로 살며 자신의 한을 시로 풀어낸 박죽서의 시에서는 그 시대 여인들의 감성을 느낄 수 있다. 그 가운데 겨울밤은 한 겨울의 아름다운 풍경을 마치 단아하고 정갈한 그림처럼 군더더기 없이 그려내고 있다.

冬夜(동야) –박죽서(朴竹西)

雪意虛明遠雁橫(설의허명원안횡)
梅花初落夢逾淸(매화초락몽유청)
北風意夜茅簷外(북풍의야모첨외)
數樹寒篁作雨聲(수수한황작우성)

눈이 올 듯 하늘엔 기러기 멀리 날아가고
매화꽃이 막 지니 꿈은 더욱 맑아진다.
북풍이 밤새도록 띳집 처마에 불어대니
몇 그루 찬 대나무가 빗소리를 내는구나.[33]

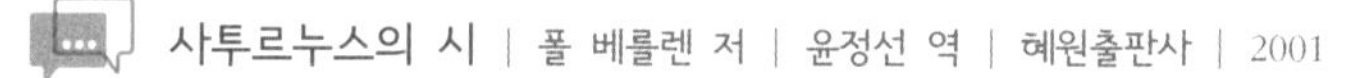

베를렌느의 시 '잊혀진 아리에타'는 전체적으로 짙은 우수가 깔려 있다. 비와 슬픔을 동일선상에 놓고 있으면서도 땅과 지붕에 부딪히는 빗소리에 리듬감을 느끼게 된다. 이렇게 비는 애잔함과 그리움, 사랑의 마음을 불러일으킨다.

도시에 비가 내리듯
내 마음에 눈물 흐르네
심장을 파고는 이 우수는 무엇인가
땅에도 지붕에도 내리는
오! 부드러운 빗소리
권태로운 가슴을 위해
오! 비가 노래하나니

- 베를렌느 '잊혀진 아리에타' 중에서

세상의 가장 부드러운 엉덩이
깊다란 슬픔을 더듬어
내려온 저 빛은,

창의 거기에
목숨이 짧은
푸른 눈의 잠자리가 떨고 있다.

모든 자연의 의식 속에서
가장 무죄한 저 멍자국,
하느님이 가난한 자의 창에
하루에 단 한 번 불어넣는 숨결이다.
푸른 눈의 잠자리가 거기,
아직 눈부시게 떨고 있다.

– 박형준 '몽고반점'

박형준의 시 '몽고반점'에서 몽고계 아기의 엉덩이에 잠시 나타났다 사라지는 몽고반점은 시인의 눈을 통해 '가장 무죄한 멍자국, 가난한 자의 창에 하루에 단 한 번 불어넣는 숨결, 푸른 눈의 잠자리'로 다시 태어난다. 신의 축복이자 희망의 생명에 대한 예찬을 노래하고 있다. 크게 의미를 두지 않는 몽고반점 하나에도 자연과 인간과 신, 우주의 이치와 희망을 담고 있다. 이처럼 창의적인 글을 쓰기 위한 첫걸음을 내딛기 위해서는 글을 쓰기에 앞서 보고 듣고 느끼는 경험이 필요하다. 시인의 손끝에서 탄생한 시를 읽으며 시인의 눈으로 대상을 바라보고 시인의 감성을 느껴야 한다.

창의성을 키워주는 영화

1 흑백영화

시티라이트(City Lights) | 미국 | 86분 | 1931 | 감독: 찰리 채플린 | 출연: 버지니아 쉐릴, 플로렌스 리, 해리 마이어스, 알랜 가르시아, 행크 만, 찰리 채플린 | 무성영화

과학기술의 산물인 영화가 예술이 되는 데에는 그 누구보다 찰리 채플린의 공이 컸다. 그는 소리 없이 움직임만으로 감정을 심고, 사람들의 마음을 움직였다. 그로 인해 영화는 기술이 아닌 예술이 되었다. 그의 작품 가운데 시티라이트는 진정한 사랑이 무엇인지 보여주는 인간애를 담고 있다.

가난해서 여기저기 떠돌아다니는 부랑자 찰리 채플린은 어느 날 꽃을 파는 맹인 소녀를 보고 자신이 가진 마지막 동전으로 꽃 한 송이를 산다. 눈이 보이지 않는 소녀는 고급 차가 출발하는 소리를 듣고 채플린을 갑부라고 오해하게 된다.

그러던 중 채플린은 술에 취해 물에 빠진 백만장자를 구해준다. 남자는 채플린을 생명의 은인이자 친구로 여기지만 술이 깨고 나니 채플린을 전혀 기억하지 못한다.

그 후에도 채플린은 맹인 소녀를 만나 친분을 쌓고, 그녀의 사정을 알게 된 그는 소녀의 눈 수술비를 마련해주려 취직하지만 돈 버는 것은 쉽지가 않다. 우연히 채플린은 자신이 구해준 백만장자를 다시 만나게 되고 그로부터 수술비를 받는다. 소녀는 그 돈으로 눈 수술을 하지만 채플린은 강도로 몰려 감옥에 가게 된다. 석방 후 소녀를 찾아가는 채플린. 하지만 자신의 추레한 모습 때문에 소녀 앞에 나서지 못한다. 소녀는 부랑자 행색의 채플린을 불쌍히 여겨 동전을 쥐어주는데, 그 때 자신을 도와준 그 부자가 채플린이었다는 것을 알게 되고, 서로를 보며 미소 짓는 소녀와 채플린의 모습으로 영화는 끝난다. 채플린의 영화 중 가장 감성적이며 미국 대공황의 힘든 삶을 이야기한다.

찰리 채플린

20세기 가장 유명한 아이콘 중 한 명인 찰리 채플린. 영국 출신으로 무성 영화 배우, 감독, 음악가, 각본가이자 다재다능하고 창의적인 예술가였다. 매우 가난하고 불행했던 어린 시절을 지나 무대에서 코미디를 하던 그는 <생활비 벌기>라는 영화에 처음으로 출연하게 된다. 이후 리틀 트램프라는 캐릭터를 창조하며 큰 인기를 끌게 되고 1919년 유나이티드 아티스츠를 공동 설립한다. <키드>라는 첫 장편영화를 시작으로 <황금광시대>, <서커스>, <시티라이트>, <모던타임즈> 등 다양한 영화를 만들며 무성 영화사의 한 획을 긋게 된다. 코믹한 표정과 마임 등 몸으로 보여주는 슬랩스틱 코미디 뿐 아니라 자본주의, 물질만능주의, 불평등한 계급 사회를 비판하는 메시지를 담은 영화로도 유명하다.

로마의 휴일 | 미국, 이탈리아 | 118분 | 1953 | 감독: 윌리엄 와일러 | 출연: 그레고리 펙, 오드리 헵번

숨 막히는 스케줄과 어떠한 상황에서도 미소를 지으며 이미지 메이킹을 해야 하는 현실에서 앤 공주는 스트레스를 심하게 받고 급기야는 궁궐을 몰래 빠져 나오게 된다. 정신없이 거리에서 잠든 그녀를 본 신문기자 죠는 그녀가 걱정이 되어 구해주게 되지만, 그녀의 어이없는 행동에 신경질적인 반응을 보인다. 그런 그녀가 도망쳐 나온 공주라는 사실을 알게 된 죠는 특종을 노리며 그녀 곁에 머물게 된다. 앤과 죠는 로마 거리를 다니면서 사건의 중심에 서게 되고, 죠는 특종 거리를 건지게 된다. 그러나 어느새 두 사람의 마음속에는 사랑의 감정이 자리 잡게 되고 결국 죠는 특종을 포기한 채 앤과의 사랑을 깊이 간직하기로 한다. 주인공들의 외모와 연기도 볼거리이지만, 잠에 취한 장면이나 침대를 옮기는 모습 등은 코믹한 터치로 아이디어가 돋보인다.

2 판타지 영화

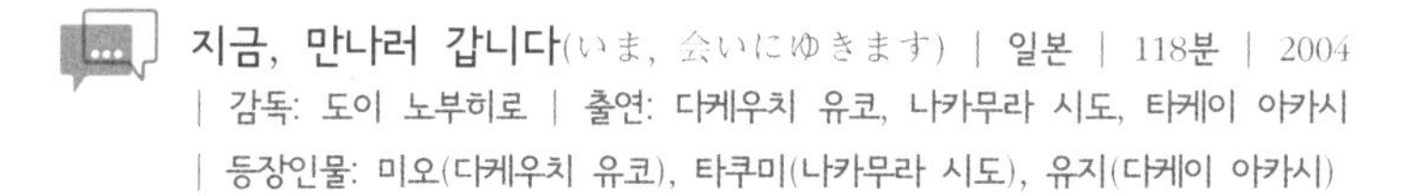
지금, 만나러 갑니다(いま、会いにゆきます) | 일본 | 118분 | 2004 | 감독: 도이 노부히로 | 출연: 다케우치 유코, 나카무라 시도, 타케이 아카시 | 등장인물: 미오(다케우치 유코), 타쿠미(나카무라 시도), 유지(다케이 아카시)

이치카와 타쿠지의 판타지 연애소설로 2003년 출판되어 일본 내 백만부 이상 판매되었던 인기소설이 원작이다. 이치카와 자신의 질병경험을 기반으로 아내와의 연애, 오토바이 여행 등의 실제 이야기를 토대로 하고 있다.

건강이 좋지 않은 타쿠미는 그의 아들 유지와 둘이 살고 있다. 아내이자 엄마인 미오는 1년 전 세상을 떠났다. 그들은 비의 계절

에 다시 돌아오겠다는 그녀의 약속을 떠올리며, 부족하지만 즐겁게 살아간다.

어느 날, 폐공장 주변에서 장마 비를 맞으며 산책하던 부자는 죽었던 미오를 다시 만나게 된다. 그녀는 생전을 기억하지 못하지만 타쿠미와 유지는 다시 돌아온 미오와 함께 살아간다. 그러던 중 미오는 생전에 써왔던 일기를 읽고 모든 사실을 알게 되어 충격에 휩싸인다. 미오는 바로 다음 날부터 어린 유지에게 여러 가지 집안일을 가르친다. 장마가 끝남과 동시에 다시 헤어져야 한다는 것을 깨달았기 때문이다. 또 한편으로 유지의 생일 케이크를 예약하는 등 남을 가족들을 위해 힘쓴다.

이윽고 장마가 끝났다. 미오는 다시 사라졌고 타쿠미는 그녀를 그리워하며 그녀의 일기를 읽다가 미오의 진실을 알게 된다. 미오가 잠시 교통사고를 당해 정신을 잃었을 때 그녀는 자신의 미래를 보게 되었던 것. 미오는 타쿠미와 결혼하면 자신이 죽을 것을 알았음에도 타쿠미를 선택했다. 타쿠미와 유지는 짧은 시간이었지만 그들과 함께 했던 미오를 추억하며 둘만의 삶을 다시 힘차게 꾸려가기 시작한다.

음침한 숲 속에 있는 저택. 그곳에 오필리아라는 소녀가 이사를 왔다. 그녀에게는 만삭의 엄마와 군인인 새아버지가 있다. 새아버지는 오로지 뱃속의 아이에게만 집중하고 오필리아에게는 차갑게 대한다. 그러던 어느 날 오필리아 앞에 요정이 나타나고 요정을 따

라 미로로 들어가자 그녀를 기다리던 판을 만나게 된다. 판은 오필리아가 인간세계로 나와 기억을 잃고 돌아가지 못하는 지하왕국의 공주라고 알려주며 공주로 돌아갈 수 있는 3가지의 관문을 알려준다. 마법의 책, 그리는 대로 문이 생기는 분필, 요정들의 도움을 받아 미션을 해나가는 오필리아. 첫 번째 미션을 통과했지만 갑자기 그녀의 엄마가 하혈을 한다. 판은 엄마의 건강을 회복시켜 주고 다시 두 번째 미션을 하라고 이른다. 그러던 중 오필리아의 엄마가 아이를 낳고는 세상을 떠난다. 새아버지는 엄마의 죽음에도 아랑곳하지 않고 전쟁에만 몰두한다. 슬퍼하는 그녀 앞에 판이 나타나 마지막 미션으로 자신에게 동생을 데리고 오라고 한다. 오필리아는 동생을 안고 판을 찾아가지만, 동생을 죽여야 한다는 말에 도망치려 한다. 그 때, 그녀를 따라 들어온 새아버지가 오필리아를 총으로 쏴 죽이고 만다. 그녀의 보모가 동생을 거두고 오필리아를 찾아내지만 오필리아는 이미 죽어있다. 그 순간 오필리아의 피로 인해 지하세계로 가는 문이 열리고 오필리아는 그곳에서 자신의 엄마와 아빠를 만나게 된다. 전쟁의 참혹함을 환상으로 이겨내는 소녀의 현실이 아프게 묻어 있는 이 영화는 잔인한 현실 속으로 들어온 판타지 영화의 새로운 모습을 보여준다.

3 애니메이션

하울의 움직이는 성 | 애니메이션 | 판타지 | 일본 | 119분 | 2014 재개봉, 2004 개봉 | 감독: 미야자키 하야오

19세기 말, 마법과 과학이 공존하는 세계 앵거리. 그곳에 살고 있는 소피는 모자상점에서 열심히 일하는 소녀이다. 어느 날 동생을 만나러 마을로 간 소피는 우연히 왕실 마법사 하울을 만난다.

단순한 만남이었을 뿐인데, 하울을 좋아하던 황무지 마녀는 소피를 오해하고 그녀에게 90살의 할머니로 변하는 저주를 건다. 자신의 저주를 풀어줄 사람은 하울 뿐이라는 생각에 소피는 하울을 찾아 나선다. 무작정 성으로 침입한 소피는 무대가리 허수아비와 성을 움직이는 불꽃악마 캘시퍼, 집사 마르클, 그리고 하울과 함께 그곳에서 지내게 된다.

더러운 성을 정리하던 중 화장실을 청소하는 바람에 하울의 겉모습은 바뀌게 되고 크게 실망한 하울은 앓아눕기에 이른다. 하울을 간호하던 소피는 그가 전쟁을 하고 싶지 않아 하며 사실은 겁쟁이라는 고백을 듣게 된다. 소피는 그의 옛 스승인 설리만을 찾아가 하울을 빼내달라고 부탁하지만 설리만은 끝까지 하울을 찾아내 전쟁에 참가 시키려 한다. 하울은 소피를 지키기 위해 괴물로 변하여 전쟁터에 나간다. 그러던 중 하울의 어린 시절을 보게 된 소피. 그곳에서 캘시퍼가 사실 하울의 심장이라는 것을 알게 된다. 캘시퍼의 힘이 약해지자 성 역시 점점 부서지기에 이르고 전쟁의 부상으로 쓰러진 하울은 심장(캘시퍼)을 되돌려 받는다. 소피의 키스로 무대가리 허수아비는 저주에서 풀려나고, 모두들 제자리로 돌아온 모습을 본 설리만은 전쟁의 끝을 선포한다.

겨울왕국 | 애니메이션 | 모험, 코미디, 가족, 판타지, 뮤지컬 | 미국 | 108분 | 2014 개봉 | 감독: 크리스 벅, 제니퍼 리

절친이자 우애 깊은 자매인 엘사와 안나. 하지만 엘사가 자신에게 통제할 수 없는 힘이 있다는 사실을 깨닫게 되면서 엘사는 스스로를 가두게 된다. 손만 대면 모든 것이 얼어버리는 저주받은 마법의 비밀이 벗겨지는 순간 엘사는 혼자만의 왕국으로 떠나버린

다. 얼어버린 왕국에 온기를 되돌리기 위해 안나는 언니를 찾아 떠나고 그 여정에서 자신을 도와주는 친구들을 만나게 된다. 위험에 처한 언니를 위해 목숨을 던진 안나의 희생으로 엘사의 저주는 풀리고 자매는 다시 서로에게 더없이 소중한 존재가 된다. 이 영화는 왕자와 공주의 사랑 공식을 벗어나 목숨을 아끼지 않는 자매애를 보여주며 정형화된 애니메이션의 이야기 틀을 파괴하였다. 디즈니는 '겨울왕국'의 성공으로 북미에서만 약 4억 73만 달러(약 4500억 원), 해외에선 8억 7348만 달러의 수입을 기록하여 모두 13억 달러에 이르는 막대한 수익을 거두었다고 한다.[34]

인간의 머릿속에 잠자던 상상력은 이처럼 영상을 통해 구체적인 장면으로 드러나게 된다. 오래된 무성영화나 흑백영화, 멜로영화, 판타지, 애니메이션 등 장르를 가리지 않고 다양한 영화를 접하게 되면 우리 안에 숨어 있는 창의적인 잠재력을 끌어내고 싶은 욕구가 샘솟게 될 것이다.

창의성에 도움이 되는 음악

창의성을 높이기 위해 가장 빈번하게 언급되는 분야가 바로 음악이다. 한국 창작음악 속의 국악적 기법 연구를 진행한 학자이자 작곡가로 현재 한세대에서 작·편곡을 지도하는 정지영 교수는 음악은 구체적이며 직접적으로 감정을 표현하는 언어나 율동과 달리 음(音)을 수단으로 생각과 감정을 표현한다는 점에서 차이가 있다고 말한다. 이러한 음악을 감상하는 주체들은 저마다 주관적이고 창의적인 상상을 할 수 있으며 특히 스토리가 있는 표제음악이 창의성을 높이는 데 도움이 된다고 강조한다. 문학적 분위기나 이미지가 음과 결합되어 끝없는 상상의 나래를 펼치게 하며 표제를 머릿속으로 연상하고 서로 연결지으면서 상상력이 자극받기 때문이다. 정지영 교수가 추천한 음악을 들으면서 자유롭고 황홀한 상상의 세계로 빠져 들어보자.

까미유 생상 – 동물의 사육제

까미유 생상이 1886년에 작곡한 곡이다. 즉흥 연주의 대가로 알려진 생상은 작가이자 화가로 활동하였으며 과학에도 깊은 지식을 지니고 있었다고 한다. 죽기 바로 전날까지도 작곡을 한 것으로 알려져 있다. '동물의 사육제'의 부제는 '두 대의 피아노, 두 대의 바이올린, 비올라, 첼로, 더블베이스, 플루트, 클라리넷, 하모니움, 실로폰, 첼레스타를 위한 동물학적 환상곡'이다. 동물의 사육제는 부제에서도 느낄 수 있듯, 생상만의 해학적이고 익살스러운 면모를 보이고 있다.

'백조'는 느린 선율의 묵직한 현악기의 소리가 마치 잔잔한 물가에서 기품 있게 노니는 백조를 그대로 그려내는 듯하다. '수탉과 암탉'은 피아노와 클라리넷이 수탉과 암탉을 표현하는데, 충돌하는 멜로디가 마치 서로 티격태격 싸우는 것 같은 느낌을 자아낸다.

제11곡 '피아니스트'는 두 대의 피아노와 현악 5부가 연주하는 곡이다. 생상은 이 곡을 연주하는 연주자에게 '초보자가 치는 모양과 그 어색함을 흉내내야 한다'고 지시했다 한다. 여기서 등장한 '피아니스트'는 '동물의 사육제'에서 유일한 인간이다. 인간도 동물 중의 하나라는 것이다. 피아노 초보자들이 연습할 때 배웠음직한 쉬운 음계들이 곡의 앞부분에 등장한다.

세르게이 프로코피에프(Sergei Prokofiev) – 피터와 늑대(Peter and the Wolf)

작곡가 프로코피에프가 1936년 아이들에게 들려주기 위해 만든 음악 동화이다. 프로코피에프는 30분 정도의 줄거리와 음악, 내

레이션을 모두 직접 만들었는데 이 모든 작품을 단 2주 만에 완성했다고 한다. 모스크바 어린이 극장에 올릴 공연을 위해 만든 이 곡은 재밌고 교훈적인 스토리를 통하여 오케스트라 악기에 대한 아이들의 흥미를 이끌어 낸다. 모든 등장인물은 현악기, 플루트, 오보에 등 각자를 상징하는 악기로 표현되며 각각의 음악적 테마를 가지고 있다.

소년 피터(현악기)가 집에서 나오자 오리(오보에)가 연못에 떠있고 새(플룻)들이 지저귀는 평화로운 아침 풍경이 보인다. 이때 고양이(클라리넷)가 새를 잡으려 하지만 실패한다. 할아버지(바순)는 늑대가 나올까 걱정된다며 피터에게 집으로 들어가라 하고, 때마침 등장한 늑대(호른)가 오리를 삼켜버린다. 피터는 자신을 도와주는 새와 함께 늑대의 꼬리에 올가미를 채우고 그 때 나타난 사냥꾼들이 늑대를 잡는다. 피터와 할아버지, 사냥꾼, 고양이, 새 모두 함께 동물원으로 향하며 이야기는 끝이 난다.

니콜라이 림스키-코르사코프 세헤라자데

'세헤라자데'는 림스키-코르사코프의 '3대 관현악곡' 중에 하나로 꼽히는 작품으로, 우리에게 익숙한 '아라비안나이트'에 기반을 둔 오케스트라 곡이다. 모티프가 된 작품이 '아라비안나이트'라는 것에서 알 수 있듯이 림스키-코르사코프는 이국적인 정서에 강한 흥미를 느꼈고 이것을 그대로 곡에 반영했다. 동양에 대한 환상, 오리엔탈리즘을 전곡에서 느낄 수 있는 이 곡은 풍부하고 화려한 러시아적 음악 색깔도 함께 담고 있어 인상적이다. 총 4악장으로 이루어진 작품은 1악장 바다와 신드바드의 배, 2악장 칼렌다 왕자의 이야기, 3악장 젊은 왕자와 젊은 공주, 4악장 바그다드의 축제-

바다-난파-종결로 구성되어 있다. 마지막 악장의 경우 이전 악장에서 등장했던 주제들이 변화된 모습으로 재등장하며 세헤라자데의 주제, 왕의 주제가 함께 뒤섞이며 평화로운 화합을 노래한다.

이처럼 각양각색의 악기가 조화를 이루며 행동을 묘사하고 감정을 표현하는 음악의 세계에서 우리의 영혼은 자유로워지고 창의적인 기질도 발현될 수 있다.

창의성에 자극을 주는 그림

이응노 문화재단의 이지호 대표는 창의성을 자극하는 화가로 망설임 없이 이응노와 백남준을 꼽는다. 이 둘은 한국이 낳은 세계적인 화가들이다.

1 이응노

이응노는 1904년 충청남도 홍성에서 태어났다. 부모님의 반대에도 화가의 꿈을 꺾지 않았던 그는 19살에 해강 김규진의 문하생이 되어 가르침을 받았다. 이듬해 제3회 조선미술전람회에서《청죽》으로 입선하면서 화가로서의 길을 시작한 이응노는 이후에도 여러 대회에서 입선했다. 이 때 대나무를 잘 그리기로 유명하여 그의 호가 '죽사(竹史)'가 되었다고 한다. 1935년 일본 가와바타 미술학교에 입학하였고, 혼고회화연구소에서도 서양화를 배우며 근대 미술에 대해 깨닫게 되었다. 이 시기 그가 주로 그린 작품은 사실적인 화풍의 풍경화였다. 1945년 3월 귀국한 그는 해방 이후 단구미술원을 조직하였고 홍익대학교 동양화과의 교수로 취임하였다. 이때부터 현대적인 수묵화법으로 풍경과 동물, 새 등을 소재로 삼아 자유분방하고 독특한 작품을 그려냈다. 그러던 중, 6.25전쟁이 발발하면서 사회가 아노미 상태에 빠지고 이 와중에 자신의 아들이 북한으로 넘어가게 된다. 그는 전쟁의 혼란을 묘사하거나 평화로웠던 모습을 다시 되찾으려고 노력하는 사람들의 모습을 담은 그림을 주로 그렸다.

1958년 그의 나이 55세 때, 이응노는 세계 미술계에 도전하기 위해 프랑스 파리로 향한다. 다양한 재료들을 캔버스에 붙이는 콜라주 또는 태피스트리를 활용하여 실험적인 작품을 선보였던 그는 곧 세계적인 주목을 받게 된다. 폴 파케티 화랑에서 열린 첫 개인전에서 이응노는 추상적인 작품을 발표하여 큰 호평을 받았고 유럽화단에서 눈길을 끌게 된다. 그러나 1967년 월북한 아들을 만나려다 동베를린 공작단 사건에 연루되면서 한국으로 강제 소환되어 서울에서 옥고를 치른다. 1969년 사면된 이응노는 이후 파리로 돌아갔지만 1977년 또다시 정치적 사건에 연루되었고 이후 한국과의 관계를 끊어버린다.

분단의 상황에서 몸도 마음도 지친 이응노는 '사람'에 집중하여 작품활동을 펼쳐나간다. 1980년 광주민주화운동을 접하면서 그의 인간에 대한 관심은 더욱 깊어지고, 다양한 인간군상을 표현하게 된다. 수많은 군중이 춤을 추는 듯 엉켜있는 모습은 평화와 조화를 염원하는 그의 마음을 담은 것이다.

이응노는 1983년 프랑스 국적을 취득하여 프랑스로 귀화한다.

1989년 호암 갤러리에서 대규모 이응노 회고전이 열리지만, 그는 전시 첫 날 파리에 있는 자신의 작업실에서 쓰러져 그 다음날 눈을 감고 만다. 이응노의 작품이 궁금하다면 대전 이응노 미술관에 가면 된다. 그의 삶이 오롯이 담겨 있는 작품들이 우리를 기다리고 있다.

2 백남준

한국이 낳은 세계적인 비디오아티스트 백남준은 1932년 7월 20일 서울에서 태어나 도쿄대학에서 미학미술사학과를 전공한 뒤 뮌헨대와 쾰른대학에서 서양건축과 음악 등을 공부했다. 1958년 백남준은 음악가 존 케이지와 운명적인 만남을 갖게 된다. 데뷔작 '존 케이지에 대한 오마주', 존 케이지의 넥타이를 잘라낸 '피아노 포르테를 위한 연습곡'으로 눈길을 끌게 된다. 백남준은 이 작품으로 요제프 보이스와 만나게 되는데 이 만남은 그와 요제프가 평생의 인연을 이어가는 계기가 된다. 이후 백남준은 플럭서스의 창립 멤버가 되고 요제프 보이스와 함께 독일 플럭서스 운동을 이끈다. 백남준은 당시 가정용으로 보편화되기 시작한 텔레비전이라는 매체에 흥미를 갖게 된다. TV에 대한 실험을 거듭하던 그는 1963년 독일 파르나스 갤러리에서 열린 첫 개인전 '음악의 전시－전자TV'에서 텔레비전 13대와 피아노를 배치하고, 요제프 보이스가 피아노를 파괴하는 퍼포먼스를 펼친다. 1965년 백남준은 아방가르드 페스티벌에 초청받아 뉴욕으로 건너가고 그곳에서 전위적 첼리스트 샬롯 무어먼을 만난다. 그와 샬롯은 음악과 미디어, 퍼포먼스를 결합한 작품들을 선보이며 작품 활동을 펼친다. '오페라 섹스트로니크(1967)'에서는 무어만이 상의를 벗은 채 첼로를 연주하여 경찰에 연행되는 등 센세이션을 일으키기도 하였다.

1984년 새해 첫 날. 백남준은 '굿모닝 미스터 오웰'이라는 작품을 뉴욕과 파리, 베를린, 서울을 연결하여 실시간 위성 생중계로 최초 발표한다. 존 케이지, 요제프 보이스, 이브 몽탕, 머스 커닝엄 등 자신과 함께 활동한 아티스트들의 퍼포먼스를 담은 이 영상은 전 세계적으로 크나큰 파장을 일으켰다. 새로운 문화를 추구하며 실험적인 작품으로 예술계에 화두를 던진 백남준은 2006년 74세에 별세했다.

전기와 건축, 미술과 음악에 이르기까지 다양한 분야를 아우른 그의 예술작품들은 경기도 용인에 위치한 백남준 아트센터에서 만날 수 있다.

창의성을 높여주는 음식

'기억은 날카롭게, 뇌는 젊게 하라'라는 말이 있다. 창의성은 뇌와 연관이 있다. 특히 창의성에 중요한 것은 서로 연결하는 능력이다. 머릿속에 여기저기 흩어져 있던 것들이 서로 다리를 만들면서 어느 순간 하나의 결과물로 나타난다. 우리 뇌에 새로운 것을 저장할 때 새로운 뇌세포를 만들어 그곳에 보관하는 것이 아니라 뇌세포 사이에 시냅스라 불리는 새로운 연결부를 만들어 내거나 기존에 존재하는 연결부를 강화한다고 한다. 뇌는 정보를 받아들여 중요한 것은 간직하고 불필요한 것은 버리는데 이 때 완전히 삭제하는 것이 아니라 마치 컴퓨터의 휴지통처럼 영구삭제만 하지 않는다면 필요할 때 툭 튀어나올 수도 있게 만든다. 따라서 뇌가 녹슬거나 또는 너무 피곤하지 않도록 잘 관리해야 한다. 뇌를 건강하게 하려면 무엇보다 뇌에 좋은 음식을 먹어야 하며, 적당한 운동을 통해 뇌에 필요한 산소를 공급해 주고, 스트레스를 해소해야 한다. 그리고 뇌가 쉴 수 있도록 충분한 수면을 취해야 한다.[35]

결론적으로 뇌세포의 손상을 막고 뇌를 건강하게 지켜주는 음식이 곧 창의성을 높이는 데 도움이 된다는 것을 알 수 있다. 구리, 콜레스테롤과 결합해서 뇌세포를 손상하는 물질로 알려진 호모시스테인을 제거하기 위해서는 엽산이 풍부한 브로콜리, 시금치, 아스파라거스, 녹색잎채소, 콩, 감귤류 등을 섭취해야 한다. 또 두뇌에 활력을 주고 집중력을 높여주는 견과류, 집중력을 높여주는 우유와 두유, 두뇌회전을 높이는 해조류와 어류, 긴장을 풀어주는 토마토와 당근, 오렌지, 레몬 등 보기에도 좋고 맛도 좋은 음식을 만들어 먹는 습관을 들이자.

Creative Project

뇌에 좋은 재료로 먹음직스러운 음식을 만들어 보자. 만드는 과정을 기록하고 사진으로 남겨 SNS에 올려 보면 어떨까?

Output

• 오렌지 소스로 맛을 낸 월넛 & 엔초비 샐러드(요리: chef 루시홍)

재료: 올리브 오일 3T, 현미식초 2T, 카놀라유 2T, 오렌지 1/2쪽, 소금, 후추 약간, 호두 30그램, 잔멸치 10그램, 방울토마토, 브로콜리, 양상추, 치커리 약간

만드는 법:

1. 먼저 브로콜리를 살짝 데친 뒤 찬물에 헹구고, 다른 준비된 야채들도 씻어서 함께 채에 받쳐 놓는다.
2. 오렌지 즙을 내어 올리브 오일 3T, 현미식초 2T, 소금, 후추 약간씩을 넣고 소스를 준비한다.
3. 기름 두르지 않은 팬에 호두를 살짝 덖는다.
3. 달군 프라이팬에 카놀라유 2T를 두르고 잔멸치를 노릇노릇하게 바싹 볶은 다음 키친타월에 올려 기름을 뺀다.
4. 야채를 접시에 담고 멸치와 호두를 맨 위에 올린 다음 오렌지 소스를 뿌린다.

그림 3 오렌지 소스로 맛을 낸 월넛 & 엔초비 샐러드

Being Creative

창의성에 도움이 되는 장소

1 도서관

커다란 창문을 통해 비추는 부드러운 햇빛, 넓은 공간을 꽉 채우고 있는 책장과 그 책장을 채우고 있는 낡은 책들. 그리고 그 사이 사이 골몰하는 표정으로 책을 고르고 있는 사람들. 도서관은 지혜와 지식, 경험과 정보, 익숙한 것과 낯선 것들이 공존하는 곳이다. 도서관에 가면 수백만 년 전의 지구에서 수세기 뒤의 우주, 전통농법에서 첨단 과학에 이르기까지 시대와 공간, 장르를 아우르는 만남이 가능하다. 어디서 왔는지 모르는 많은 사람들이 다함께 숨죽여 책 속의 세상을 유영하는 도서관은 언제나 새로움을 준다.

2 시장

삶이 무료하거나 지칠 때 위안을 주고 살아갈 힘을 주는 곳이 바로 시장이다. 시끌벅적하고 정겨운 풍경의 시장은 생각만으로도 활기가 넘친다. 파는 이와 사는 이가 서로 말을 건네고 마음이 오가는 시장에서 사람들을 관찰하며 여러 가지 아이디어를 떠올려 보는 것도 재미있는 일이다. 목청 높여 호객행위를 하며 만두를 만들거나 족발을 썰고, 생선을 다듬는 상인들의 모습에서 삶의 치열함을 엿볼 수 있다. 이 골목 저 골목 다니면서 물건을 구경하고, 어묵이나 전 같은 거리 음식을 먹으며 시장을 돌아다니다 보면 어느새 마음이 신선한 에너지로 가득 찬 것을 느낄 수 있다.

3 쇼핑몰

구역을 나누어 일렬종대로 차곡차곡 들어서있는 상점들을 위에서 내려다보면 쇼핑몰이 마치 정리정돈이 잘 되어 있는 서랍장 같다. 요즘 웬만한 쇼핑몰은 쇼핑하기 편하게 기획되기 때문에 깔끔하고, 다양한 상품, 브랜드들을 입점해놓는다. 이국적인 느낌의 의류 브랜드부터 식료품매장에서 볼 수 있는 브라질 전통 소스까지 한 쇼핑몰에서 우리는 거의 모든 세계의 물건들을 구경할 수 있는 셈이다. 자신에게 필요한 물건을 사기 위한 쇼핑이 아니라 일종의 탐험 같은 자세로 쇼핑을 해 본다. 아이들의 장난감이나 주방기기, 럭셔리 스포츠용품, 명품 가방 등 나와 상관없거나 관심이 없는 물건을 하나하나 탐색해 본다면 미처 알지 못했던 새로움을 찾을 수 있을 것이다.

4 미술관

'다른 사람들은 어떻게 생각할까?'에 대한 답을 찾을 수 있는 곳이다. 예술가들은 우리가 미처 생각지도 못한 방법과 연출로 자신의 생각을 작품을 통해 표현하고 구현한다. 미술관에 가면 사고의 틀이 깨어지고 넓은 세상이 펼쳐진다. '이렇게도 느낄 수 있구나', '이렇게도 해석할 수 있구나'라고 느끼며 생각에 생각이 꼬리를 물게 된다.

미술에 대해 알지 못해도 따뜻한 느낌을 주는 그림이다, 나무를 그린 그림이다, 혹은 정말 난해하다 싶을 정도로 단순한 말 한마디만 할 정도면 된다. 미술관에 찾아가 작품을 보는 것만으로도 충분히 기분 전환이 되며 내 머릿속 어딘가에 혹은 몸 어딘가에 창의적인 아이디어를 저장해 놓을 수 있기 때문이다.

5 박물관

그림 4 전쟁과 여성인권박물관

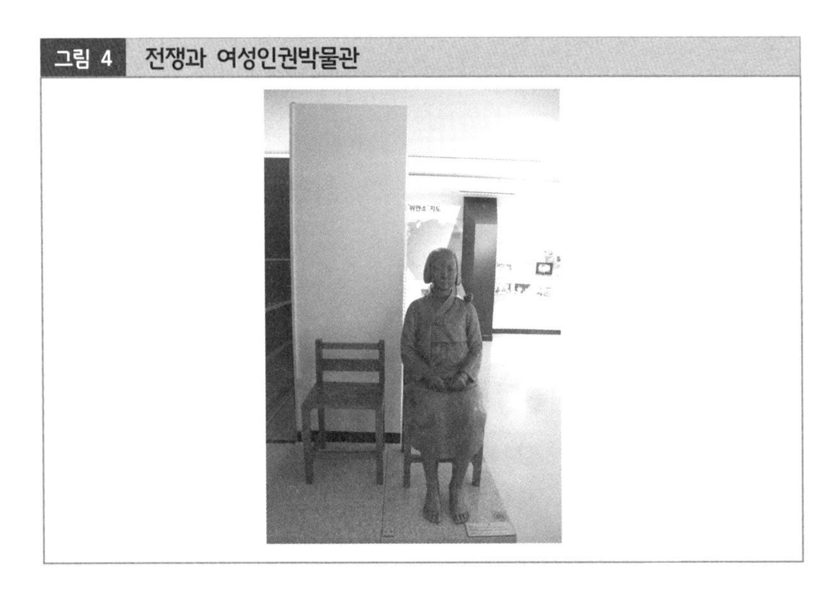

박물관에 가면 평소에는 생각지도 못한 세계와 마주하게 된다. 지금은 사라졌지만 한때 세상을 지배했던 공룡의 자취를 살펴볼 수도 있고, 백성들로부터 존경을 받았던 임금님이나 비운의 왕비를

만날 수도 있다. 이름을 알 수 없는 조상들이 썼던 그릇이나 농기구는 물론 비극의 현장을 간직한 유물들도 있다. 그곳에서 우리는 시간 앞에 작아지는 인간의 나약함과 그토록 나약한 인간이 이루어낸 성과, 그리고 인간의 위대함과 동시에 잔혹성을 느낄 수 있다. 박물관은 우리가 알고 경험한 것이 얼마나 보잘 것 없는지 알려주며 미지의 세계에 대한 호기심을 키워준다.

6 산

산은 늘 그대로면서도 변화무쌍하다. 계절에 따라 꽃과 잎이 피었다지며, 화사해졌다가 황량해지기도 한다. 산은 묵묵히 변화를 수용하면서 온갖 풀과 꽃, 나무, 벌레와 새, 짐승을 키운다. 산에 가면 우리는 맑은 공기와 자연의 소리를 만나고, 자연을 느끼며 자연에 대한 경외심을 갖게 된다. 정상에 이르기까지 숨이 거칠어지고 갈증이 나지만, 가파른 길이 있으면 평평한 길도 있는 법이라고 알려준다. 이처럼 산은 자만심에 가득 찬 우리를 겸손하게 해주며 작은 것도 크게 보고, 큰 것도 작게 보게 하는 지혜를 준다.

7 공원

연인들의 달뜬 속삭임과 아이들의 웃음소리, 그리고 여유로운 산책이 있는 곳. 도심 속에 초록을 뿌리는 공원은 삶에 쉼표를 찍을 수 있는 공간이다. 사르트르와 보바리도 파리의 중심가에 자리잡은 뤽상부르 공원을 거닐며 애정과 지식을 나누었고, 화가들은 공원의 조각품을 그리거나 풍경을 그리며 마음을 안정시켰다. 이처럼 공원은 예술가와 문인들에게 숱한 영감을 주며 사색과 휴식을 가능하게 해 주는 장소이다.

로맨틱한 이름의 마로니에 공원에서 아이들을 위한 놀이공원, 나무가 울창한 국립공원에 이르기까지 제각기 휴식이라는 제 역할을 다하고 있다. 굳이 이름난 공원이 아니더라도 동네의 소박한 공원을 찾아 느긋하게 걷다가 앉아서 주위를 둘러보면 어느덧 마음이 편안해지고 고민하던 문제가 별것 아니라는 생각을 하게 될 것이다. 어느 순간 멋진 아이디어가 번쩍 떠오를 수도 있다.

8 강·바다

강이나 바다의 공통점은 흘러간다는 것이다. 슬픔도 기쁨도 강과 바다 앞에 서 보면 한낱 흘러가는 일에 지나지 않는다. 때로는 잔잔하게 때로는 거칠게 흐르면서 마음속에 일렁이는 감정들이 별것 아니라며 위로해준다. 김용택 시인은 강을 바라보며 이렇게 노래하기도 했다.

이 세상/우리 사는 일이/저물 일 하나 없이/팍팍할 때/저무는 강변으로 가/이 세상을 실어오고 실어가는/저무는 강물을 바라보며/팍팍한 마음 한 끝을/저무는 강물에 적셔/풀어 보낼 일이다/

— 김용택 '섬진강5' 중에서

Creative Project

창의성에 도움이 되는 곳을 찾아 그곳의 정경을 적어보자.

Output

수원 망포동 태장마루 도서관입니다. 좋아하는 장소 중에 하나죠. 프랑스 유학시절 파리의 도서관은 놀이터이자 휴식처, 지식을 탐구하는 나만의 공간이었습니다. 태장마루 도서관은 그때를 떠올리게 합니다. 밝고 탁 트인 도서관의 너른 창가 쪽 의자에 앉아 책을 읽으면서 내면으로 깊이 들어가는 값진 경험을 할 수 있으니까요.

서가에서 중국작가 위화의 단편소설집 "내게는 이름이 없다"를 뽑아들고 절반정도 읽었습니다. 놀림받고 이용당하는 가엾은 주인공에게 자꾸 마음이 쓰였습니다.

서문에 작가가 쓴 글도 와 닿았는데요. "나는 글쓰기가 끊임없이 기억을 환기할 수 있다는 사실을 경험했다... " 글쓰기는 불가능하거나 가능한 욕망을 환기하고, 일어났던 일이나 일어날 뻔했던 일을 되새기고, 상상까지도 모두 불러내어 허구의 이름으로 재탄생시킵니다. 그러나 그것이 담아내고자 하는 것은 진실한 그 무엇이 아닐까 생각합니다.

그림 5 태장마루 도서관

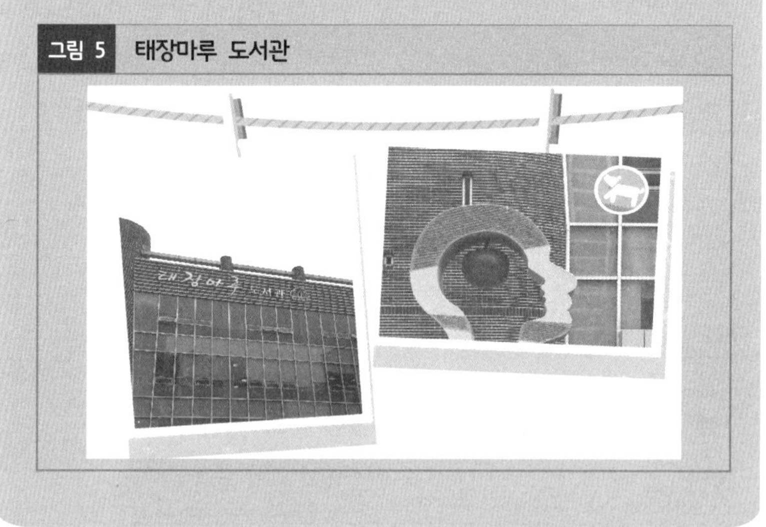

Being Creative

제 3 부

Creative Writing Project

창의적인 아이디어를 찾아라

글쓰기 전단계

사람은 누구나 창조의 열정을 지닌 씨앗을 지니고 있다. 우리가 내면의 소리에 살짝 귀를 기울이기만 한다면 이러한 열정은 곧바로 싹을 틔우게 된다.[36] 내면의 소리에 귀를 기울인다는 것은 창의적인 훈련을 통해 아이디어를 끄집어내는 것을 의미한다. 창의적인 글을 쓰기 위해서는 자신의 안에 있는 창조의 씨앗을 끄집어내 싹을 트게 해야 한다. 이것은 자연스럽고 기분 좋게 시작해야 한다. 짜낸다고 글이 써지는 게 아니다. 어떤 종류의 글이든간에 글을 쓰기 전에 아이디어를 떠올리며 구상하는 단계가 필요한데 이것을 '글쓰기 전단계'라고 부른다. 칼의 노래로 잘 알려진 작가 김훈은 하루에 세 시간씩 작업실에서 글을 쓰는데, 글을 쓰기 위해 자리에 앉아서 우선 시작을 해보면 그 날 잘 될지 안 될지 안다고 한다. 세 시간 이외의 시간은 자유 시간이지만, 글이 안 써질 때는 하루 종일 놀기도 한다. 이 때 '노는 시간'은 생활에서 직접 느끼거나 관찰하면서 아이디어를 떠올리고 그것이 머릿속에서 뒤섞여 영감으로 탄생할 때까지의 시간을 의미한다. 평상시에 이런 훈련을 계속해 두면 글을 쓰기 위한 아이디어를 떠올릴 때 불러낼 수 있다.

주제나 소재가 정해진 글을 쓸 경우 제일 먼저 할 것은 관련된 요소들을 불러 모으는 일이다. 이 때 아이디어는 큰 덩어리로 떠오르거나 혹은 작은 알맹이가 되어 톡톡 튀어나올 수도 있다. 또한 아이디어는 이미지를 동반할 수도 있고 그렇지 않을 수도 있으며, 과거의 경험을 토대로 떠오르는 재생적 상상일 수도 있고, 전혀 상관없는 미지의 세계에 대한 창조적 상상일 수도 있다. 아무튼 이러한 아이디어의 대부분은 개인의 과거 경험에 바탕을 둔 것이다.[37] 따라서 아이디어를 떠올릴 '거리'를 만들기 위해서는 개인의 경험과 체험이 무엇보다 선행되어야 한다.

창의적 사고의 개입이 가장 활발하게 이루어지는 부분은 바로 '쓰기 전 활동', 즉 글쓰기 전단계에 있다. Murray는 전체 쓰기 시간 중에 쓰기 전 활동을 하는데 70% 이상을 보내야 한다고 주장하기도 하였다.[38] 그만큼 아이디어를 내는 활동이 중요하다는 의미다. 창의적 글쓰기에서 가장 중요한 것은 창조적으로 생각하는 능력을 기르는 것이다. 창의적인 사고를 하게 되면 글의 내용을 창조적으로 구성할 수 있다. 따라서 창의적으로 사고하는 능력을 키우는 것이 무엇보다 필요하다. 고정관념 깨뜨리기는 창의적 사고를 위한 가장 기초적인 훈련으로 꼽힌다.[39] 그리고 창의적인 능력이 발휘되는 것을 방해하는 부정적인 생각을 없애고, 자유로운 연상과 유추법 등을 사용해 아이디어가 마음껏 발현되도록 도와야 한다.

Creative Project

자신의 창의적인 생각과 창의적인 글쓰기에 방해가 되는 요소는 무엇인지 적어보고 그런 생각들에 이름을 붙인 다음 "사라져라!"라고 말한다.

Output

글쓰기에 방해가 되는 요소: 간헐적으로 들리는 생활소음, 스트레스, 배고픔, 딱딱하고 불편한 의자, 추위 혹은 더위, SNS, 주변인들의 눈총과 비난, '내가 잘 하고 있는 걸까?', '이렇게 하는 게 맞는 걸까?'에 대한 두려움에 관한 생각들.

나의 부정적인 생각의 이름은 '내버려둬'이다. 제발 나를 내버려두고 멀리멀리 떠나가라는 뜻에서 지었다. '내버려둬'들은 모두 사라져라!

Being Creative

아이디어 발상의 단계

아이디어를 떠올리려고 할 때 어떻게 시작해야 할지 막막하기만 하다. 이 경우 월리스의 4단계를 따르면 쉽게 시작할 수 있다. 월리스(G. Wallace)는 창조에 있어 준비(preparation), 배양(incubation), 조명(illumination), 검증(verification)의 4단계로 실행할 것을 제안하였다.[40]

준비단계에서는 문제를 정의하고 과제가 무엇인지 파악하며 이와 관련한 자료를 찾고 정보를 수집하는 작업이 진행된다. 이 단계에서는 생각이 떠오르는 대로 혹은 자료의 순서대로 리스트를 만들어 본다. 각자 자기 방식에 따라 적기 편한 것을 찾거나 보기 편한 것을 선택하면 된다. 문제나 과제에 지나치게 몰입하면 정작 중요한 것을 놓치거나 좋은 아이디어를 찾아내지 못할 수도 있다. 따라서 2단계에서는 문제에서 잠시 벗어나 여행을 한다든지 영화를 보는 등 다른 활동을 하는 것이 필요하다. 마치 밥에 뜸을 들이듯, 와인을 숙성시키듯, 아이디어가 스스로의 시간을 가지면서 연결되고 버무려지도록 가만히 내버려 두는 것이다. 이렇게 하면 번쩍하고 빛이 번뜩이는 순간이 찾아온다. 바로 기발한 아이디어의 빛이다. 이 단계에서는 문제에 대한 답을 찾아내고 바라던 아이디어를 얻을 수 있다. 그러나 답을 얻었다고 바로 끝나는 것이 아니라 검증하는 절차를 거쳐야 한다. 실현가능한지, 허점은 없는지, 다른 문제는 없는지에 대해 주위 사람들에게 물어보고 확인하는 마지막 단계까지 소홀함이 없어야 한다.

제임스 웹 영은 아이디어 발상을 위해 필요한 5단계를 제안하였다.[41] 이는 월리스의 4단계에 습득한 정보를 느끼고 체화하는 단계를 하나 더 추가한 것으로 다음과 같다.

표 2 제임스 웹 영의 아이디어 발상을 위한 5단계

단 계	내 용
1단계 ingestion stage	자료와 정보의 섭취
2단계 digestion stage	섭취한 내용을 느끼며 체화하는 과정
3단계 incubation stage	잊어버리는 시간
4단계 illumination stage	유레카
5단계 verification stage	평가와 보완

제임스 웹 영의 5단계를 비롯해 다른 학자들도 아이디어 발상의 단계를 세분화하거나 변형하였는데 이는 대부분 월리스의 4단계를 토대로 한 것이다. 여기에서 우리는 아이디어가 가만히 있으

면 저절로 생기는 것이 아니라는 것을 알 수 있다. 좋은 아이디어를 얻기 위해서는 정보를 수집해서 분석하고 응용하는 논리적인 과정이 선행되어야 한다. 이렇게 머릿속에 지식과 정보를 차곡차곡 쌓아가다 보면 조용히 재료들이 서로 섞이면서 어느 순간 우리 앞에 아이디어가 되어 나타나고 우리는 저절로 "유레카"를 외치게 될 것이다. 창조적인 작업을 하는 사람들에게 그 순간은 기다림의 산물이자 환희의 절정이다.

Creative Project

월리스의 4단계에 따라 휴대폰 중독에 빠진 사람들에게 그 심각성을 알리는 UCC 스토리를 기획해 보자.

1단계: 휴대폰 중독의 심각성에 대한 자료를 수집하고 통계수치, 동영상 자료를 조사하여 이를 정리하는 한편 자신의 경험이나 들은 내용 등 떠오르는 생각을 기록한다.

2단계: 내가 좋아하는 영화를 보거나 운동을 하며 휴대폰 중독에 관한 것을 잊어버린다.

3단계: 떠오르는 아이디어를 토대로 스토리를 구성한다.

4단계: 영상동아리 회원들에게 들려주며 그들의 의견을 물어본다.

Output

1. 정보, 자료 수집, 경험 떠올리기

• 중독의 개념

중독에 대한 개념은 약물중독 혹은 물질중독의 개념을 넘어 도박, 인터넷, 게임, 스마트폰에 이르는 '행위중독(behavioral addiction)' 개념으로 확산되고 있음.

한국은 전 세계 무선광대역 사용국 1위의 IT 강국이지만 이로 인해 청소년을 포함한 취약계층에서 행위중독에 대한 심각한 문제가 발생하는 실정임.

미국 디지털제품 시장조사 업체 컴스코어(comScore)의 최근 자료에 따르면 지난해 12월 미국 전체 휴대전화 시장에서 스마트폰의 점유율은 75%이며 13세 이상의 4분의 3이 스마트폰을 소유하고 있음.

• 휴대폰 중독의 현황

스탠포드대는 최근 연구를 통해 스마트폰 이용자의 4분의 1이 '중독'된 상태라는 결과를 내 놓음. "스마트폰 앱 없이는 인간관계를 유지할 수 없다"는 응답이 21%, "스마트폰이 없으면 새로운 친구를 찾을 수 없다"는 응답이 19%, "오프라인 관계만으로는 행복할 수 없을 것"이라는 응답이 11%로 나타남.[42]

그 밖에 "36개월 미만 아기도 '스마트폰 중독' 주의보", "'스마트폰 뺏었다'며 엄마 2번 살해하려 한 10대 소녀" 등 스마트폰 중독이 사회적 문제로 심각한 실정임.

• 나의 경험

나는 스마트폰이 국내에 처음 출시되었을 때부터 사용하고 있다. 'Smart phone'은 단어의 의미 그대로 똑똑한 휴대폰이지만, 점점 인간을 바보로 만들고 있다. 스마트폰의 속도가 조금이라도 느리면 짜증이 나고, 스마트폰이 내 손에서 떨어져 있으면 불안함을 느낀다. 시도 때도 없이 스마트폰을 사용하면서 아무 이유 없이 기기를 만지작거린다. 예전에는 휴대폰의 값도 저렴하고 튼튼해서 전화와 문자만 된다면 아무 문제없이 사용했지만, 요즘은 가격도 비싸고 쉽게 고장 날 우려가 있어 스마트폰을 애지중지 관리하고 있다.

2. 아이디어 발상

스크린이 좌우 반씩 나뉘어 서로 비교가 되게 하면 어떨까? 먼저 왼쪽은 스마트폰에 중독된 사람들의 현재 모습을 담을 것이고, 오른쪽은 스마트폰을 손에서 내려놓은 건강한 모습을 담는다. 극명한 대비로 어느 것이 옳고 건강하며 활기 넘치는 모습인지를 명확히 제시하여 스마트폰에 중독되어가고 있는 우리의 모습에 경종을 울리게 할 것이다.

3. 글쓰기

- 주제: 스마트폰 중독
- 형식: 스마트폰 중독이 된 모습과, 그렇지 않은 건강한 모습의 비교를 소재로 한 UCC
- 제목: 동시상영(작가: 표진수)
- 등장인물 및 특성:

김중(18세) – 스마트폰에 중독이 된 고등학생. 다크 서클이 짙고 초췌한 모습이며, 비실해 보이고 옷도 꾀죄죄함. 주변에 사람이 없다. 스마트폰을 몸의 일부처럼 들고 다니며 길을 걸을 때, 교통수단을 이용할 때, 수업시간, 식사시간, 잠들기 전까지 스마트폰을 사용한다. 가끔 스마트폰 때문에 위험에 처하기도 한다.

* 그 외 주변에 스마트폰에 중독이 된 사람들

이건(18세) – 스마트폰을 필요할 때에만 잘 이용하는 건강한 고등학생. 초롱초롱한 눈빛에 밝은 모습이다. 스마트폰은 주머니나 가방 속에 있어서 잘 신경을 쓰지 않는다. 주변에 항상 친구가 많다. 운동을 잘 한다. 항상 웃는 모습이고 건강미가 넘친다.

* 그 외 주변에 스마트폰에 중독이 되지 않은 건강한 사람들

#1 좌측화면과 우측화면에서 두 주인공의 하루가 동시에 시작이 된다.

좌측의 김중은 일어나자마자 피곤한 얼굴로 스마트폰을 확인하고 스마트폰 게임을 한다.

우측의 이건은 일어나자마자 상쾌한 얼굴로 기지개를 편 뒤 이불을 개고 물 한잔을 마신다.

#2 아침식사시간

좌측의 김중은 스마트폰을 사용하며 깨작깨작 밥을 먹다가 부모님에게 꾸중을 듣는다.

우측의 이건은 식사준비를 하시는 부모님을 돕고 맛있게 식사를 하며 부모님과 대화를 한다.

#3 등교시간

좌측의 김중은 걸을 때와 버스를 탈 때 스마트폰을 바라보며 간다. 넘어질 뻔하거나 지나가던 차에 치이기 직전의 아슬아슬한 순간도 있다.

우측의 이건도 스마트폰을 이용하지만, 이어폰의 음량을 작게 튼 음악을 들으며 자전거를 타고 등교를 한다.

#4 학교

좌측의 김중은 수업시간에 스마트폰을 하다가 선생님께 걸려 꾸중을 듣는다. 그러나 굴하지 않고 쉬는 시간에도 스마트폰을 한다.

우측의 이건은 초롱초롱한 눈으로 수업을 잘 듣고 쉬는 시간에는 친구들과 말뚝 박기 놀이를 한다.

#5 방과 후

좌측의 김중은 집에서 TV와 컴퓨터를 켜놓고도 스마트폰을 만지고 있다.

우측의 이건은 강아지 산책을 시킨 뒤 샤워를 하고 공부를 한다.

#6 잠자기 전

좌측의 김중은 어두운 방 안에서 스마트폰 불빛을 바라보며 누워있다.

우측의 이건은 잠깐의 독서 후 잠이 든다.

#7 다음날 아침 스크린이 점점 합쳐진다.

이번에도 둘의 하루가 동시에 시작이 된다. 좌측의 김중이 눈을 비비며 우측의 이건을 부러워하는 눈빛으로 쳐다본다. 스마트폰에 시간을 빼앗겨 미루어두었던 교과서와 참고서가 책상 위에 쌓여 있다. 우측의 이건도 좌측의 김중을 초롱초롱한 눈으로 쳐다본다. 이건이 스마트폰을 꺼내 문자를 작성하기 시작한다.

수신인: 김중

메시지: "같이 운동할까?"

그리고는 전송버튼을 누른다. 문자를 받고 망설이는 김중.

"그래!!!"라고 답장을 보낸 뒤 스마트폰을 침대 위로 던진다.

밖으로 뛰어나가는 김중과 이건.

화면이 하나로 합쳐지며 두 사람이 동네를 뛴다.

엔딩.

Being Creative

무의식의 중요성

아이디어를 내는 창의적인 과정에서 우리의 경험과 기억, 상상이 혼합되어 탄생하는 영감은 섬광처럼 빛나는 순간에 나타난다. 영감은 우리가 알지 못하는 무의식의 작용에 의한 것으로 의도한다고 해서 되는 것도 아니며, 기다린다고 오는 것도 아니다. 그러나 마냥 기다릴 수는 없기에 무의식이 우리에게 먼저 말을 걸어오게 해야 한다. 현대인의 불안정한 심리를 세밀하게 묘사한 희곡 '누가 버지니아 울프를 두려워하랴'로 널리 알려진 극작가 에드워드 올비는 "무의식에 머리를 달아 말을 걸게 만드는 것"이 중요하다고 하였다. 그는 창조 과정이란 무의식에서 진행되던 생각을 포착해서 의식의 영역으로 옮기는 것이며, 이 때 사고의 과정은 대부분 직관적이고 무의식의 지배를 받게 되지만, 미학적 효과를 발휘하고 주제를 통제하기 위해서는 동시에 의식적인 작업이 필요하다고 강조한다. 이는 무의식과 의식이 반응을 일으켜 아이디어가 곪을 때까지 기다려야 한다는 것을 의미한다.[43] 우리는 글을 쓰면서 자신이 알지 못하는 무의식의 세계에 다가갈 수 있다. 사실 우리 의식의 숨겨진 부분에는 놀라울 정도로 사소한 기억들이 무수히 담겨 있다고 한다.[44] 우리가 살아가면서 쌓아놓은 의식의 저편에 있는 기억들은 우리가 알지 못하는 능력을 지니고 있으며, 무의식 안에 숨겨져 있는 이 힘은 우리의 삶에 영향을 미친다.[45]

무의식에 대해 연구한 심리학자 칼 융은 우리의 의식으로부터 무엇인가가 빠져나갔을 때, 그것은 존재하지 않게 된 것이 아니라 길모퉁이에서 우리가 볼 수 있는 범위를 벗어나 버린 자동차처럼 다만 보이지 않게 되었을 뿐이라고 하였다. 마치 나중에 한 바퀴를 돌아 다시 우리 앞에 나타난 그 자동차를 또 볼 수 있듯이 일시적으로 잊고 있던 생각은 어느 날 문득 떠오르게 된다. 이렇듯 무의식의 부분은 일시적으로 불명확해진 생각과 인상, 이미지 등으로 이루어져 있고, 사라진 것처럼 보일지라도 우리의 의식인 마음에 계속 영향을 주게 된다.[46] 융은 니체의 작품을 들어 이를 증명하고 있다. 1886년 니체가 쓴 '짜라투스트라는 이렇게 말했다'에는 1835년에 발행된 한 선원의 수기와 거의 비슷한 구절이 등장하는데, 니체의 누나는 열한 살 되던 해 어린 니체가 이 책을 읽은 적이 있다고 말했다고 한다. 이는 고의적으로 표절하려 했던 것이 아니라 어린 시절 니체의 무의식 속에 잠재해 있던 이야기가 50년 뒤 그의 의식 속에 되살아났기 때문이라고 융은 설명한다.[47] 의식에 저장할 공간이 없거나 그럴 필요가 없다고 느낀 기억들은 이처럼 무의식 속에 담기게 된다. 우리가 의식한 어떤 내용이 무의식의 바다 속으로 사라져버리는 것처럼 때로는 새로운 내용이 무의식의 바다에서 우리의 의식 안으로 헤엄쳐 들어오는 순간이 있다. 이처럼 잊어버렸다고 생각한 기억이라고 해도 그 존재가 완전히 사라진 것이 아니라 필요에 따라 의식 속으로 떠오르기도 한다는 것을 알 수 있다. 신비롭고 무한한 가능성을 지니고 있는 무의식으로부터 무언가를 끄집어내려면 비록 금방 신기루처럼 사라져버릴 것이 분명한 이야기나 이미지라도 담아두어야 한다. 그것이 무의식 속에서 무엇으로 남아 어떤 형태로 우리 앞에 나타날지는 아무도 모른다. 무의식에서 어떤 일이 진행되도록 내버려두면 아이디어가 서서히 곪게 되지만 그 아이디어가 작품으로 탄생하거나 문제해결의 기폭제로 작용하기 위해서는 무의식에 살고 있는 아이디어를 의식의 세계로 데리고 와야 한다. 그 방법은 바로 문제를 제시하고 아이디어를 떠올리면서 기록하는 훈련을 반복하는 것이다.

아이디어 발상법

1 상상하기

상상은 인간의 고유한 특성으로 인간 정신이 지닌 창조적인 능력 중의 하나이다. 한 사람이 상상한 것은 그 사람만이 가지고 있는 고유한 특성에 의해 만들어진 새롭고 독창적인 작품이다.[48] 비록 현실에 존재하지 않는 대상이라 하더라도 상상 속에서는 모든 것이 가능하며 인간은 상상의 세계를 현실로 불러낼 능력을 보유하고 있다. 디즈니랜드라는 허구의 세계는 LA, 파리, 도쿄, 홍콩이라는 도시에 구현되어 많은 사람들이 동화 같은 현실 세상에서 꿈을 꾸듯 돌아다니게 하였다. 지금 여기가 아닌 곳에서 나의 생각만으로 움직이는 상상의 캐릭터 '아바타'는 영화 속에서 배우들의 연기와 그래픽을 합쳐 우리 눈앞에 재현되었다. 이처럼 상상은 과거와 현재, 미래를 모두 불러내 서로 연결시켜 생각하게 하며 새로운 것으로 느끼게 한다. 상상의 결과물을 보기 위해서는 머릿속에 떠돌아다니는 것을 구체화하고 흩어져 있는 것을 모아 종합적으로 정리해야 한다.

Creative Project

내가 백 년 전에 태어나 살았다면 어땠을까? 과거로 돌아가 나의 가족과 친구를 만나보자.

Output

1902년 수원, 나는 차 씨 가문의 차녀로 태어났다. 딸만 둘을 연달아 낳은 우리 어머니는 남아선호사상이 강했던 그 시절, 모진 시집살이를 모두 감당해야만 했다. 어느덧 7살이 된 나는 엄마의 손을 잡고 시장에 나섰다. 엿장수 아저씨, 비단옷, 떡, 장신구 등을 처음 본 나는 모든 것이 생소했다. 엄마의 꾸지람을 들은 후에야 나는 엄마 치맛자락을 잡고 조용히 따라 걸었다. 엄마는 항상 여자는 조신해야 한다고 말씀하셨다. 하지만 나는 다른 여자아이들과는 다르게 천방지축 남자아이처럼 다녔다. 좋아하는 옆집 오빠를 만나기 전까지는. 아버지가 말씀하시기를 할아버지와 가장 친한 친구 분이신 오빠의 할아버지는 내가 태어나기도 전에 나와 오빠의 결혼을 약속하셨다고 한다. 오빠도 내가 마음에 드는 눈치였고 우린 자주 뒷동산에 가서 다른 친구들과 어울려 놀곤 하였다. 그러던 어느 날 조선을 옥죄어 오던 일제는 어느새 조선의 왕실과 관료들까지 장악하게 되었고 황제의 침소 앞까지 일본군이 점령하고 있다는 소문이 각 마을에 퍼지기 시작했다. 마침내 조선이 망했다며 동네 어르신들이 한탄하는 모습을 보며 집으로 들어가니 흠씬 두들겨 맞아 몸을 못 가누는 아버지를 이웃 어른들이 부축해주시고 계셨다. 일본 순사와 시비가 붙어 이렇게 되셨다고 이장님이 말씀하셨다. 그때 나의 마음에는 일제에 대한 분노와 참을 수 없는 증오심이 부글부글 끓어오르기 시작했다.(차단비)

Being Creative

2 시네틱스(Synetics)

하버드 대학 출신의 W. Gordon은 창의적인 사람들을 대상으로 연구를 진행하였다. 그 결과 이들이 사고 과정에서 '비유적 사고'를 한다는 공통점을 발견하였다. 비유적 사고는 다른 분야에서 비슷한 문제가 어떻게 해결되었는지 살펴보거나 전혀 관련이 없는 시스템에 자신의 당면 과제를 연결시켜 새로운 아이디어를 찾는 방법이다. 즉, '유사성에 근거해서 해결책을 유추하는 것'이다.[49] 여기서 유추란 둘 혹은 그 이상의 현상이나 복잡한 현상들 사이에서 기능적 유사성이나 일치하는 내적 관련성을 알아내는 것을 의미한다.[50] 야구공과 태양이 둥근 것처럼 외형적인 유추도 있을 테고, 오렌지와 삶의 달콤함을 연관 짓거나 포커판을 보며 인생은 게임이라는 유추를 떠올릴 수도 있다.[51] 한글의 자음 'ㄱ, ㄴ, ㅁ, ㅅ, ㅇ'은 소리를 낼 때 발음기관의 모양을 본떠 만든 것이다.

창의적인 사람들은 익숙하고 친숙한 것으로부터 낯설고 새로운 것을 끌어낼 수 있으며, 낯선 환경도 적극적으로 활용하여 익숙한 사고와 연관 지을 수 있다. 서로 비슷한 것끼리의 유추나 전혀 반대되고 모순되는 것끼리의 유추를 통해 문제가 해결되고 새로운 아이디어가 탄생하게 된다. 과학자들의 유추는 발명이나 혁신을 낳지만, 글 쓰는 사람들의 유추는 비유를 통해 아름답고 독특한 표현을 낳는다. 글 속에 등장하는 유추는 설득을 하거나 감동을 주는데 효과적이다.

> 바다의 깊이를 재기 위해 바다로 내려간 소금인형처럼
> 당신의 깊이를 재기 위해 당신의 피 속으로 뛰어든 나는
> 소금인형처럼 흔적도 없이 녹아버렸네
>
> –류시화 '소금인형'

이 시에서 소금인형은 당신과 사랑에 빠진 나 자신이다. 바다로 들어가 녹아버린 소금인형처럼 당신이라는 존재에 녹아들어 당신의 일부가 되고 싶은 나의 마음을 소금인형에 비유해 표현하고 있다.

내게 사랑은 쉽게 변질되는 방부제를 넣지 않은 빵과 같고,
계절처럼 반드시 퇴색하며, 늙은 노인의 하루처럼 지루했다.

—노희경 '지금 사랑하지 않는 자, 모두 유죄'

사랑을 방부제를 넣지 않은 빵, 변화하는 계절, 늙은 노인의 하루에 비유하여 영원하다고 믿는 사랑이 쉽게 변할 것이고 언젠가는 감정이 퇴색하며 싫증날 수 있다는, 사랑에 대한 시니컬한 태도가 엿보인다.

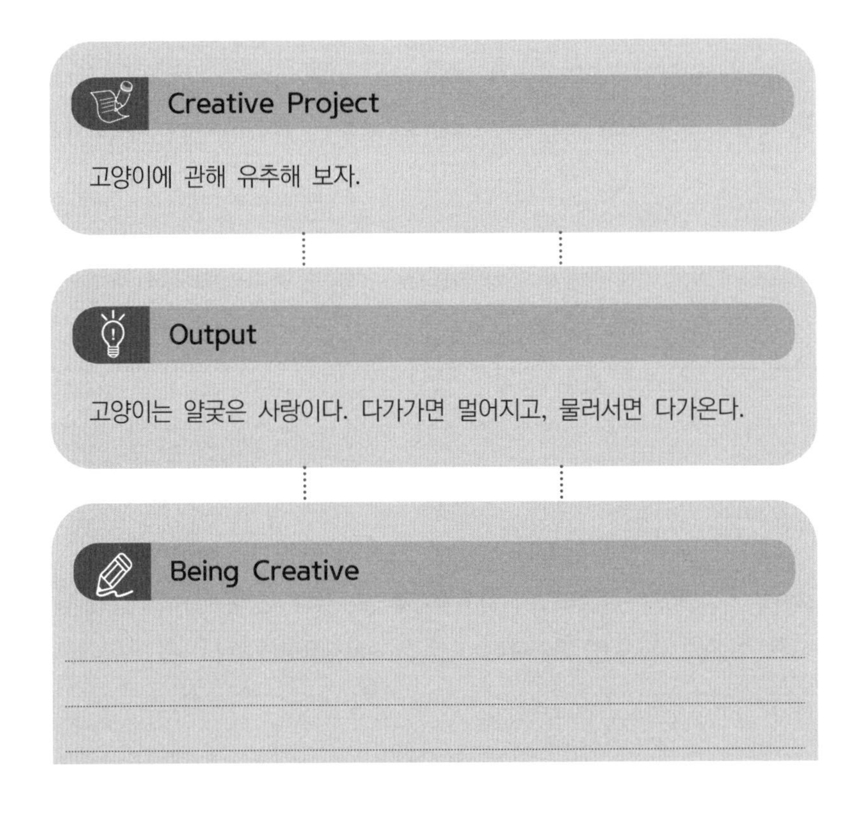

3 기발한 연상하기

어떤 문제나 과제가 주어졌을 때 임의로 아무거나 눈에 띄는 것을 '촉발요소'로 삼은 다음 이것을 문제나 과제와 나란히 놓고 그것이 어떤 새로운 생각이나 연상을 불러일으키는지 스스로에게 물어보는 방법이다.[52] 길을 가다가 본 간판이나 책을 읽다가 들어온 단어, 친구의 외모에서 받은 느낌, 영화에 등장한 사물이나 인물 등 눈에 들어오는 것이라면 어떤 것이나 촉발요소로 작동할 수 있다. 이 때 유의할 점은 촉발요소에 대해 쓸모없다고 생각한다든지 아무런 효과가 없을 것이라고 예단해서는 안 된다는 것이다. 익숙하지 않은 연상이나 터무니없는 연상, 금기시되는 연상까지도 적극적으로 수용해야 하며, 꾸준히 계속하되 자신이 창조적인 사람이 아니라는 말은 절대 꺼내서는 안 된다.[53]

지팡이는 거동이 불편한 사람이 지탱하거나 수업 시간에 내용을 지시할 때 사용되는 물건이지만 예로부터 신비한 마법이나 마술을 걸 때 상징적인 도구로 등장하고 있다. 지팡이 하나를 두고 상상의 나래를 펼치는 이야기는 해리포터에도 등장한다. '아구아멘티'

는 지팡이 끝에서 물이 나오는 마법으로 지팡이에서 흐르는 물을 받아 마시거나 불을 끌 수 있으며 지팡이 끝에서 불빛이 나오는 '루모스 맥시마' 마법은 이불을 뒤집어쓰고 책을 읽을 때 유용하게 사용된다.

동네마다 카페가 넘치지만 오늘도 어딘가에서 새로운 카페의 간판이 내걸린다. 정보가 넘치는 시대에 좋은 커피원두에 로스팅이 기가 막힌 커피를 가져다가 파는 것만으로는 부족하다. 그래서 필요한 것이 바로 아이디어. 브런치 카페, 라이브 카페, 북 카페, 사주카페, 좌식 카페, 쿠킹강습 카페 등 다양한 카페들이 사람들을 유혹한다. 웹 소설 '법대로 사랑하라'의 주요 무대는 카페이지만 보통 카페가 아니라 'Law 카페'이다. 법률 상담을 해 주면서 꽃미남 바리스타가 커피를 내리는 차별화된 카페가 이야기의 공간이다. 공사장과 만화방을 합친 중식당 '만만디', 옥상에 캠핑장과 방갈로가 있으며 당나귀가 살고 있는 재미있는 '청춘식당 미래소년', 요술봉을 흔들고 주문하며 1988년으로 되돌아가는 경험을 할 수 있는 '삐삐 식당' 등은 신기한 인테리어와 식당의 콘셉트로 고객들의 마음을 사로잡는다. 영국의 '리얼정크 푸드 프로젝트'라는 사회적 식당은 슈퍼에서 권장 유통기간이 지난 재료들을 구해다가 음식을 만드는데 정해진 가격 없이 손님이 적절하다고 생각하는 만큼 내고 가면 된다고 한다.[54] 멋진 시는 이미 다 쓰였고, 훌륭한 예술작품은 더 이상 나올 수 없다고 생각하는가? 기발한 연상으로 새로운 창조의 기쁨을 만끽할 수 있다. 정말 위대한 작품은 아직 탄생하지 않았기에.

Creative Project

눈에 띄는 아무 것이나 촉발요소로 삼고 청춘의 사랑 이야기가 펼쳐질 식당에 관한 기발한 연상을 해 보자.

Output

기다란 젓가락밖에 없어서 서로 먹여주지 않으면 음식을 먹을 수 없는 식당. 이 식당에는 앵무새가 있는데 앵무새들은 끊임없이 손님들에게 “사랑해”, “잘 어울린다”, “손잡아”라는 말을 속삭인다.

Being Creative

표 3 아이디어 뱅크가 되려면?

이렇게 하자	이렇게 하지 말자
• 여유를 누리자	• 정신없이 바쁘게 사는 것
• 자유로운 사람이 되자	• 권위와 위엄을 강조하는 것
• 긍정의 이미지를 그리자	• 틀에 박힌 생각을 하는 것
• 새로움에 빠져들자	• 나는 안 된다고 못 박는 것
• 모험과 도전을 즐기자	• 익숙한 것에 안주하는 것
• 하루에 한 가지씩 작은 아이디어를 내자	• 대단한 하나의 아이디어를 바라는 것

4 마인드맵으로 당면 과제 해결하기

마인드맵은 토니 부잔(Tony Buzan)에 의해 창안된 문제 해결 프로세스다. 이 방법은 아이디어나 생각을 죽 적어 나가는 전통적인 방식에서 벗어나 중심 되는 사안을 가운데 놓은 다음 여기서부터 여러 방향으로 가지를 만들어가면서 생각의 지도를 작성하는 아이디어 발상법이다. 선이나 도형, 색, 이미지 등을 골고루 활용해 시각을 자극하면서 아이디어가 끊이지 않고 지속적으로 뻗어나갈 수 있도록 한다. 생각을 멈추지 않고 계속 달리게 하면서 모든 가지가 서로 연결되면 상관없이 보이는 아이디어라도 연결시킬 수 있다. 이 때 중요한 것은 개념을 조직화하고 범주화하는 것이다.[55] 예를 들어 '은혜'라고 하면 거기에는 은혜를 표현하는 활동과 은혜의 대상이 되는 사람이 있다. 활동은 카드, 노래, 공연, 꽃 등이 있을 것이고 사람은 부모, 스승, 친구, 조부모, 멘토, 지도자, 친구 등이 있을 것이다. 이처럼 각 카테고리별로 떠오르는 아이디어를 마인드맵을 통해 자유롭게 펼치며 결합을 이루어낼 수 있다.

마인드맵 규칙은 강조기법과 연상결합, 명료화기법 등이 있는데 이를 잘 활용하여 자신에게 알맞은 기법을 찾아내어야 한다. 강조기법은 중심이 되는 이미지를 사용하며 이것을 3가지 이상의 색상으로 표현하여 입체화하는 것이다. 또한 시각, 청각, 후각, 미각, 촉각, 근운동감각 등 공감각을 활용하는 것도 도움이 된다. 연상결합은 기억과 창의력을 향상시키는 두 번째 요소인데 중심이미지와 주가지를 설정하고 화살표를 비롯한 다양한 부호와 색상을 사용해 아이디어를 연결한다. 명료화 기법은 하나의 가지에 하나의 키워드를 적되 모든 단어는 쉽게 알아보고 기억할 수 있도록 활자체로 적는 것이다. 마인드맵의 규칙을 지키면서 자신에게 적합한 마인드맵 스타일을 개발한다면 효율적으로 아이디어를 전개시킬 수 있다.

토니 부잔은 글쓰기용 마인드맵을 만들 때 중심이 되는 이미지부터 시작하라고 조언한다. 여기서 중심이미지는 글의 주제를 의미한다. 그리고 주개념을 선택하여 주가지를 만든 다음 덧붙일 정보의 항목이나 말하고자 하는 요점을 해당 가지에 마음이 가는 대로 자유롭게 분류하여 정리하면 된다. 이렇게 작성한 마인드맵을 토대로 글쓰기 초안을 작성하는데 이 때 시간이 걸리거나 어려운 부분은 넘어가고 빠른 속도로 초안을 잡아 글쓰기 아이디어가 막힘없이 흘러갈 수 있도록 해야 한다. 만약 글이 막혀버리는 작가 장애(writer's block)를 만나게 될 경우 또 다른 마인드맵을 만들면 된다.[56]

글을 시작하는 것도 아이디어를 전개하는 것도 끝맺음도 모두 어렵지만 우선 시작이 반이다. 마인드맵을 활용한 글쓰기 훈련은 전개나 결말을 걱정하지 않고 아이디어를 내면서 무작정 달리는 연습을 하는 데 도움을 줄 수 있다.

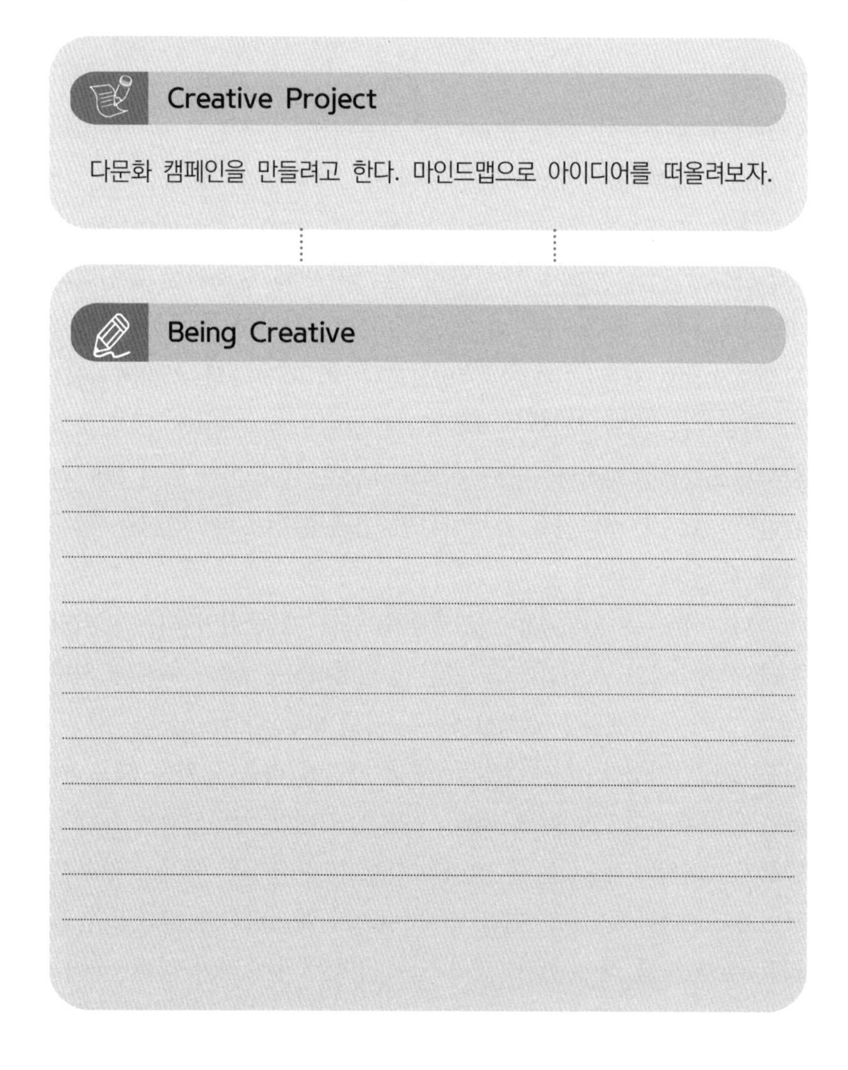

5 스캠퍼 활용하기

스캠퍼는 전설적인 광고회사인 BBDO를 이끌었으며, 브레인스토밍을 고안한 알렉스 오스번(Alex Osborn)의 체크리스트 기법에서 발전한 것이다. 밥 에벌은 오스번의 아이디어 발상법을 보완하여 스캠퍼라고 명명하였다. 스캠퍼(Scamper)는 Substitute/ Combine/ Adjust/ Modify, magnify, minify/ Put to another use/ Eliminate/ Reverse, rearrange[57]에서 각각 앞 글자를 따서 조합한 단어이다.

S는 비디오테이프가 DVD, 동영상 파일로, 키보드가 터치패드, 칠판과 분필이 화이트보드와 마커로 바뀌는 것처럼 기능은 비슷하지만 무언가 다른 형태로 대체된 것이다. C는 결합을 의미하는데, 자동차와 캠핑장을 합친 캠핑카, 커피와 아이스크림이 아포카토로 탄생한 것이 여기에 해당한다. A는 연필에 지우개를 더한 지우개 달린 연필이나 영화에 3D 기술을 더한 3D 입체영화처럼 무언가를 덧붙여서 탄생한 아이디어를 말한다. M은 변경이나 확대, 축소를 적용시키는 것으로 하얀 수술복의 색깔을 핑크나 블루로 바꿔 본다든지 스탠드를 작게 만든 독서 등을 들 수 있다. P는 기존과는 다른 용도로 활용하는 것으로 컴퓨터 부품을 펜던트로 만들어 착용한다든지 폐교에 캠프장 시설을 갖추는 것처럼 새로운 쓰임을 창안하는 것이다. E는 선을 없앤 무선 마우스, 카페인을 뺀 디카페인, 지방을 뺀 무지방우유처럼 기존의 기능이나 성분을 제거하는 것이다. R은 뒤집거나 재배치하는 것으로 출근의 개념을 뒤집은 재택근무가 대표적이다. 글쓰기에도 스캠퍼를 대입할 수 있다. 하나의 문장이 떠오를 때 그 문장에 스캠퍼를 적용하면서 변형시키면 전혀 새로운 문장이 탄생하게 된다.

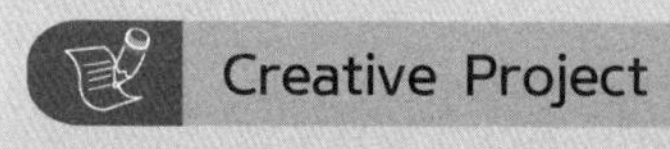

우리 사회의 안전불감증을 지적하고 안전이 중요함을 알리는 메시지를 쓴 다음 여기에 SCAMPER를 적용해 보자.

Being Creative

감정이입(empathy)

우리는 싸울 때 흔히 "내 입장이 되어봐. 내 심정이 어땠겠어?"라고 말하며 따진다. 상대방의 입장에서 바라보면 나의 무관심이나 이기심을 깨닫게 되며, 그 사람을 이해하게 된다. 애니메이션 '벅스 라이프'를 만들기 위해 제작진은 모든 식물을 아래에서 위로 바라보며 벌레의 마음을 이해하기 위해 애썼다고 한다. 낸시 마이어스의 영화 '왓 위민 원트(What women want)'에는 여성 고객들의 마음을 이해하기 위해 코팩을 붙이고, 생리대와 제모테이프까지 사용하는 남성 광고 기획자가 등장한다. 연기력이 뛰어나다고 칭찬받는 배우들은 대역을 쓰기보다는 직접 승마를 배우고 무예를 익히며 피아노를 친다. 연기해야 할 대상에 감정이입을 위해 온전히 몰입할 환경을 만드는 것이다. 배우가 연기에 혼신을 다할 때 관객 역시 배우와 하나가 되고 극에 빠져들게 된다. 이처럼 인간은 누구나 다른 사람이 되어 그의 입장에서 느끼고 행동할 수 있는 능력을 지니고 태어났다.

아들러는 감정이입은 인간의 보편적 감정이며 이는 우주의 모든 것이 하나의 연관관계 속에 있다는 것을 말해준다고 하였다. 우리가 경험할 수 없는 사물들과 교감할 수 있는 능력까지 우리에게 부여해 주기 때문이다.[58] 인간에게 주어진 시간은 유한하기에 모든 것을 경험할 수는 없다. 따라서 우리는 감정이입을 통해 만나는 사람이나 동물, 꽃과 나무, 바람, 구름, 돌, 흙, 의자나 벽에 이르기까지 생물 혹은 무생물을 자아와 동일시하며 상태를 추측하고 마음을 이해하게 된다. 이처럼 감정이입이란 인간뿐 아니라 인간 이외의 무생물, 자연이나 추상적 개념과 같은 대상에 자신을 투사하거나 대상의 감정을 추측하여 자아와 동일시하는 것을 의미하며 이때 동일시는 생각과 느낌, 입장을 자신의 것으로 만들어보는 경험이다.[59] 나도 모르게 다른 사람이나 사물 안에 자신을 이입하여 타인의 감정적 상황과 자신의 감정적 상황이 완전히 일치될 때 타인의 감정이 곧 나의 감정이 되고, 나의 감정이 곧 타인의 감정이 되는 상태에 이르게 된다.[60] 생생하고 느낌이 있는 글을 쓰기 위해서는 이처럼 직접 무언가가 되어보는 감정이입 훈련을 해야 한다.

Creative Project

생물이나 무생물에 감정이입을 해 보고 떠오르는 것을 기록해 보자.

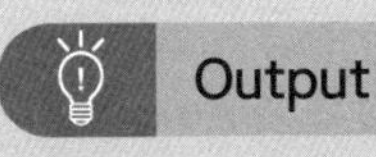

Output

아름다운 향기를 가진 너에게 용기를 내어 다가갔건만 너는 나를 밀쳐낸다. 나에 대한 마음을 표현할 길이 없기에 슬프기만 하다. 가만히 앉아있기만 해도 나를 내쫓으려고 하는 너를 보며 눈물을 훔칠 겨를도 없이 나는 쉴 새 없이 날갯짓을 한다. 나를 위험하게 하는 너를 따끔히 혼낼 수도 있지만, 너를 아프게 한들 내 마음이 편할까.

—꽃을 사랑하는 벌

Being Creative

역발상

로버트 서튼은 그의 저서 『역발상의 법칙』에서 '데자부'와 '부자데'의 개념을 제시하고 있다. 데자부는 프랑스어로 이미 본 것이라는 뜻이다. 데자부가 실제로 체험한 적이 없는 일을 전에 경험한 것처럼 느끼는 것이라면 부자데는 이미 수백 번 경험한 것을 마치 첫 경험처럼 느끼고 행동하는 것을 말한다.[61] 창의적인 사고에 필요한 것은 바로 이 부자데의 훈련이다. 내가 늘 다니던 길, 내가 늘 만나는 사람들, 내가 늘 먹는 음식을 전혀 새로운 각도로 바라보아야 한다.

근래 들어 인기를 끌고 있는 짜파구리나 불짬뽕은 모디슈머에 의해 탄생한 것으로 역발상의 대표사례로 꼽을 수 있다. 다 만들어져 데우거나 끓이기만 하는 제품끼리 서로 뒤섞어 색다른 요리를 만들어 내기 때문이다. 짜파게티에 너구리 라면의 라면스프를 첨가하여 매콤하면서도 특유의 짜장 맛을 느낄 수 있는 너구리를 합친 짜파구리는 한 예능프로그램에서 등장하면서 선풍적인 인기를 끌게 되었다. 이를 필두로 각종 즉석 조리 식품을 섞어 소비자들이 직접 제조해 색다른 맛을 내는 퓨전음식들이 등장하였다.

인스턴트 떡볶이를 먹은 후 남은 국물에 삼각 김밥과 스트링 치즈를 올려 전자레인지에 돌리고 비벼 먹기, 라볶이처럼 인스턴트 떡볶이와 라면을 섞어 먹기, 치즈의 느끼하고 고소한 맛으로 매운 맛을 중화시킬 수 있도록 치즈볶이와 불닭볶음면을 섞어 먹기, 비빔면에 통조림에 든 골뱅이나 연어를 넣어 먹기 등 다양한 레시피들을 찾아 볼 수 있다. 사실 기존에 있던 음식들이긴 하지만 즉석 조리식품이나 인스턴트 음식을 재료로 사용하여 쉽게 구할 수 있고 가격이 저렴하면서 직접 해 먹는 재미까지 느낄 수 있기 때문에 모디슈머들이 만든 즉석 퓨전 요리들이 인기를 끌고 있다.[62] 이처럼 즉석식품과 인스턴트를 새로운 시각으로 바라보며 새로운 요리법을 이용해 만들어 먹는 모디슈머가 늘어나면서 판매량도 크게 증가했다고 한다.

냉장고 속 음식으로만 요리대결을 펼치는 '냉장고를 부탁해'는 좋은 재료에 잘 차려진 요리만을 선보이던 TV프로그램과는 달리 냉장고 안에서 굴러다니는 재료를 이용해 빠른 시간 안에 후다닥 그럴싸한 요리를 만들어낸다. 항상 해왔던 요리 프로그램을 다른 각도에서 보고 아이디어를 떠올린 산물이라고 할 수 있다.

창의적인 글을 쓰기 위해서는 늘 다니던 길, 늘 보던 사람, 늘 먹던 음식, 늘 보던 TV지만 오늘 처음 대하는 것처럼 낯설게 거리를 두고 바라볼 수 있어야 한다. 이처럼 역발상을 통해 생각나는 것을 글로 쓰는 역발상 글쓰기를 하면 기대하지 않았던 성과를 거둘 수 있을 것이다. 알랭 드 보통은 그의 저서 '여행의 기술'에서 드 메스트르의 여행에 대해 이야기하고 있다. 1763년 프랑스의 사보이에서 태어나 직업군인으로 살던 드 메스트르는 1790년 토리노에서 복무하다가 불법 결투를 벌여 42일간 가택 연금을 당하게 되었다. 이 때 그는 '내 방 여행'이라는 책을 쓰게 된다. 그야말로 자기 방에서 왔다 갔다 하면서 평상시에 보던 방을 다시 관찰하며 쓴 글이다.

침대는 방 한 구석에 놓여 있다. 놓인 위치가 참 좋다. 정말로 아늑한 자리에 위치하고 있는데, 커튼 사이로 아침 첫 햇살이 노니는 곳에 있다. 쾌청한 여름날, 해가 서서히 떠오를수록 햇살이 하얀 벽을 따라 이동한다. 창 밖에는 느릅나무가 있어 햇살은 여러 갈래로 부서지며 장미빛과 흰빛이 어우러진 침대 위로 잔잔한 물결을 이룬다. 그러면 내 침대는 햇살을 받아 온통 매력적인 색조를 띤다. 지붕 밑에 둥지를 튼 제비들과 느릅나무에 둥지를 튼 다른 새들이 서로 지저귀는 소리를 듣는다. 그럴 때면 머릿속은 여러 가지 즐거운 생각으로 들어찬다. 세상에 나만큼 행복하고 평화로운 아침을 맞이하는 사람도 없을 것이다. 고백하건대 나는 이 평화로운 순간을 사랑한다. 가능하다면 침대의 따뜻한 온기 속에서 관조하는 이 기쁨을 좀 더 오래 지속시키고 싶다. 세상에 이보다 더 상상력을 자극하며, 기분 좋은 생각을 일깨우고 이따금 내가 처해 있는 곳을 잊게 해주는 그런 극장이 어디 있을까.[63]

1798년 그는 다시 '밤에 떠나는 내 방 여행'이라는 책을 쓰게 된다. 이처럼 자신에게 익숙한 것을 낯설게 바라보고 거리를 두는 것은 창의적인 세계로 나아가는 지름길이다.

Creative Project

자신에게 익숙한 것을 새롭게 바라보고 발견한 것을 기록해 보자.

Output

등하굣길에 버스를 타는 것은 습관적인 일이라 그다지 신경 쓰지 않았는데, 오늘은 새로운 시각으로 버스 안을 둘러보기로 했다.

버스의 맨 앞좌석에 자리가 나서 앉게 되었는데 기사 아저씨의 행동이 눈에 들어온다. 반대 차선으로 지나가는 버스 기사 분께 반갑게 손을 흔드시며 인사를 하시기도 하고, 입이 심심하신지 사탕이나 초콜릿을 드시기도 한다.

버스에 켜 놓은 라디오에서 음악이 흘러나오자 기사 아저씨는 핸들을 톡톡 두드리며 리듬을 타기 시작하셨다. 언니네 이발관의 '산들산들'이라는 노래였다. 정지신호에 걸리자 기사 아저씨는 핸드폰을 꺼내 스피커에 갖다 대어 음악을 검색해보셨다. 노래가 꽤 마음에 드셨던 모양이다. 그리고 이내 버스가 다시 움직였다.

어쩐지 그 모습이 보기 좋아 기억에 남았다. 집으로 돌아가서 딸에게 아빠가 오늘 좋은 곡을 하나 들었는데 뭔지 아냐며 자랑하시려나. 아니면 버스를 타는 승객들에게 들려주실 수도 있겠다.

Being Creative

상식과 고정관념 깨뜨리기

창의적인 사람들의 특징 가운데 하나가 바로 남의 시선이나 평가에 신경을 쓰지 않는다는 점이다. 교사는 권위적이어야 하고, 학생은 순응해야 하고, 의사는 환자를 치료해야 하고, 화가는 그림을 그려야 한다는 생각에서 벗어나는 순간 우리는 새로운 세상과 만나게 된다. 친구 같은 선생님, 창업을 한 학생 CEO, 컴퓨터를 치료하는 의사, 피아노를 부수는 화가 등 상식이나 고정 관념에 얽매이지 않고 자신의 개성을 발휘하며 각 분야에서 새로운 지평을 연 사람들의 사례는 무수히 많다. 최근의 사례로 우리는 스스로를 마치 욕을 하듯 '시팔이'라고 부르는 시인 하상욱을 들 수 있다. 그는 시인으로 등단한 적은 없지만 자신이 쓴 짧고 감각적인 시를 SNS에 올리면서 10만 팔로워를 이끄는 인기작가가 되었다. 전자책으로 무료 출간된 『서울 시』 1, 2권은 일주일 만에 3만 건 이상

다운로드 되었고 지금까지 10만 건 이상 다운로드 되었다고 한다. 따로 글쓰기 수업을 받은 적이 없는 시인 하상욱의 원래 직업은 디자이너다. 일상생활에서 떠오르는 생각들을 짧고 깔끔하게 메모하던 습관을 가졌던 그는 자신이 쓴 이 글들을 SNS에 올렸고 어느 순간 이런 글들이 인기를 얻게 되었다. 그의 시는 호흡이 짧아 단숨에 읽을 수 있으며 읽으면 저절로 웃음이 터져 나올 정도로 풍자와 해학으로 가득 차 있다. 언어의 유희가 특징인 그의 글은 많은 사람들이 보편적으로 겪는 일들을 웃음의 소재로 삼는 블랙유머로 가득차 있기에 대중들에게 보다 쉽게 다가설 수 있다. 하상욱의 짧은 시가 말장난 같다고 비판하는 사람들도 있지만, 많은 사람들이 즐긴다는 점에서 기존 글쓰기에 관한 고정관념을 깨뜨린 그의 시는 독창적인 글쓰기에 해당한다.

되찾은
내모습 －요요현상

뭘해도
예쁘대
뭐든지
예쁘대 －옷가게 언니

착하게
살았는데
우리가
왜 이곳에 －지옥철

Creative Project

- 다음 용어들에 대해 각각의 고정관념을 깨고 정의를 내린 다음 나만의 상식 파괴 사전에 담아보자.

  자, 전등, 남자, 여자, 아기, 기차, 칼, 지우개, 책

Output 1

자: 제 몸집 이상은 재지 못하는 아이러니한 물건.

전등: 침대에 누워있을 때는 세상에서 제일 귀찮은 물건.

남자: 적어도 한 마디보다는 복잡한 생물.

여자: 적어도 한 권 분량보다도 복잡한 생물.

아기: 그나마 작고 귀여워서 봐주는 생물.

기차: 교통수단계의 CD플레이어.

칼: 썰기만 하고 이어주지는 못하는 물건.

지우개: 늘 사라져버려 끝까지 쓰지 못하는 슬픈 인연

책: 언제 어디든 다른 세계로 이동하게 해주는 포탈.

Being Creative

관찰하기

창조적인 사람들은 주변의 사물이나 현상에 관심이 많기에 마치 습관이나 취미처럼 관찰을 즐긴다. 요로즈 하지메씨도 이런 유형에 해당한다. 그는 매일 전철로 출퇴근을 하던 27살의 평범한 샐러리맨이었다. 그의 취미는 출퇴근 시간에 지루함을 달래기 위해 사람들을 관찰하는 것이었다. 그는 사람들로 꽉 차 있는 지하철에 서서 가면서 앉아 있는 사람들을 볼 때마다 어떻게 그들이 자리를 차지하게 되었는지 궁금했다. 그 이유를 찾기 위해 하지메씨는 앉아있는 사람들이 언제 내리게 될지 유심히 관찰하기 시작했다. 그 비법은 바로 '긴장을 늦추지 마라', '관상을 살피고 대화를 엿들어라', '동작 하나하나를 주시하라', '낯익은 얼굴을 기억하고 데이터를 수집하라'[64]였다. 그는 이렇게 자신이 관찰한 것을 직접 운영하는 매거진에 연재했고 우연히 그의 포스팅이 간키출판사 편집자 눈에 띄게 되었다. 하지메씨는 자신이 관찰하고 기록한 것을 '통근 전철에서 앉는 기술'이라는 책으로 출판하기에 이른다. 그의 경험이 녹아있는 비법을 담은 책은 인기를 끌며 팔렸고, 비슷한 전철 환경을 가진 나라들에 소개되었다. 하지메씨의 경험은 비법이랄 것도 없다. 누구나 출퇴근 길에 대중교통을 이용하는 사람들은 자세히 관찰해 보면 알 수 있는 내용이기 때문이다. 그러나 여기서 중요한 것은 누구나 알 수 있는 것을 세심하게 관찰하고 이를 기록해서 출간했다는 데 있다.[65]

작품 속에 새의 노랫소리를 삽입한 프랑스의 작곡가 올리비에 메시앙(1908-1992)은 단순히 한 번 듣는 것만으로도 프랑스 텃새 50여 종을 가려 낼 수 있었다. 좀 더 세심하게 주의를 기울여 들을 경우 무려 550여 종의 새소리를 구분할 수 있었다고 한다.[66] 이는 도저히 불가능한 것처럼 보이지만 자세히 주의를 기울이고 관찰한다면 가능한 일이다. 관찰력을 키우기 위해서는 모든 신경을 집중해서 잘 보고 잘 듣고 잘 기록할 수 있어야 한다. 이를 위해 먼저 마음을 집중하여 대상을 응시하며 마음에 이미지를 각인하는 훈련부터 시작한다. 눈을 감고 대상에 대해 최대한 많은 이미지를 떠올리고 기록한 뒤 눈을 뜨고 대상을 응시하면서 혹시 빠진 것은 없는지 확인한다. 그리고 다시 눈을 감고 이미지를 떠올리는 훈련을 반복한다. 다음으로는 이러한 이미지를 직접 그려보면서 기억을 되새기되 세세한 곳까지 주의하면서 기억을 떠올려야 한다. 이어 자신이 본 것을 설명하는 것인데 보고 기억한 것을 끄집어 낼 수 있어야 한다. 마지막 단계는 이 모든 것을 한 눈에 파악하는 것이다.[67]

똑같이 길을 걸어가고 같은 곳을 다녀도 어떤 사람은 그 길에 어떤 상점이 있고, 어떤 나무가 있는지 기억하지만, 어떤 사람은 아무런 기억도 하지 못한다. 눈을 뜨고 귀를 열어 두어도 신경을 쓰지 않는다면 바람의 움직임이나 새의 소리도 감지할 수 없다. 관찰은 우리에게 더 넓은 세상을 보여주고 소소한 소리에도 귀를 기울이게 해 준다. 관찰을 통해 사람과 환경이 주는 아름다움을 느끼고 이 느낌을 글로 표현하는 능력이야말로 창의적인 존재인 인간에게 주어진 특권이다.

Creative Project

낯선 곳을 찾아가 자신이 관찰한 것을 기록해 보자.

Output

드디어 온천의 도시, 벳푸에 도착했다. 마을 곳곳에서 모락모락 뜨거운 김이 솟아오른다. 한시라도 빨리 뜨거운 물에 몸을 담그고 싶어 노천온천으로 유명한 효탄온천으로 향했다. 지옥온천에서 도보로 십분 정도 내려가니 간판이 보였다. 입장료는 700엔. 내부에 들어서니 작은 욕탕이 7~8개 있었고, 밖에는 노천온천이 있었다. 계절에 어울리지 않게 꽃들이 피어있고 계곡에선 뜨거운 물이 흘러내렸다. 특이한 것은 증기사우나였다. 터키식 사우나와 비슷한데 마을 곳곳에서 솟아나는 뜨거운 김을 마치 작은 방안에 가두어 놓은 것처럼 김이 펄펄 솟아나고 있었다. 문을 열고 들어가면 뿌연 김에 가려 아무것도 볼 수 없다가 잠시 뒤 적응이 되고 나서야 앞에 있는 형상이 제대로 보이기 시작한다.

목욕탕 안에서 만난 일본 여성들은 다소곳하게 앉아서 바가지에 물을 담아 조심스럽게 몸에 끼얹고 있었다. 수건은 보통 한 개를 사용하는데, 수건에 비누칠을 해 몸을 천천히 부드럽게 닦는다. 그런 다음 수건을 깨끗하게 헹구어 네모로 접어 머리 위에 얹는다. 수건으로 머리를 싸서 질끈 묶는 우리나라 여성들의 모습과는 사뭇 달랐다. 말을 할 때는 소곤거리듯 얘기한다. 폭포수에서 흐르는 물을 맞을 때에도, 샤워기를 사용할 때도 그녀들은 사방에 물이 튀지 않도록 조심스럽게 앉아서 사용한다. 그리고 '사용 후 제자리'가 강박적으로 몸에 밴 듯 물건을 반드시 제자리에 두었다. 의자와 바가지, 비누나 샴푸 등 본인이 사용한 물건을 헹군 뒤 다음 사람이 사용할 수 있도록 가지런히 정리해 두는 식이다. 일본의 청결이나 정돈된 모습은 몇 사람의 청소부가 만들어낸 것이 아니라 한 사람 한 사람의 배려가 이루어낸 쾌적한 아름다움이었다. 길모퉁이의 작은 땅에 한 사람이 쓰레기를 내다 버리면 쓰레기장이 되고, 꽃 한 송이를 심어 놓으면 정원이 되는 법이다. 일본에서는, 길에 무언가를 버리거나 화장실을 지저분하게 쓰거나 사용한 물건 혹은 장소를 어지럽힌 채 가버리는 것은 거의 불가능해 보인다.

목욕을 마치고 나오니 비가 오고 있었다. 아침부터 날씨가 흐려 눈이 오지 않을까 했는데 이번엔 비였다. 일본에 있는 짧은 일정동안 비와 눈, 흐린 날씨와 맑은 날씨를 모두 경험했으니 이것 역시 행운이다.

— 일본 벳푸의 대중목욕탕

Output

무성한 풀숲과 회색빛 시멘트 집터가 묘한 조화를 이룬다. 원형을 알기 힘든 고철에 담쟁이 넝쿨이 감겨있다. 길게 늘어선 플라타너스 나무들의 크고 무성한 잎이 햇빛마저 가려 대낮에도 어딘가 어두운 느낌이다. 한

여름의 무더운 날씨 때문인지 아니면 사방에 둘러쳐진 돌벽과 철조망 때문인지 답답한 느낌이 든다.

—인천의 철거된 미군부대

Being Creative

글쓰기 워밍업

그림을 잘 그리고 싶다고 해서 붓을 들고 캔버스에 물감부터 칠할 수는 없다. 지루하지만 선 긋기와 구도 잡기, 명암 넣기를 배워야 한다. 단순한 작업이라도 반복하다 보면 노하우가 생기고 연필을 잡는 손이 어느덧 노련하게 움직인다. 서예도 마찬가지다. 굵기와 농담이 다른 점과 선, 원을 자유자재로 쓸 수 있을 때까지 기초를 연습해야 한다. 운동을 잘 하려면 스트레칭이 중요하고 방송을 잘 하려면 발음 하나하나를 잘 하는 트레이닝부터 시작해야 한다. 글쓰기도 다르지 않다. 처음부터 대단한 글을 쓰려고 욕심내기보다는 쉽고 재미있는 글쓰기 훈련을 꾸준히 계속하는 끈기가 필요하다. 글쓰기에 들어가기에 앞서 우선 긴장을 풀고 자신감을 찾는다. 그리고 최근에 일어난 일이나 알게 된 사건을 중심으로 가벼운 상상을 시작한다. 마음의 자세가 잡히면 어제 있었던 일을 떠올리며 가볍게 일기 형식의 글을 써 본다.

• 긴장풀기

마음속에 자리 잡은 불안이나 두려움을 떨쳐 버리고 기분 좋은 생각을 하며 긴장을 푼다.

• 자신감 찾기

나만의 주문을 외며 자신에게 마법을 건다. 재미있고 좋은 글을 쓸 수 있다는 자신감으로 스스로를 무장한다.

• 생각풀기

기사를 읽고 난 뒤 장면, 인물, 원인, 결과, 앞으로 일어날 일에 대한 예측 등을 떠올려 본다.

• 손풀기

어제 한 일을 일기 형식으로 쓴다. 일기는 손풀기의 기초 동작으로 글쓰기의 기본이다.

하트 편지 만들기

지금 당장 시작할 수 있는 것으로 하트에 마음을 담는 글쓰기 방법이 있다. 우선 근처 문구점으로 가 색종이를 한 묶음 산다. 가급적 색깔이 진하지 않은 것으로 준비한다. 이제 책상이나 벤치에 앉아 책을 한 권 깔아 놓은 다음 그 위에 색종이를 한 장 놓는다. 그리고 펜을 꺼내 자신이 사랑하는 사람에 대한 기원이나 사랑하는 마음을 솔직하게 적는다. 이 색종이를 하트 모양으로 접는다. 완성된 하트 편지를 글 쓰는 공간에 놓아두거나 유리병을 마련하여 매일매일 하트 하나씩을 접어 담아 둔다. 백일이 지나면 백통의 편지, 일 년이 지나면 365통의 편지가 완성된다.

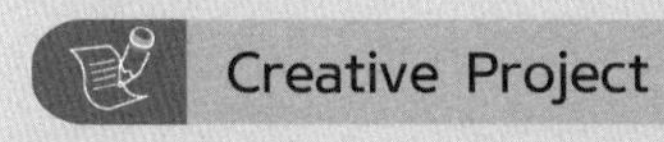

Creative Project

색종이에 사랑하는 마음을 담아 글을 쓴 다음 하트로 접어 보자.

Output

• 아빠에게 쓴 하트편지

그림 6 하트편지 만드는 법

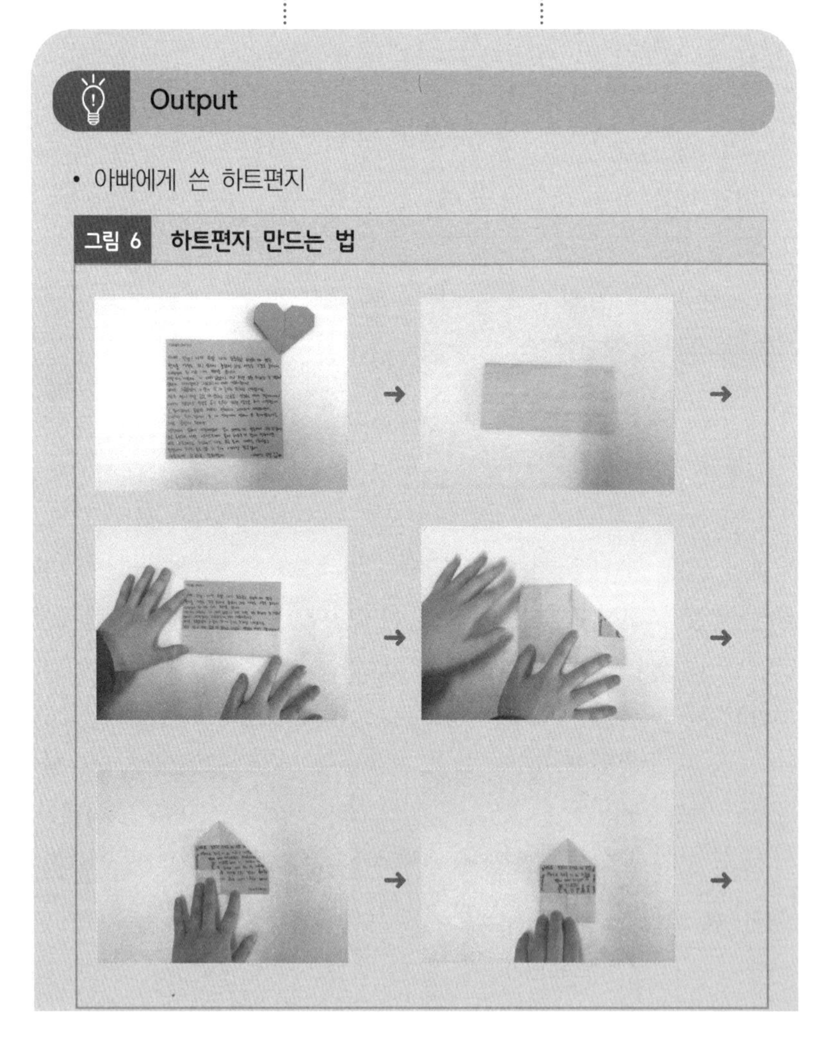

Being Creative

짧은 글 쓰기

요즘은 어딜 가나 짧고 간단한 것이 대세다. 29초 영화제나 움짤과 같은 영상도 그렇고 긴 단어를 마구 줄여서 외계 언어같이 만들어버리기도 한다. 인강(인터넷 강의), 자소서(자기소개서), 따아(따뜻한 아메리카노), 새터(새내기 배움터), 프사(프로필 사진), 컴(컴퓨터), 귀척(귀여운 척), 문상(문화상품권) 등과 같은 줄임말을 못 알아들으면 의사소통마저 힘들어진다. 모바일 기기를 이용해 인터넷으로 즉시 접속이 가능한 시대에 빠른 채팅을 위해 말을 줄이거나 웹툰, 웹 드라마 등 짧은 콘텐츠로 시선을 끌다보니 이런 현상이 생기는 것이다.

이처럼 짧고 간단한 것을 선호하는 경향으로 인해 스낵 컬처(snack culture)라는 신조어가 탄생하기도 하였다. 스낵 컬처란 언제 어디서나 간편하게 먹을 수 있는 스낵(snack)처럼 이동하는 시간이나 점심시간 등 자투리 시간을 활용하여 짧은 시간에 접하고 즐길 수 있는 문화, 예술 활동을 말한다.[68] 출판계에서는 두꺼운 책보다는 사진과 일러스트가 많이 삽입된 책이나 격언 혹은 명언처럼 짤막하게 쓴 글로 페이지를 여유롭게 사용한 책이 베스트셀러가 되고 있으며, 공연계에서는 직장인의 점심시간을 이용한 공연이나 길거리에서 잠시 듣고 다시 가던 길을 걸어갈 수 있는 버스킹이 인기를 끌고 있다. 패션 역시 짧은 기간 동안 입은 뒤 벗어던지고 새로운 스타일의 의상을 구입하도록 유도하는 패스트 패션 브랜드가 늘어나는 추세다.

이러한 현상은 모든 분야에 확산되어 짧고 강렬한 인상을 주는 문장에 메시지를 담아 효과적으로 전달하는 것이 과제가 되고 있다. 한두 개의 단어나 구문, 혹은 문장으로 구성된 심플하고 짧은 글을 마이크로 메시지라고 하며, 이것은 짧기 때문에 단어 하나를 선택할 때도 신중을 기해야 한다. 마이크로 메시지는 단순히 길이가 짧은 것이 아니라 최소한으로 최대한 표현하며, 작지만 친밀한 글이어야 한다. 가급적 명료하게 쓰고 그림을 그리듯이 시각적 이미지를 이용하고 감정을 자극해서 메시지를 효과적으로 전달할 수 있어야 한다. 또한 구체적인 상황을 만들거나 은유법을 이용해 수용자의 이해를 돕도록 해야 한다.[69] 장황하고 지루한 글은 이제 더 이상 읽히기 어렵다. 짧고 재미있으며 의미 전달이 용이한 마이크로 메시지와 같은 글을 쓰는 연습이 필요하다.

1 네이밍

사람이나 건물, 브랜드, 캐릭터 등의 이름을 짓는 '네이밍' 역시 마이크로메시지에 포함된다. 자신의 이메일 아이디를 짓는 것도 함부로 해서는 안 된다. 의미 없거나 장난스럽게 만든 이메일 아이디는 상대방에게 불쾌감을 줄 수도 있고, 자신의 이미지를 깎아 내릴 수도 있기 때문이다. 'devil'이 포함된 이메일 아이디로 이력서를 보냈다가 떨어진 사례도 있다. 그 회사 인사담당자는 그 지원자가 어떤 사건을 만들지 몰라 떨어뜨렸다고 하였다.

네이밍은 보통 설명적인 이름, 연상할 수 있는 이름, 상징적인 이름으로 분류된다.[70] 설명적인 이름은 듣자마자 곧바로 어떤 제품인지 알 수 있는 것을 말한다. 바른말사전, 재래식콩된장, 검은콩두유 등이 그러하다. 이름을 들었을 때 어떤 제품인지 직관적으로 알 수는 없지만 머릿속에서 제품의 형상을 떠올릴 수 있는 것이 연상할 수 있는 이름이다. 대표적인 예로 소녀시대, 새우깡, 태양초고추장, 딱풀 등이 있다. 상징적인 이름은 이름을 통해 제품에 대한 정보나 느낌 등을 직관적으로 알거나 암시할 수 없는 추상적인 이름이다. F(x), 포미닛, 웰치스, 11번가, 티몬 등이 여기에 속한다.

때로는 이름에 여러 의미를 담기 위해 기존에 있던 단어들을 합치기도 한다. 하지만 사용할 단어를 이름 하나에 모두 넣어 지으면 복잡해지거나 지나치게 설명적일 수 있기 때문에 이 경우 단어 중 일부를 빼는 기법을 사용하는 경우가 있다.

코란도는 Korea Can Do에서 Korea의 E와 Can의 C를 제거하여 탄생한 이름이다. 렉스톤은 라틴어로 왕을 의미하는 Rex와 영어 Stone을 결합한 뒤 Stone의 S와 E를 뺀 이름이다.

요즘은 도시도 브랜드 가치를 지닌 하나의 상품처럼 다루어진다. 살기 좋은 도시에는 사람들이 모여들고, 관광객들이 찾아와 번성하게 되지만, 그렇지 않으면 인구가 빠져나가 시의 재정이 어려워지고 폐허가 될 수도 있다. 그래서 각 지방자치단체마다 좋은 시

책을 펼치는 한편 도시의 슬로건을 만들고 도시의 특성에 걸맞은 이미지를 심기 위해 고군분투하고 있다.

'참조아you 보은'은 충북보은의 사투리처럼 들리는 영어 'You'를 사용해 친근감을 더했으며, '예스민 논산'은 영어 'Yes'와 '예절, 옛 것'이라는 예의 의미가 중첩되도록 하였다. '아리아리 정선'은 굽이굽이 펼쳐진 강과 산의 지형, 정선사람의 정과 흥을 담은 흥겨운 아리랑 가락을 '아리아리'라는 말로 표현하여 네이밍했다. '장수만세'는 오래 산다는 의미의 '장수'를 장수군에 투영시키는 한편 '만세'라는 단어에 군민의 화합과 무궁한 번영을 담고 있다.[71] 울진 지역의 농수특산물 공동 브랜드 이름은 예전에 '청나빌레'였으나 울진의 특성을 반영하고 있지 않아 새로운 네이밍으로 '울진 우리珍'을 선택하였다. 보배라는 뜻을 지닌 珍을 사용하여 '우리 엄마'를 친근하게 줄여 부를 때 '울엄마'라고 하듯이 우리 진(보배)의 축약형이 '울진'이라는 의미를 담고 있다. 네덜란드의 수도 암스테르담의 브랜드 네임은 'I amstredam'으로 자아와 도시를 일치시켜 친근감과 일체감을 더해 준다. 이처럼 잘 지어진 도시 브랜드 네이밍은 짧은 단어의 유희를 통해 각 도시의 이름과 지향을 효과적으로 각인 시키고 있다.

애니메이션이나 게임에 등장하는 캐릭터는 독특하면서도 부르기 쉽고 기억하기 쉬우며 특성을 드러낼 수 있는 이름을 붙여야 한다. 마시마로는 부드럽고 말랑말랑한 마시메로를 변형시킨 이름으로 음식에서 떠올린 이미지가 캐릭터에도 그대로 투사된다. '또매 맞을 짓 한다' → '또매', '세상을 비추는 이' → '비추미', '토실토실한 하얀 고양이' → '토시하나'처럼 의미를 축약시킨 이름도 있고, '귀여운 똥꼬', '퐁당퐁당 타니'처럼 수식하는 단어를 이름 앞에 붙

여 그대로 이름이 되는 경우도 있다.[72]

Creative Project

자신의 특성을 담은 개성있는 이메일 아이디를 만들어보자.

Output

• no_regret85

적어도 85살까진 살고 싶은데 그 순간까지 후회 없는 삶을 살자는 의미를 담았다.(김은지)

• a0happy

내 이름인 아영의 영어 이름은 ayoung이지만 영어 대신 숫자 0을 넣어 어떤 일을 시작할 때 0에서부터 시작해 차근차근 나아간다는 의미를 담고 싶었고, 알기 쉬운 단어지만 '행복'이라는 뜻을 가진 단어, happy를 추가해 행복감을 갖겠다는 마음을 담아 보았다.(최아영)

• by01

by you '당신의 곁에 영원히'라는 의미로 언제 어디서나 뉴스를 전하며 당신의 곁에 머물겠다는 아나운서를 꿈꾸는 이의 마음을 담은 것이다.(남지수)

Being Creative

2 제목 짓기

제목은 콘텐츠의 내용을 짐작하게 하고 호기심을 유발시키며 마음속에 오랜 여운을 남기는 기능을 담당한다.[73] 제목은 작품의 내용에 부합해야 하며, 이미지와 음성적인 효과도 고려하여야 한다.

완전히 새로운 제목을 짓는 것도 좋지만 기존의 익숙한 제목을 패러디하거나 변형시키는 것도 효과적이다. '하이드, 지킬, 나'는 레슬리의 희곡 '지킬 앤 하이드'를 변형한 것으로 이중인격의 캐릭터를 지닌 남자와 서커스 단원장인 여자가 사랑에 빠지는 로맨틱 코미디 드라마이며, '야수와 미녀'는 동화 '미녀와 야수'의 제목을 뒤집어 패러디한 영화로 눈이 보이지 않지만 아름답고 순수한 여자와 험악한 인상을 지닌 괴물 전문 성우가 서로 사랑하게 된다는 내용이다. 연극 '사랑했던 놈, 사랑 하는 놈, 상관없는 놈'은 영화 제목 '좋은 놈, 나쁜 놈, 이상한 놈'을 패러디하여 붙였으며, 연극 '오아시스세탁소 습격사건'은 영화 '주유소습격사건'의 제목을 패러디한 것이다.

기존의 제목을 그대로 사용하는 경우도 있는데, 저작권이 유효할 경우 이를 지급해야 하며 그렇지 않다면 자유롭게 사용할 수 있다. 김주호 감독의 한국 영화 '바람과 함께 사라지다'는 빅터 플레밍 감독의 영화 '바람과 함께 사라지다'의 제목을 그대로 가져왔으며, 영화 '신라의 달밤'은 동명의 가요 '신라의 달밤'에서 제목을 가져왔다. '장화, 홍련', '헨델과 그레텔', '분홍신'과 같은 영화는 같은 제목의 고전물을 현대적으로 각색한 한국 영화이다.

외국 영화의 경우 원제목을 그대로 가져다 쓰기도 하지만 한국인의 정서에 맞도록 다시 정하는 경우도 있다. 가장 성공적인 사례 가운데 하나로 '사랑과 영혼'을 꼽을 수 있다. 이 영화의 원제목은 'Ghost'로 사랑하는 여인에게 제대로 고백도 못한 채 살해당한 한 영혼이 자신의 죽음에 관련된 문제를 해결하고 마음을 전하는 아름다운 영화이다. 귀신을 뜻하는 원래의 제목을 지우고 감성적인 제목을 붙여 관객 170만 명의 심금을 울렸다.

Creative Project

내 인생의 좌우명을 짧은 메시지로 써보자.

Output

- 꿈을 꾸면 갈 수 있고, 가면 이루어진다.
- 지금 하자
- 튼튼한 마음으로 건강하게 살자.

Being Creative

3 슬로건

슬로건은 조직의 가치와 지향을 담아야 하며, 리듬감 있고 친숙한 단어로 구성해야 한다. 기업의 슬로건은 추상적인 내용을 구체적인 단어로 표현하되 마음에 와 닿도록 하는 것이 중요하다. 포스코㈜의 슬로건 '소리 없이 세상을 움직입니다.'는 시각적 이미지를 강조하며, 두산중공업㈜의 슬로건 '지구의 가치를 높이는 기술'은 구체적인 단어를 사용하여 기업이 지향하는 가치를 표현하고 있다. 한국도로공사는 도로가 서로 맞닿은 모습을 행복의 연결이라는 감성적인 표현에 빗대어 '행복을 이어주는 사람들'이라는 슬로건을 만들었다.

미국 대선에서 오바마가 대통령 후보로 나섰을 때 Black Eyed Peas의 리더 will.i.am은 오바마의 연설을 'yes we can'이라는 제목의 노래로 표현했고, 이것은 즉시 대선의 슬로건이 되었다.

Creative Project

'놀부'와 '콩' 두 단어를 넣어 환경을 보호하자는 내용의 슬로건을 만들어보자.(15자 내외)

Output

- 콩도 싹트기 싫은 놀부 닮아가는 땅 (서지영)
- 환경사랑의 콩을 놀부의 욕심만큼 심어보자 (김평강)
- 콩 한쪽도 아끼는 놀부가 되자 (이혜린)
- 콩알쓰레기 툭 놀부의 박재앙 (길유은)

Being Creative

4 광고 카피

광고는 짧은 문구 안에 핵심 메시지를 담아 소비자를 설득하는 기능을 지닌다. 광고를 기획하고 광고 문구를 작성하는 일은 가장 크리에이티브한 분야에 속하는 것으로 알려져 있다. 광고 문구는 제품의 속성을 잘 드러내야 하며 발음하기 좋고 짧아야 한다. 때로는 같은 문구를 지속적으로 반복하여 후킹효과를 노리는 광고도 있지만 자꾸 들으면 질리게 되는 부작용도 있기 때문에 가급적이면 여운이 남는 글귀로 승부를 걸어 본다.

다음과 같은 SKT의 광고 문구는 디지털 시대에 아날로그 감성을 자극하며 외로운 사람들의 마음을 적셔주는 효과가 있다.

주소록을 없애주세요
사랑하는 친구의 번호쯤은 욀 수 있도록
카메라를 없애주세요
사랑하는 아이의 얼굴을 두 눈에 담도록
문자기능을 없애주세요
사랑하는 사람들이 다시 긴 연애편지를 쓰도록
기술은 언제나 사람에게 지고 맙니다.

주소록과 카메라, 문자는 휴대폰의 필수기능이지만, 사람의 뇌에 각인되는 기억과 눈에 새기는 형상, 손으로 쓰는 편지가 더 소중하다. 디지털과 아날로그, 기술과 사람을 대비시켜 휴대폰이 이러한 기능을 대신하고 있다는 것을 역설적으로 보여주는 광고 카피이다. 결국 휴대폰 광고인 셈이다.

한국의 토종 아웃도어 브랜드인 블랙 야크의 광고 문구는 자연의 위대함과 문 밖의 세상을 강조한다.

> 태양보다 훌륭한 조명은 없다
> 오솔길보다 좋은 트랙은 없다
> 바람보다 반가운 친구는 없다
> 땀보다 더 큰 보상은 없다
> 산보다 위대한 스승은 없다
> 안에서만 머물러서는 알 수 없는 것들
> 세상은 문밖에 있다

광고는 태양과 오솔길, 바람을 만나서 땀을 흘리며 지혜를 배우는 그 곳에 함께 가자고 손을 내민다. 여기서 블랙 야크라는 브랜드는 제품으로 다가오기보다는 수고를 나누고 더 큰 세상을 향해 떠나는 친근한 벗처럼 느껴진다. 사람들에게 말을 건네고, 짧지만 강한 인상을 남기는 광고 문구는 고객의 마음을 사로잡는 법이다.

Creative Project

인터넷의 빠른 속도를 이야기하는 감성적인 광고 문구를 만들어보자.

Output

우주를 돌아 너에게 간다.
우주보다 더 광활하고 신비로운 세계
빛의 속도로 사랑을 전하러
나는 이제 너에게 간다.

Being Creative

제 4 부

Creative Writing Project

창의적인 생각을 담아라

창의적인 글쓰기를 위한 준비물

창의적인 글을 쓰기 위해서 필요한 준비물은 어떤 것들이 있는지 생각해 본다. 노트북과 메모지, 카메라 혹은 이 모든 기능을 갖춘 스마트폰은 요즘 없어서는 안 될 필수품이다. 흔한 것이 싫다면 잉크를 묻혀가며 쓰는 만년필이나 스프링에 한 장 한 장 끼워 가며 쓰는 용지, 직접 만든 공책, 메모지 대신 준비한 냅킨 등 나만의 개성이 담긴 도구를 준비하면 된다.

비트세대의 대표적인 작가인 잭 케루악의 소설을 영화화한 '온 더 로드(On the road)'에는 작가 자신을 꼭 닮은 주인공 샐 파라다이스가 등장한다. 아버지의 죽음 이후 힘든 시간을 보내던 샐은 목적의식 없이 흔들리는 청춘을 보내는 딘을 만나게 된다. 마약과 술, 담배, 자유로운 성에 탐닉하며 덴버와 샌프란시스코, 텍사스를 거쳐 멕시코시티에 이르기까지 대륙을 횡단하는 동안 생은 길 위의 삶이 주는 자유와 결핍, 쾌락과 외로움에 중독된다. 훗날 이 모든 방황이 끝나고 책상에 앉아 미친 듯이 타자기로 글을 써내려갈 때, 글의 원천은 바로 그가 어디를 가든지 항상 갖고 다녔던 몽당연필과 수동식 연필깎이, 그리고 작은 수첩이었다. 이 영화에서 몽당연필은 작가의 비루한 삶을 의미하는 동시에 글쓰기에 대한 작가의 집착을 상징한다.

자신의 사연이 담긴 필기도구와 함께 창의적인 아이디어 발상을 하는 데 도움을 줄만한 것들도 떠올려본다. 흔들리는 촛불 아래 사각사각 글을 쓰는 자신의 모습을 떠올려보는 것도 좋겠다. 추운 겨울, 언 손을 녹여줄 핫팩과 시린 발을 덥혀줄 수면 양말, 무릎을 감싸줄 담요, 그리고 따뜻한 레몬티는 생각만으로도 아늑해지며 저절로 글이 쓰여지는 분위기를 만들어 줄 것이다.

나만의 글쓰기 공간 찾기

오롯이 자신만의 글을 위한 '나만의 글쓰기 공간 갖기'는 글을 쓰는 사람이라면 누구나 품게 되는 로망이다. 학교 도서관의 구석진 책상에서, 모두가 잠든 시간 부엌의 식탁에서, 천장이 높은 카페에서 저마다 자신의 세계에 빠져 글을 쓰면서도 그들은 모두 홀로 작업할 수 있는 자신만의 공간을 소망한다. 해리 포터의 작가 J. K 롤링은 카페에서 책을 썼고, 기차 안에서도 글을 썼다고 한다. 소설가 김훈의 작업실에는 책상과 원고지, 연필, 사전, 옥수수와 고구마, 우유가 들어 있는 냉장고가 있다고 한다. 그 흔한 컴퓨터 한 대도 없는, 오롯이 연필로 글 쓰는 소리만 들을 수 있는 공간이다. 그런가 하면 자신의 의도와 상관없이 외부와 차단되어버린 감옥이라는 공간을 오히려 자유롭게 글을 쓰는 작업실로 만든 사람들도 있다. 중세 철학과 문인들에게 큰 영향을 준 로마의 철학자이자 시인인 보에티우스. 그는 감옥에 있을 때 '철학의 위안'을 썼다고 한다. 반역죄로 사형 판결을 받아 처형당하기 직전까지 그는 전 생애에 걸쳐 얻은 지식과 사상을 이 한 권의 책에 담았다. 도스토예프스키 역시 러시아 감옥에 수감되었을 때 순간순간 떠오르는 단상을 수첩에 기록하였다. 그의 영롱한 문학작품들은 바로 이 기록에서 출발한 것이었다. 시인 김남주도 감옥에서 글을 쓴 사람들을 생각하며 그 역시 닫힌 공간에 머물던 시절을 이렇게 노래했다.

> 아 그랬었구나
> 로마를 약탈한 민족들도
> 약탈에 저항한 사람들을 감옥에 처넣기는 했으되
> 펜과 종이는 약탈하지 않았구나 그래서
> 보에티우스 같은 이는 감옥에서
> 『철학의 위안』을 쓰게 되었구나
>
> 아 그랬었구나
> 캄캄한 중세 암흑기에도
> 감옥에는 불이 켜져 있었구나 그래서 그 밑에서
> 마르꼬 뽈로는 『동방견문록』을 쓰게 되었고
> 세르반떼스는 『돈 끼호떼』를 쓰게 되었구나
>
> 아 그랬었구나
> 전제군주 짜르 체제에서도 러시아에서도
> 시인에게서 펜만은 빼앗아가지 않았구나
> 소설가에게서 종이만은 빼앗아가지 않았구나

그래서 체르니셰프스키 같은 이는 감옥에서
『무엇을 할 것인가』를 쓰게 되었구나

아 그랬었구나
일제 식민지 시대에서도
우리 민족을 노예로 전락시키고
우리 말 우리 성까지 빼앗아간
이민족의 치하에서도 감옥에서 펜과 종이를 빼앗아가지 않았구나
그래서 단재 신채호 선생 같은 이는 여순옥에서
『조선상고사』를 쓰게 되었구나
우리 말로 우리 역사를!

－김남주 '그랬었구나' 중에서

우리나라에도 귀양지에서 좋은 글을 남긴 학자와 문인들이 많은데 다산 정약용을 대표로 꼽을 수 있다. 그는 18년 동안 유배생활을 하였고, 그 중 11년을 전남 강진에서 보냈다. 이 시기에 다산은 실학의 체계를 구상하고 집필하였다고 한다. 뿐만 아니라 떨어져 지내는 자녀들을 걱정하여 편지로 아버지의 마음을 전하며 세상을 살아가는데 갖추어야 할 것과 중요한 가치 등에 대해 일러주기도 하였다. 다산은 특히 시의 가치에 대해 나라를 위하고 시대의 아픔을 함께 하며 미와 선을 추구해야 한다고 가르쳤다. 다음은 다산이 쓴 편지에 나오는 글의 일부이다.

임금을 사랑하고 나라를 근심하는 내용이 아니면 그런 시는 시가 아니고, 시대를 아파하고 세속을 분개하는 내용이 아니면 시가 될 수 없으며, 아름다운 것을 아름답다고 하고 미운 것을 밉다 하며 선을 권장하고 악을 징계하는 뜻이 담기지 않은 시는 시라고 할 수 없는 것이다.

그는 폐족으로서 자녀들이 실망감과 패배감을 안고 살아가지 않을까 염려하여 독서의 중요성을 강조하였으며, 학문을 익히는 데 있어 무엇보다 몸과 말, 얼굴빛을 바르게 하라고 가르쳤다. 학문보다 인성을 중요하게 여기며 올바른 태도와 마음가짐으로 사람을 대하는 일이 먼저라는 아버지, 다산의 가르침이 와 닿는다. 자식과 떨어진 유배지에서도 자식이 올곧게 자라기를 바라는 아버지의 깊은 사랑이 느껴지는 글이다.

힘써야 할 세 가지 일(三斯齋)

비스듬히 드러눕고 옆으로 삐딱하게 서고 아무렇게나 지껄이고 눈알을 이리저리 굴리면서도 경건한 마음을 가질 수 있는 사람은 이 세상에 없다. 몸을 움직이는 것, 말을 하는 것, 얼굴빛을 바르게 하는 것(動容貌, 出辭氣, 正顔色), 이 세 가지가 학문하는데 있어 가장 우선적으로 마음을 기울여야 할 일이다.[74]

그런가 하면 현장에서 글을 쓰는 작가들도 있다. 신동엽 문학상을 받은 송경동 시인은 소년원을 거쳐 공사장을 전전하다가 시를 쓰게 되었다고 한다. 그는 철거 현장이나 포크레인 시위, 촛불 시위가 벌어지는 거리에 살면서 그 곳을 무대로 글을 쓴다.

길거리 구둣방 손님 없는 틈에
무뎌진 손톱을 가죽 자르는 쪽가위로 자르고 있는
사내의 뭉툭한 손을 훔쳐본다
그의 손톱 밑에 검은 시가 있다

종로5가 봉제골목 헤매다
방 한칸이 부업방이고 집이고 놀이터인
미싱사 가족의 저녁식사를 넘겨본다
다락에서 내려온 아이가 베어먹는 노란 단무지 조각에
짜디짠 눈물의 시가 있다

해질녘 영등포역 앞
무슨 판촉행사 줄인가 싶어 기웃거린 텐트 안
시루 속 콩나물처럼 선 채로
국밥 한 그릇 뚝딱 말아먹는 노숙인들 긴 행렬 속에
끝내 내가 서 보지 못한 직립의 시가 있다

고등어 있어요 싼 고등어 있어요
저물녘 "떨이 떨이"를 외치는
재래시장 골목 간절한 외침 속에
내가 아직 질러보지 못한 절규의 시가 있다
그 길바닥의 시들이 사랑이다[75]

—송경동 '가두의 시'

시인은 말한다. 결핍과 상처와 외로움이 자신을 단련시켰다고. 말더듬이에 학교부적응아였던 시인이 현장에서 보고 듣고 일하며 쓴 시는 그래서 절규와 사랑이 담긴 길바닥의 시들이다.

글을 쓰기 위한 필수조건은 고독이다. 작가들 가운데는 글쓰기 다이어트를 하는 사람들도 적지 않다. 이 때 다이어트는 음식이 아니라 만남이다. 말로 쏟아낼 이야기들을 글로 해야 하기 때문에 지나친 수다는 오히려 해가 될 수 있다. 어떤 작가는 글쓰기에 몰두하기 위해 전화기를 끄고 두문불출하거나 이것이 어려우면 아예 아는 이가 없는 섬이나 오지로 가서 글을 쓰기도 한다. '뉴욕 3부작', '폐허의 도시', '어둠 속의 남자', '환상의 책', '글쓰기를 말하다 –폴 오스터와의 대화' 등 소설, 시, 에세이, 평론을 가리지 않고 다양한 분야의 글쓰기로 유명한 작가 폴 오스터는 엄청난 고독을 사랑해야 글을 쓸 수 있다고 말한다. 규칙적인 생활을 하는 작가로 알려진 그는 집필에 들어가면 아침 일찍부터 일어나 오렌지 주스와 홍차를 마시며 45분 동안 뉴욕타임즈를 읽은 다음 집 근처에 마련한 작업실로 향한다. 그는 모눈종이로 된 공책에 펜으로 고쳐 쓰기를 반복한다. 온 몸에서 흘러나오는 말을 한 땀 한 땀 새겨 넣는 기분이 들게 하고 손맛을 느낄 수 있기 때문에 컴퓨터가 아닌 원시적인 도구를 고수한다고 한다.[76] 이런 작업을 마치고 원고를 정리할 때가 되면 비로소 타자기를 사용한다.

어떤 이들은 아무도 아는 이 없는 시끄러운 도심의 카페가 오히려 집중이 잘 된다고 말하기도 한다. 그곳이 다락방이든 소음으로 가득한 카페이든 첩첩산골의 외딴 방이든 부엌의 식탁이든 자신이 사랑하는 장소를 마련해두어야 한다. 자신에게 바치는 시간과 자신만의 공간이 작가를 안으로 깊어지게 만들고 그 울림이 비로소 글을 쓰게 만드는 힘이 된다.

Creative Project

나만의 글쓰기 공간을 마련하여 이름을 붙이고 그 곳의 모습을 적어보자.

Output

나만의 글쓰기 공간은 내 방에 달린 작은 베란다이다. 나는 이곳에 '베란다에'라는 이름을 붙이고 간판까지 걸어 두었다. 내 방 안의 또 다른 세계에 나는 앉은뱅이 책상과 방석을 놓았다. 충전식 LED스탠드를 켜고 자리에 앉으면 그 때부터 나의 글쓰기 작업이 시작된다. 요즘은 웹소설을 쓰고 있는데 언젠가 내가 쓴 웹소설이 드라마로 만들어지는 흐뭇한 생각을 하면 작업에 가속도가 붙는다.

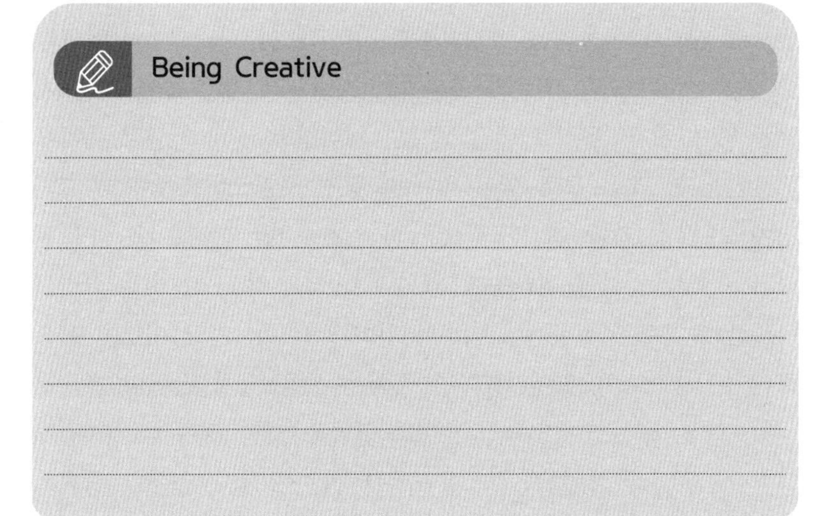

재미있는 글쓰기

눈물을 흘리며 카타르시스를 느끼는 것과 배꼽이 빠지도록 웃으며 스트레스를 푸는 것은 우리 안에 자리 잡은 무거운 짐들을 밖으로 내보내는 효과를 가져다준다. 자신의 아픔을 고백하며 공감을 이끌어내는 글은 치유의 효과가 있지만, 더 기분 좋게 하는 치유는 '웃음'이다. 무겁고 아픈 글보다 재미있고 경쾌한 글로 독자에게 다가가는 것은 보람 있는 일이다. 동경 오차노미즈여자대학교의 명예교수인 츠지야 켄지(土屋賢二)의 글은 사람이 많은 곳에서 읽다가는 이상한 사람 취급을 받을 수도 있다. 그의 에세이는 그만의 독특한 유머로 넘쳐나는데 이른바 자학개그이다. 만약 이것이 몸으로 하는 슬랩스틱 코미디였다면 그의 온몸은 상처로 뒤덮였을 것이다. 그는 학자연하거나 고상하고 위엄을 갖춘 교수를 일찌감치 포기한 채 오히려 무시당하고 이용당하는 자신의 모습을 즐기는 듯하다. 심지어 자신의 책에 대해 이렇게 쓰고 있다.

"이번 신간의 표지는 시원시원한 디자인으로 게다가 냄비받침이나 컵받침으로 쓰일 수 있도록 생활방수 기능을 갖고 있어 물이나 간장을 흘려도 괜찮다. 충격에도 잘 견디고, 고장도 잘 나지 않고, 시각 맞추는 것도 필요하지 않다. 내용은 깊이가 결여된 대신에 평이해서 어린이에게도 무시당할 정도이다".[77]

자신의 상황을 우스꽝스럽게 표현하고 권위를 내세우거나 아는 체, 있는 체 하기보다는 가장 낮은 자세로 다가가며 웃음을 자아내는 글쓰기는 마음에 위안을 줄 뿐 아니라 작가를 다정하고 위트있는 사람으로 느끼게 한다.

글을 쓴다는 것이 항상 어법에 맞고 진지한 자세를 요구하는 것은 아니다. 사투리나 어법에 맞지 않지만 일반적으로 사용하는 언어를 이용한 글은 정겨움을 안겨주며 저절로 미소를 짓게 만든다. 다음의 시에서는 시골 논두렁이나 싸리울 친 초가집에서 막 튀어나온 언어의 생생함을 느낄 수 있다. 구수하고 막힘이 없는 표현에 가슴이 탁 트이는 것처럼 시원해진다.

흙담 밑을 쪼옥 따라서 채송화가 피었다
죽순 토막들이 껍질째 뒹군다
물지게 진 안짱다리들이
싸리울 뚫고 나온 돼지 새끼들에게
뒤뚱거리고, 돈 좀 달라고 띵깡 부렸간디
니미 팔어서 주끄나! 하는 소리 쩡쩡 울리고,

경숙이 누나 연애편지를 유님이 누나에게 줬다고
직사하게 욕 얻어먹었어도
아침이면 싸리비질 등살에 흙냄새가 새로웠다
명수 형이 누렁소 팔아먹고 무릎 꿇고 용서 빌던 골목
발통기 피댓줄이 손목 바스라진 용남이 삼촌이
창백하게 들어서던 골목

— 이병초 '골목' 중에서[78]

Creative Project

엘뤼야르의 시 '야간 통행금지'의 시구 뒷부분을 실연에 관한 내용을 소재로 하여 바꿔 보자.

어쩌란 말이냐 문은 닫혔는데
어쩌란 말이냐 우리는 갇혔는데
어쩌란 말이냐 길은 막혔는데
어쩌란 말이냐 도시는 정복되었는데
어쩌란 말이냐 도시는 굶주려 있는데
어쩌란 말이냐 우리는 무기가 없는데
어쩌란 말이냐 밤이 되었는데
어쩌란 말이냐 우리는 서로 사랑했는데

— 엘뤼야르 '야간 통행금지'

Output

어쩌란 말이냐 잠잠한 핸드폰이 어색한데
어쩌란 말이냐 자꾸만 네가 아른거리는데
어쩌란 말이냐 아직도 온 하루를 너로 채우는데
어쩌란 말이냐 아직도 온 마음이 너로 가득한데
어쩌란 말이냐 너의 목소리라도 듣고 싶은데
어쩌란 말이냐 아픈 곳은 없는지 걱정되는데
어쩌란 말이냐 왜 진작 너에게 잘해주지 못했는지 후회스러운데
어쩌란 말이냐 우리는 결국 헤어지고 말았는데

Being Creative

글을 쓰는 이유 찾기

글을 쓰기 위해서 해야 할 첫 번째 행위는 글을 쓰는 목적을 파악하는 것이다. 하루에 한 줄 쓰기라는 목표를 정해서 글을 쓸 때 그 글을 왜 쓰는지, 누구를 대상으로 하는 것인지 정해야 한다. 이것은 마치 길을 걸어갈 때 도착지점을 정하는 것과도 같으며 우리 삶의 목표를 세우는 것과도 비슷하다. 경찰이 되겠다고 목표를 세운 사람은 체력을 단련하고 시험 준비를 하며 면접을 대비해 연습을 할 것이다. 경찰은 되고 싶다고 되는 것이 아니라 국가고시를 통과해야 자격이 주어지기 때문이다. 이 때 경찰 공무원이 안정적이니까 해 보겠다는 사람과 역사에 길이 남는 훌륭한 경찰이나 남을 위해 봉사하고 희생하는 경찰이 되겠다는 꿈을 품은 사람 사이에는 분명한 차이가 존재한다. 직업으로 인식하는가 아니면 소명으로 인식하는가에 따라 청년의 미래는 달라질 수밖에 없다. 직업이라고 생각한다면 자신에게 주어진 업무를 성실히 수행하며 문제를 일으키지 않겠지만, 소명이라고 생각한다면 일을 찾아서 하고 위험을 감수하거나 보상과는 상관없이 어려운 일을 자청할 것이다. 결국 이것은 선택의 문제이다.

어떠한 목적으로 글을 쓰는가? 매일 쓴다. 왜 쓰는가? 글쓰기 실력을 높이기 위해. 왜 글쓰기 실력을 높이려고 하는가? 사람들과 소통하기 위해. 왜 사람들과 소통하려고 하는가? 나의 생각을 전하고 그들의 생각을 듣고 싶어서. 왜 그렇게 하고 싶은가? 이렇게 계속 질문을 던지다보면 보다 원대하고 보다 많은 사람의 이익을 추구하는 자신의 목적에 도달하게 된다. 나는 왜 이 글을 쓰는가? 나는 무엇을 원하는가? 그 대상은 누구인가? 끊임없이 자신에게 묻고 그 답을 찾기 위해 글을 쓴다는 것을 깨닫는 것이 중요하다.

생태주의자 황대권은 야생초에 대한 사랑을 담은 그의 저서 '야생초 편지' 서문에서 이렇게 쓰고 있다.

감옥 마당에서 무참히 뽑혀 나가는 야생초를 보며 나의 처지가 그와 똑같다는 생각이 들었다. 밟아도 밟아도 다시 살아나는 야생초의 끈질긴 생명력을 닮고자 하였다. 아무도 보아주지 않는 '잡초'이지만 그 안에 감추어진 무진장한 보물을 보며 하느님께서 내게 부여하신 무한한 가능성에 대해 신뢰하게 되었다.

여전히 인간 중심적인 기술이지만, 나는 독자들이 이 책을 통하여 모든 생명은 본질적으로 같으며, 그것이 하찮아 보일지라도 이 우주에 하나뿐이라는 생명의 동질성과 소중함을 읽어 주길 바란다. 그리하여 사람들 사이에 생태주의적 시각이 널리 확산되는

데 조금이라도 기여할 수 있다면 더 없는 기쁨이겠다.

—황대권 '야생초 편지' 서문 중에서

'야생초 편지'의 작가는 오랫동안 갇힌 상태에서 살아야 했다. 그가 낮은 곳으로 눈을 돌렸을 때 그의 눈에 띈 작은 풀과 꽃들. 그는 이것이 이름없는 잡초가 아니라 저마다 고귀한 이름을 지닌 소중한 생명임을 깨닫고 사람들에게 알리고 싶어 글을 쓰게 되었다.

훌륭한 스토리텔러가 되고 싶다면 먼저 훌륭한 가치가 무엇인지 탐색하는 과정을 거쳐야 한다. 거짓으로 꽉 찬 스토리텔링이 밀려나고, 진실하며 의미 있는 스토리텔링이 파도처럼 밀려올 때, 내면의 진정한 울림이 전달되어 또 다른 울림을 만들어 낼 때, 우리가 사는 세상은 훨씬 살 만한 곳이 될 것이다. 이 책이 여러분의 생각과 관점을 정리하고, 이야기하는 방법을 익혀 효율적으로 메시지를 전달하는 데 도움이 되기를 바란다.

—홍숙영 '스토리텔링 인간을 디자인하다' 서문 중에서

서문에서 스토리텔링이라는 단어가 유행하면서 거짓 이야기들이 판을 치는 현실에서 이야기가 담는 가치와 진정성이 중요하다는 것을 알리기 위해 쓴 글이라는 목적이 드러나 있다.

아내에게는 미안하지만,
남자는 결혼했다고 해서 철이 드는 게 아니라 '아빠'가 되면
철이 든다.

아빠가 되면 '희생의 기쁨'이라는 것도 알게 되고
'눈물의 행복'이라는 것도 알게 된다.
'밥을 안 먹어도 배가 부르다'는 말.
'눈에 넣어도 안 아프다'는 말.
'보기만 해도 하루의 피로가 싹 풀린다'는 말.
'내 모든 걸 주어도 아깝지 않다'는 말.
아빠가 되지 않으면 절대, 알 수도 없고 이해할 수도 없는 말들이다.

....

아이가 스스로 책을 읽기 전에는
아빠의 말 한 마디가 곧, 책 한 권이고
아빠와 함께 논 하루가 곧, 영화 한 편이다.
그리고 아이에게 가장 좋은 학교는 집이고
가장 훌륭한 선생님은 부모다.
언제 어디서나 함께하는 부모보다는
아이가 필요로 할 때 함께할 수 있는 부모,
그리고 아이가 혼자 설 수 있도록 삶의 지혜를 주는 부모가
아이에게 좋은 부모다.
어릴 때는 "아빠 왔다!"라는 말만 들으면
아이들이 현관으로 달려온다.
하지만 아이들이 커갈수록 "아빠 왔다!"라는 말만 들으면
각자 방으로 들어가버린다.
왜 그럴까?
그 이유는,
언제부턴가 아빠와 아이가 대화가 없어졌기 때문이다.

어느 가정에서나 "아빠 왔다!"라는 말이
가장 반가운 말이 됐으면 좋겠다.

–이재국 '아빠 왔다' 서문 중에서

서문에서 작가는 아빠의 역할, 아빠의 성장 그리고 좋은 아빠 되기에 대해 적고 있다. 작가인 아빠는 바퀴벌레가 아니라 오순도순 꽃잎이 피어나는 어여쁜 꽃이 되기를 바라는 간절함을 글에 담고 있다. "아빠 왔다"라는 말이 가장 반갑고 기쁨을 주는 말이 되려면 아빠는 아이를 위한 책이 되고 영화가 되어야 한다. 아이를 둔 아빠를 대상으로 육아의 경험을 공유하려는 목적으로 쓴 글이라는 것을 알 수 있다.

'제7일', '허삼관 매혈기'와 같은 소설을 쓴 중국 출신의 작가로 세계적인 사랑을 받고 있는 위화는 진정한 작가가 되기 위해선 자신의 속마음을 들여다보아야 한다고 했다. 진실로 자신을 이해하면 세계를 이해할 수 있기에 속마음이 담긴 글을 쓰고 싶다는 것이다. 물론 자신의 내면과 마주하기 위해선 고통과 희생이 따르지만 이러한 과정을 거치면서 작가는 자신을 발현하고 사람을 사랑하며 세상과 만나게 된다.

Creative Project

나의 첫 번째 책을 낸다면 서문에 어떤 글을 쓸지 상상하며 적어보자.

Output

사람은 누구나 창의적인 능력을 지니고 태어났습니다. 그러나 틀에 박힌 교육과 모난 돌이 정맞는 사회 분위기 속에서 우리의 창의력은 그만 숨어 들고 말았습니다. 이제부터 우리는 우리의 어딘가에 잠자고 있는 거대한 창의코끼리를 찾아 깨워야 합니다.

타인이 들이대는 잣대나 기대에 신경쓰지 마세요. 우리의 목적은 오직 하나, '창의코끼리'를 찾아내는 일입니다. '창의코끼리'와 함께 창의적인 인재로 거듭나는 그날까지 전진하세요.

—홍숙영 '창의력이 배불린 코끼리' 서문 중에서

Being Creative

글쓰기 구상

글을 쓰는 목적이 정해지고 나면 신문이나 인터넷, 도서관, 인터뷰 등을 통해 필요한 자료를 모으고 정보를 수집한다. 겉으로 대충 훑고 지나가는 것보다 시간이 허락한다면 관련 자료를 꼼꼼하게 검토하고 사진이나 동영상까지 모두 점검한다. 영역을 확장하되 깊이 있게 살펴본다면 통찰력도 생기고 다른 분야의 정보들을 섞으면서 예상하지 못했던 아이디어를 건져 올릴 수 있기 때문이다. 다음 단계는 수집한 정보와 자료를 밑거름으로 하여 자신의 과거 경험을 회상해보거나 먼 미래로 혹은 상상의 세계로 여행을 떠나는 시간이다. 이 때 아이디어 발상법을 이용해 생각나는 단어를 나열하거나 무작위로 한 단어를 선택해 아이디어를 떠올려 보는 것도 좋고, 멍하니 생각에 빠져들어도 상관없다. 이렇게 실컷 머릿속으로 운동을 했다면 이제 손 운동을 해야 할 차례다. 결국 글쓰기는 손이 하는 것이다. 아무리 공상을 하고 좋은 아이디어가 있더라도 쓰지 않으면 소용이 없다. 누가 읽거나 읽지 않는 것이 중요한 것이 아니라 '쓴다'는 행위 자체가 중요하다. 펜과 종이를 꺼내든 노트북이나 데스크탑의 자판기를 두드리든 손을 이용해 글이 만들어지는 작업을 해야 한다. 정해진 글의 제목에 따라 모아진 글감을 잘 섞어서 생각의 흐름을 따라 글을 쓴다. 이 때 무작정 쓰기보다는 펜으로 연습장에 대략적인 구상을 한 다음 쓰는 것이 효과적이다. 다 쓴 글은 순서를 바꾸어 보면서 여러 방법으로 구성을 해보고 완성하고 난 다음 주위 사람들에게 보여준다. 다른 사람들의 평가에 주눅 들거나 그들의 의견을 수용해야 할 필요는 없다. 들을 만하면 듣고 아니라면 한 귀로 흘려 보내면 그만이다. 내가 무언가를 완성했다는 사실에 뿌듯함을 느끼고 스스로를 칭찬해 준다. 다시 읽어보고 어색한 표현을 고치거나 마음에 들지 않는 부분을 고친 뒤 '끝'이라고 쓴다.

글쓰는 순서

① 글을 쓰는 목적 찾기
② 대상 파악하기
③ 자료 수집하기(신문, 인터넷, 동영상, 사진, 도서관, 인터뷰 등)
④ 아이디어 발상(이 때 여러 가지 아이디어 발상법을 활용한다.)
⑤ 글의 골격 짜기
⑥ 기록하기(손으로 쓰거나 컴퓨터에 저장, 녹음, 사진 촬영 등)
⑦ 재구성하기(글의 순서를 바꿔보면서 다양하게 구성해본다. 포스트잇 활용)
⑧ 완성

⑨ 보여주기

⑩ 리라이팅

Creative Project

'내 삶에 소중한 것'이라는 주제로 글쓰기 순서에 따라 1200자에 맞춰 써 보자.

Output

1. 목적: 자신의 인생에서 가장 소중한 것이 무엇인지를 깨닫는 것

2. 대상: 청소년, 청년

3. 자료: 행복지수, 행복에 필요한 것 등 자료 수집. 행복이란 기쁜 감정

자료 정리: 우리나라는 OECD 34개국 가운데 행복지수가 33위로 거의 최하위 수준이다. 이는 만족하지 못한 삶과 지나친 경쟁 구도에 지치고 자신의 의지와는 달리 살아가고 있는 현실에 대한 불만에서 비롯된 것이다. 나는 언제 가장 행복했는지 떠올려 보고 다른 사람들에게 행복한 순간의 기억에 대해 물어보며 정보를 수집한다.

4. 아이디어: 행복한 기억 되살리기, 성경의 구절 인용, 진정한 행복을 느끼는 순간에 대한 이야기.

제목: 스펙이 아닌 스토리를 만들자.

우리나라 사람들의 행복지수는 OECD 34개국 가운데 최하위 수준인 33위다. 경쟁에 시달리고 비교 당하면서 성장한 아이들이 기쁨이나 행복을 느낄리는 만무하기에 이러한 결과는 어찌 보면 당연하다. 이런 과정을 거치며 얼떨결에 성인이 되어버린 지금의 젊은 세대는 불안하고 두렵다. 그다지 특별한 목표나 목적의식은 없는데, 고달픈 건 싫고, 사회 진출은 해야겠고, 불안하고 두려운 마음에 마구 스펙을 쌓아본다. 이는 마치 이별에 대한 두려움으로 상대방에게 집착하거나 죽음에 대한 두려움으로 건강 보조식품을 사 먹고, 헬스클럽에 등록하는 것과 같다. 그러나 두려움은 우리의 영혼을 갉아먹을 뿐이다. 우리를 움직이는 것은 두려움이 아니라 즐거움, 진정한 사랑이어야 한다. 성경에도 두려움은 징벌을 생각할 때 생기는 것이라고 했다(요한 일서 5장 18절). 회초리나 책망, 실패나 비난에 대한 두려움이 우리의 삶을 이끌도록 내버려 두어서는 곤란하다.

나는 산에 가는 일이 즐겁고, 산책하는 것이 좋으며 가르치는 일에 보람을 느낀다. 방송도 좋고, 글을 쓰는 것은 무엇보다 나를 기쁘게 만들어 준다. 원두커피를 좋아하고 무지방 우유를 마시며 잡곡밥으로 건강을 지키고 아주 오래된 노래를 즐겨 듣는다. 소리 내어 시를 읽으며 내 목소리를 듣는 것이 좋고 이른 아침 차에서 라디오로 뉴스를 들으며 출근하는 시간이 즐겁다.

무엇이 싫다, 누가 마음에 안 든다고 인상 쓰며 말하는 사람보다 하고 싶은 일에 대해 눈동자를 반짝이며 말하고, 무엇이 하고 싶다며 빛나는 목소리로 말하는 사람은 행복하다.

“뭐 먹을래?”라고 물어봤을 때 “아무거나”라고 대답하기보다는 간장 게장, 해물순두부, 고르곤졸라 피자, 블랙빈 라떼라고 당당하게 자신의 취향을 말할 수 있는 사람은 행복하다.

“여러분은 어떤 일을 좋아합니까?” 이 질문에 자신 있게 답할 수 있는 사람은 행복하다. 음악 듣는 것을 좋아한다면 컴퓨터 전공을 살려 음원회사의 프로그램을 관리하는 일을 하고, 패션에 관심이 있다면 패션회사의 재무회계 일을 하면 행복할 것이다. 이렇게 자신이 좋아하고 잘하는 일을 하게 될 때 창의적인 아이디어가 샘솟고, 에너지가 넘치며 자신감이 생긴다.

더불어 새롭고 신기한 경험을 통해 또 다른 나의 취향을 발견하며 새로운 나의 이야기를 쓸 수 있어야 한다. 의외로 나는 미적 감각이 뛰어나거나 모험심이 강한 사람일 수 있다. 영어는 젬병인데 중국어는 잘 할 수도 있으며, 한국 사람하고는 잘 못 사귀지만, 외국 사람과는 좋은 친구가 될 수도 있다. 나도 잘 모르는 숨어 있는 자아를 발견하고 만나는 일은 생각보다 즐거운 경험이다.

지루하고 심심하고 재미없는 사람이 될 것인가, 신선하고 자극적이며 활력이 넘치는 재미있는 사람이 될 것인가. 스토리와 스펙은 상반되는 개념이 아니다. 나만의 스토리를 만들어 가다보면 어느새 그것은 스펙이 되어 있을 것이다.

글쓰기에 피해야 할 것

1 지루함을 피하라

"검은 머리 파뿌리 되도록"으로 시작하는 주례사, "졸업은 끝이 아니라 시작"이라는 말로 시작하는 교장선생님의 졸업식 축사, "우리의 소원은 통일"로 시작하는 작문, 맹모삼천지교나 한석봉 어머니를 예로 드는 교육 이야기 등 뻔하고 누구나 알고 있는 글은 재미가 없다. 재미가 없으니 당연히 읽는 이도 없다. 클리셰로 가득한 글은 식상할 뿐이며, 호기심을 자극하지 않는다. 한 문단에 연이어 등장하는 같은 표현은 지루함을 안겨준다. 같은 내용이라도 표현을 달리 하여 사용하면 색다른 느낌을 줄 수 있다.

다음 표에서 A글은 비슷한 표현이 반복되어 나오면서 지루한 느낌을 준다. 이것을 B나 C와 같이 줄이면 훨씬 가벼워진다. '슬퍼서 주체하기 힘든 눈물을 흘리는' 똑같은 상황이지만, D는 훨씬 감성적으로 다가온다.

표 4 지루함을 피하는 글쓰기

A	그는 슬프다고 말했다. 슬퍼서 눈물이 흐른다고 말했다. 그는 눈물을 주체할 수 없다고 말했다.
B	그는 슬퍼서 눈물이 흐른다고 말했다. 주체할 수 없는 눈물에 그는 힘들어했다
C	그는 줄줄 흐르는 눈물을 주체할 수 없었다
D	끝을 알 수 없는 슬픔의 뿌리에 물이라도 주듯 그의 눈에선 주체할 수 없는 눈물이 흘렀다.

2 3적을 피하라

작가이자 번역가인 안정효는 '있다, 것, 수'를 우리나라 사람들의 글쓰기를 망치는 3적으로 꼽는다.[79]

'있다'는 우리나라 사람이 가장 많이 쓰는 단어 가운데 하나이다. 빼도 되지만 습관상 반복해서 사용하기 때문에 문장을 지루하게 만든다. '것' 역시 습관적으로 쓰는데 격식을 차려야 하는 글쓰기에서 빠지지 않고 등장한다. '수'는 영어식 표현으로 굳어져 어디든 붙어 다니면서 독자의 눈을 피곤하게 한다. 3적을 없애는 훈련을 하면서 자신의 글을 매끄럽게 다듬는 연습이 필요하다.

다음 글에서 3적을 빼면 어떻게 될까?

그는 버스를 타고 집으로 오고 있다. 피곤해서 견딜 수 없는 것 같은 표정을 하고 있다. 참을 수 없는 졸음이 밀려오고 있다.

그는 버스를 타고 집으로 향한다. 피곤해서 못 견디겠다는 표정이다. 참기 힘든 졸음이 밀려온다.

3적을 애용하면 마치 글자 수를 늘리려고 의도적으로 글을 잡아당긴 느낌을 주기 십상이다. 문장이 단조로우면서도 읽기 쉽고 정돈된 느낌을 주기 위해선 무조건 3적을 물리쳐야 한다.

3 수동태를 피하라

마치 번역체처럼 수동태를 사용하여 문장을 구성하는 습관을 가진 사람들이 있는데, 이것은 반드시 고쳐야 한다. 수동태는 우리말과는 다른 외래식 표현으로 소극적이고 불분명한 느낌을 주며 부자연스럽지만 방송이나 출판물에서 자주 쓰인다. 이미 굳어진 수동태식 글쓰기를 적극적이고 책임감 있으며 자연스러운 우리식 글쓰기로 바꾸어야 한다.

최근 왕립기술원에 의해 전 세계 유전자 1천 600여 종이 조사되었다. 그 결과 약 1만 5천 년 전 중국 장강 이남에 서식하던 회색 늑대가 개의 조상이라는 사실이 밝혀졌다. 회색 늑대는 성격도 사납고 난폭해 인간과 호랑이 정도만이 상대할 수 있는 생태계 최상위 포식자에 해당된다. (수동식 표현)

최근 왕립기술원은 전 세계 유전자 1천 600여 종을 조사하였다. 그 결과 약 1만 5천 년 전 중국 장강 이남에 서식하던 회색 늑대가 개의 조상이라는 사실을 밝혀냈다. 회색 늑대는 성격도 사납고 난폭해 인간과 호랑이 정도만이 상대할 수 있는 생태계 최상위 포식자에 해당한다. (수동식 표현을 자연스럽게 바꾼 것)

이처럼 수동식 표현만 피해도 문장은 훨씬 자연스러워진다.

4 무단도용이나 표절을 피하라

다른 사람이 쓴 글의 내용이 마음에 들어서 인용하고 싶을 경우 꼭 출처를 밝혀야 하며 인터넷 기사나 블로그가 출처라면 원본의 링크를 걸어둔다. 자신이 쓴 글인 것처럼 변형시켜 게재하거나 무단으로 화면을 캡처해서 올리면 저작권 침해에 해당한다. 무단도용과 표절은 법적으로 처벌을 받기 때문에 글을 쓸 때 조심해야 할 사항 중 하나이다. 일반적으로 "보도, 비평, 교육, 연구 등을 위해 다른 사람의 저작물을 인용"하는 것은 합법적인데 단 출처를 밝힌다는 조건하에서 가능하다. 음악이나 영화, 드라마, 소설, 시, 논문 등에서 표절 논란은 끊임없이 벌어지고 있다. 지구상에 살고 있는 많은 사람들 가운데 비슷한 생각을 하고 비슷한 글을 쓰는 사람이 한 명도 없다는 것은 불가능하며 때로는 똑같은 구상을 하는 것도 가능하다. 그런데 여기서 중요한 것은 누가 먼저 발표했는가에 있다. 특허와 마찬가지로 저작권도 먼저 공표한 사람에게 권리가 있기 때문이다. 이런 경우 이외에 의도적으로 다른 사람의 창작물을 베끼거나 무단으로 일부를 인용하기도 하는데 창작의 기본을 지키지 않는 저작권 침해 행위에 해당한다.

저작권을 지키지 않아 이미지에 타격을 입거나 법적으로 곤란을 겪는 경우를 우리는 종종 보게 된다. 국민트로트로 알려진 '돌아와요 부산항에'는 이 곡의 작사·작곡가가 '돌아와요 통영항에'라는 곡을 먼저 발표한 작고한 가수의 가사를 표절한 것으로 밝혀져 1억 6천여만 원의 손해배상금을 지급하기도 했다.[80] 황석영 작가는 그의 소설 '강남몽'에서 동아일보사에서 출간한 기자의 현장 취재기 '대한민국 주먹을 말하다'를 표절했다는 의혹이 제기되자 해당 기자에게 미리 양해를 구하거나 책에 인용한 사실을 밝히지 않은 것에 대해 실수를 인정하고 사과한 바 있다.[81] 대중에게 잘 알려진 작가나 예술가, 학자들이 표절 의혹이나 소송에 휘말리고 표절이 밝혀지면 본인은 물론 주위 사람들까지 고통스러운 시간을 보내게 된다. 하늘 아래 새로운 것은 없으니 누군가의 창작물에 자극을 받아 영감을 얻게 될 경우 비슷하게 느껴질 수도 있다. 글을 쓸 때는 반드시 출처를 밝히는 습관을 들이고, 혹시라도 누군가 비슷한 내용의 콘텐츠를 먼저 발표하지는 않았는지 확인하는 작업을 거쳐야 한다.

5 인신공격을 피하라

익명성을 보장받고 표현의 자유라는 명목하에 자신과 의견이 다르거나 조금이라도 기준에서 벗어나는 발언을 한 사람에게 가차 없이 쏟아지는 공격성 글들이 온라인상에 넘쳐나고 있다. 누군가를 곤경에 처하게 하거나 명예를 훼손하는 목적을 가진 글은 나쁜 글이다. 올바른 비판을 통해 잘못을 바로잡고, 정의를 실현하는 글과 일방적으로 상대방을 매도하는 글은 분명히 다르다. 네티즌의 악성 게시글에 시달리던 공지영 작가는 참다못해 네티즌 7명을 고소하기도 했다. 이들은 언론사 인터넷 홈페이지의 블로그를 비롯해 SNS에 욕설을 올리고 성적 수치심을 유발하는 표현이 담긴 글을 쓰거나 작가의 가족을 폄훼하는 글을 썼다고 한다.[82] 이처럼 사생활과 관련해 허위사실을 유포하거나 모욕적인 말을 인터넷에 게재하는 행위는 글을 쓰는 사람의 윤리의식을 저버릴 뿐 아니라 법에도 저촉된다. 비록 그 내용이 사실일지라도 공적인 공간인 인터넷 게시판이나 SNS에 인신공격성 글을 게재하면 명예훼손에 해당되어 손해배상을 해야 하며 형사처벌까지 받게 된다. 착한 글쓰기라고 해서 반드시 좋은 글쓰기가 되는 것은 아니다. 때로는 사회정의를 위해서나 진실을 밝히기 위해 공격적인 글도 써야 할 때가 있다. 그러나 개인적인 이유로 사람의 마음에 상처를 주고 고통을 주는 글은 피해야 한다.

효과적인 글쓰기

빈센트 라이언 루기에로는 단행본, 에세이, 기사건간에 모든 효과적인 글쓰기는 통일성, 일관성, 강조, 발전의 네 가지 특성을 지닌다고 하였다.[83] 통일성이란 제일 먼저 중심이 되는 핵심 아이디어를 담은 글을 쓴 다음 여기에 무엇을 포함하고 무엇을 뺄 것인지, 어디서 시작하고 어떻게 시작할지를 결정하는 것이다. 즉 전체적으로 같은 맥락의 아이디어가 흐르도록 배치하는 것을 의미한다. 따라서 핵심 아이디어를 작성할 때 확신을 가져야 하며, 내용이 명확해야 한다. 일관성은 글이 왔다 갔다 하거나 들쑥날쑥 하지 않고 명확한 패턴을 구성하는 것을 말한다. 타당성 있게 글의 순서를 정하고 이해하기 쉽도록 작성해야 한다. 중요한 부분에 더 많은 공간을 할애하고 가장 중심이 되는 위치에 배치하는 것은 강조에 해당한다. 시작할 때나 끝날 때 혹은 여러 번 강력한 어조로 반복하되 지나치지 않도록 횟수와 수위를 조절해야 한다. 발전은 작가가 독자에게 기대하는 것을 얻기 위해 하는 것으로 요점, 서술, 정의, 설명과 같은 기법을 이용하여 글을 쓰는 것이다. 잘 쓴 글은 참신하고 명료한 아이디어로 핵심이 되는 문장을 구성하고 있으며 전체적으로 통일성과 일관성을 유지한다. 무엇보다 이해하기 쉽고 재미있는 글, 잘 읽히는 글이 효과적인 글이다.

기억 회상법

창의적인 글은 기억의 창고로부터 시작된다. 유쾌한 기억과 불쾌한 기억, 밝은 기억과 어두운 기억, 확실한 기억과 아득한 기억, 신이 나서 떠올리는 기억과 잊고 싶은 기억 등 다양한 사건과 사람들이 서로 얽히고설키며 기억을 형성하고 있다. 이 곳을 건드려 하나하나 끄집어내면서 글쓰기의 소재를 찾거나 뒤집고 비틀어 새로운 이야기로 만들 수 있다. 기억의 장소를 떠올리거나 소중한 물건과 사람을 추억하고 첫사랑의 상념에 빠져들며 아이디어를 떠올려 본다. 미운 사람과 함께 했던 경험이나 고생스러웠던 직장 생활은 평탄하고 탄탄대로를 달리는 사람의 이야기보다 훨씬 흥미진진하게 다가온다. 지나간 시간에 대한 기억을 떠올리기 위해서는 당시에 찍었던 사진이나 그 시절의 물건을 앞에 놓고 시작하면 도움이 된다. 승차권, 학생증, 일기, 성적표, 기념품 같은 것들을 찾아

보고 과거로 돌아가 기억을 더듬어 본다.

1 기억의 장소 떠올리기

기억의 창고 어느 구석인가에 박혀 있는 먼지 묻은 글감을 꺼내 보는 것만으로도 마음이 설렌다. 어린 시절 사진이나 일기, 처박아 두었던 수첩, 편지 등을 뒤적거리다 보면 누군가를 기다리던 간이역이 생각날 수도 있고, 타임캡슐을 묻어 둔 학교 운동장 벤치 아래가 생각날 수도 있다.

Creative Project

다음 순서에 따라 기억에 남는 장소를 떠올려 보고 생각나는 것을 기록한다.

① 가장 기억에 남는 지하철역이나 기차역, 버스 정류장은 어디인가?

② 그 곳에서 어떤 일이 있었는가?

③ 기억 속의 그 곳을 상상 속에서 방문해 보자. 다른 이들도 찾아올 수 있도록 그 장소에 얽힌 에피소드를 영화의 한 장면으로 스토리텔링 해 보자.

Output

- 기억의 장소: 울진군 평해 버스터미널
- 있었던 일: 버스를 타고 가는데 5시간 걸리는 그 곳에서 어떤 여자에게 고백을 했었다. 무작정 표를 끊어 버스를 탔는데 도착하니까 밤 9시였다. 그녀를 만나지도 못한 채 차가 끊겼고 찜질방이라도 가려고 했지만

시골이라 찜질방도 없었다. 난생 처음 혼자서 여관이란 곳을 가봤다. 그때, 그녀에게 연락도 없이 갔었다. 당장 보고 싶었으니까.

제목: 마음 가는 대로(이태헌)

그 시각, 남자는 강남 고속버스터미널로 향하고 있었다.

터미널에 도착한 그는 표를 끊고 무작정 버스에 올라탔다. 항상 반듯하고 철두철미하게 계획을 세우는 그였지만 그날만은 그렇게 즉흥적인 행동을 했다. 이유는 없었다. 하늘이 너무 우중충해서 그랬다고 해 두자. 이윽고 출발한 버스는 어느새 강남을 지나 고속도로를 타고 있었다. 빗방울이 하나 둘 창문을 때리기 시작했다. 그의 귀를 감싼 헤드폰에서 음악이 흘러나온다. 그녀를 처음으로 본 날. 그녀와 처음 눈이 마주친 찰나. 그녀와의 첫 순간을 함께 한 바로 그 음악이었다. 그는 그녀에 대한 모든 것을 기억하고 있다. 그녀의 전화번호와 향기와 취향, 생각에 잠길 때 미간을 살짝 찡그리는 버릇까지도. 그는 그녀에게 전화를 걸었다가 신호가 가기 전에 이내 끊어 버렸다. 떨리는 숨을 내쉬곤 문자를 적었다.

나, 너 보러 가고 있어. 지금

보낼까 말까 망설이다가 '전송' 버튼을 누르고 말았다. 문자를 보내자마자 너무 일방적이지 않았나 하는 생각이 들었다. 한참이 지났지만 그녀에게선 아직 연락이 없다. 목적지에 도착하기까지 30분 남았다. 주저하던 그는 결국 그녀에게 전화를 걸었다.

'전화기가 꺼져 있어…'

그는 아차, 싶었다. 부담스러웠을까? 그래도 그렇지 서울에서 울진까지 왔다는데 전화기를 꺼놔? 화가 나기도 하고 자신의 행동이 어리석게도 느껴졌다. 그녀의 얼굴이라도 한 번 보겠다고 무작정 와버렸는데, 일방적인 자신의 행동에 후회가 밀려왔다.

평해 버스터미널에 도착한 남자는 난감함을 감출 수 없었다. 그녀와는 연락조차 닿지 않는다. 자신이 거절당했다는 생각에 도착하자마자 남자는 떠나고 싶은 마음이 간절했다. 긴 시간이 걸려 도착했지만 하는 수 없이 그는 서울 가는 버스 편을 사기 위해 매표소로 발길을 돌렸다. 그 때였다.

"기껏 터미널까지 마중 나왔더니 바로 가버리는 거야?"

뒤돌아보니 눈앞에서 그녀가 생글생글 웃고 있다. 그는 어안이 벙벙할 뿐이다.

"뭐야. 이렇게 우두커니 서 있으려고 여기까지 왔어?"

"너… 너 왜 연락 안 받았어?"

남자가 억울한 듯 말까지 더듬거리는데 그녀는 오히려 여유를 부린다.

"그냥. 너 놀려 주려고. 그러게 왜 연락도 없이 와? 왜 온 거야?"

그는 무슨 말이든 하고 싶었다. 그러나 말이 나오지 않았다. 그녀를 만나면 뭐라고 말할지, 어떤 표정을 지을지 수없이 생각했는데도, 그녀의 말처럼 우두커니 서 있으려고 온 사람마냥 얼어붙고 만 것이다.

"왜 왔는데?"

이 말을 해도 되나 싶었지만 어차피 이렇게 된 바에야 에라 모르겠다. 그는 용기를 내어 말했다.

"네가… 보고 싶었어."

"그래?"

그가 겨우겨우 이 말을 꺼내자, 그녀는 반짝이는 눈으로 그를 바라보며 답했다.

"잘 왔어. 나도 네가 보고 싶었거든."

여자가 남자에게 다가간다. 남자도 여자에게 다가간다.

"근데 있지. 지금 여기 버스 끊겼어."

"뭐? 아홉시 밖에 안됐는데?"

"여긴 시골이잖아. 일찍 끊겨, 바보야."

"아, 아니 그러면 나는 어떻게 집에 가지? 어디서 자야 되지?"

"내가 책임질게."

여자가 장난스럽게 말하며 웃는다. 어두워진 버스 터미널. 야간 버스를 기다리는 대합실에만 불이 켜져 있다. 그 앞에서, 남자와 여자는 희미한 불빛을 받으며 환하게 웃는다.

2 소중한 물건

자신이 지니고 있는 물건 중에 지금까지도 소중하게 생각하는 것이 어떤 것이 있는지 찾아본다. 생전 처음 받아본 사랑의 고백이 담긴 편지, 졸업반지, 성적표, 만년필, 쪽지 등 누구에게나 간직하고 싶은 사연이 담긴 보물 한 가지 쯤은 있는 법이다.

Creative Project

다음 순서에 따라 자신의 보물에 관한 이야기를 떠올리고 새로운 이야기로 구성해 본다.

① 나에게 소중한 물건은 무엇인가?

② 그 물건에는 어떤 사연이 담겨 있는가?

③ 나의 보물을 소재로 새로운 이야기를 꾸며 보자.

Output

- 나의 보물: 포대기
- 사연: 내가 태어나기 전, 외할머니께서 손수 만드신 물건이 하나 있다. 바로 겨울에 태어나기로 되어 있던 나를 위한 포대기였다. 내가 태어날 즈음 완성되었던 포대기. 외할머니께서는 내가 울면 그 포대기로 업고서 달래주기도 하셨고, 내가 꾸벅꾸벅 졸면 포대기로 덮어 재워 주기도 하셨다. 옛날 추억을 무의식중에 기억 하는 건지 모르겠지만, 난 아직도 그 포대기를 만지며 잠든다. 갓난아기였을 때는 물론이고, 유치원생이 되어서도, 초등학생, 중학생, 고등학생, 그리고 대학생이 된 지금까지도 나는 여전히 그 포대기 없이는 잠을 이루기가 힘들다.

  어렸을 때부터 하도 가지고 다녔던 탓에 여러 번 해지기도 했지만 그 때마다 항상 외할머니께선 반짇고리를 가져와 꿰매 주셨다. 나에게 포대기란 외할머니가 만들어주신 내 평생친구이자, 외할머니를 기억할 수 있는 영원한 추억의 상징이다.

제목: 포대기(한승희)

고속버스 한 대가 도로를 달리고 있다. 창문 쪽 좌석에 앉아 있는 은희. 어딘지 우울한, 그리고 조금은 지친 듯한 표정으로 아기를 안고 하염없이 창밖을 내다보고 있다. 가끔 칭얼거리는 아이를 토닥거리던 은희가 까무룩 잠이 들었다가 깼을 때, 버스는 어느새 외진 바닷가 마을의 버스터미널에 도착해있었다.

아기를 안고 짐 가방까지 든 그녀가 부둣가를 걷고 걸어 도착한 곳은 그녀의 엄마가 사는 곳. 문을 열고 들어가자 머리가 희끗희끗한 한 여자가 은희를 반긴다. 그녀의 어머니는 보고 싶었던 손녀를 얼른 받아들고는 거친 얼굴을 비빈다. 햇살 좋은 오후. 은희는 평상에 누워서 아이와 함께 곤히 자고 있다. 마루에선 은희의 어머니가 포대기를 실로 꿰매고 있다가 은희와 손녀를 물끄러미 바라본다.

그렇게 며칠을 친정집에서 보내던 은희는 다시 서울로 돌아가기 위하여 짐을 싼다. 터미널까지 둘을 배웅 나온 어머니가 손녀와 은희에게 작별인사를 하며 다음을 기약한다. 그리고 은희의 손에 자신이 직접 만든 포대기 하나를 쥐어준다. 곱게 접힌 포대기. 서울로 달리는 버스 안에서 포대기에 아기를 싸려던 은희는 그 안에 어머니가 넣어둔 쌈짓돈을 발견한다. 어머니의 마음을 느낀 은희는 하염없이 눈물만 흘린다.

세월이 흘러 아기는 자라서 어느덧 한 아이의 엄마가 되고 은희도 제법 머리가 희끗희끗해졌다. 볕 좋은 거실에서 아이와 함께 낮잠을 자고 있는 자신의 딸. 그리고 그 모습을 흐뭇하게 바라보는, 이제는 할머니가 된 은희. 손녀는 그때 그 포대기를 덮고 쌔근쌔근 잠들어 있다.

Being Creative

3 소중한 존재

살아오면서 자신에게 힘이 되는 누군가를 만나게 된다면 그야말로 행운이다. 믿을 수 있고, 진정한 내 편이 되어주며, 위로가 되는 사람. 세상이 점점 각박해지면서 가족 간의 유대도 약해지고 친구나 이웃과의 관계도 소원해지면서 '사람'을 만나는 일이 점점 어려운 일이 되고 있다. 그래서 쓸쓸하고 서글퍼진다면 생각만으로도 따뜻해지는 누군가의 얼굴을 떠올려 본다. 친구, 할머니, 이모, 부모님, 선배, 조카, 강아지나 고양이도 괜찮다. 말은 못해도 향긋한 향을 뿌리는 살아 있는 허브가 위안을 준다면 이 역시 내게는 소중한 존재로 다가올 것이다.

Creative Project

- 자신에게 소중한 사람의 얼굴을 떠올려 보고 다음 순서에 따라 적어보자.

① 나에게 소중한 존재는 누구인가?

② 나는 그 존재에 대해 어떤 기억을 갖고 있는가?

③ 그 때 어떤 느낌이 들었고, 지금에 와서 그것이 내게 어떤 의미로 다가오는지 적어본다.

Output

- 소중한 사람: 할머니
- 할머니에 대한 기억: 어린 시절 가장 좋아했던 사람을 뽑아보라고 한다면 나는 주저 없이 할머니를 꼽을 것이다. 할머니는 곧잘 내게 무릎을 내어 주셨고, 나는 할머니의 무릎을 벤 채 이야기를 들으며 잠이 들곤 하였다. 더울 땐 부채를 부쳐 주시고, 추울 땐 담요를 덮어 주시던 할머니의 사랑이 언제나 그립고 힘이 된다.

제목: 누군가에 무릎을 내어 준다는 것(장윤정)

어린 시절 나는 유난히도 무릎을 베고 눕는 것을 좋아했다. 그 때 나에게 가장 많이 무릎을 내어준 이는 바로 할머니셨다. 무더운 여름날. 할머니의 무릎을 베고 누워있으면 할머니께서는 행여 손녀가 더울까, 부채를 손에서 놓지 못하고 연신 부채질을 해주셨고, 끝도 없는 이야기보따리를 풀어놓으셨다. 지금도 기억나는 그 여름날, 모시옷의 까끌까끌한 감촉, 커다란 향나무 부채, 나지막이 들려오던 옛날이야기. 그렇게 누워 깜빡 잠이 들었어도 할머니는 이야기와 부채질을 멈추지 않으셨다는 것도.

누군가를 위해 무릎을 내어준다는 것은 언뜻 쉬운 일처럼 보이지만 당신의 저린 다리는 상관 않고 곤히 잠든 손녀의 머리를 쓸어 넘겨주시던 할머니의 손길은 누구도 흉내 낼 수 없을 것이다. 할머니의 무르팍에서 세상에서 가장 달콤한 꿈을 꾸며 잠들 수 있었던 그 시절이 내겐 진정 행복한 시간으로 남아 있다.

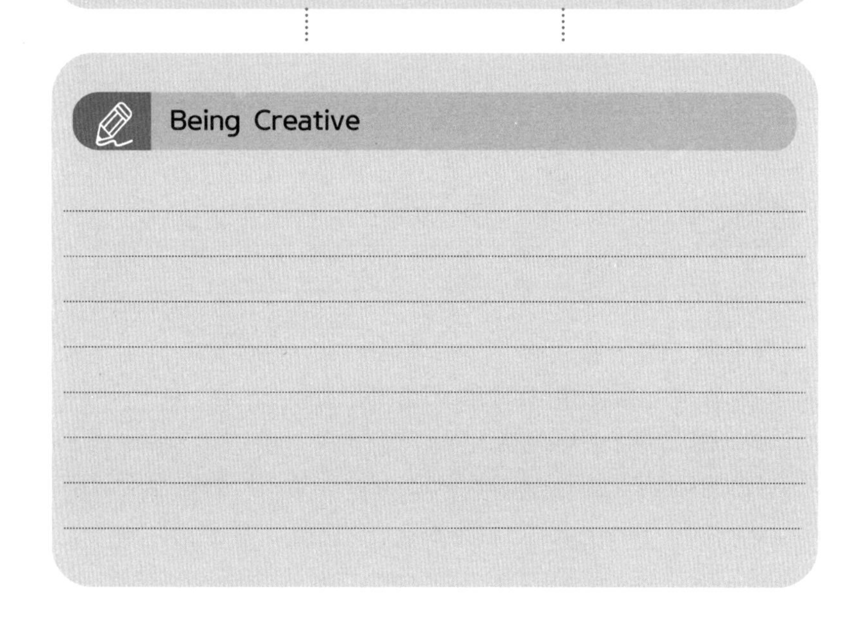

4 첫사랑

첫사랑은 대체 뭘까. 첫사랑의 정의는 각자 다르지만 생각만으로 아련해진다는 느낌은 누구나 같을 것이다. 마음에서 쉽사리 지워지지 않는 기억. 처음이었기에 무지하고 순수했으며 또 그래서 더 아름다웠던 첫사랑의 시간으로 되돌아가 본다.

① 나의 첫사랑은 언제, 어떻게 시작되었는가?

② 자신의 첫사랑이 어땠는지 떠올려보고 만남에서 이별에 이르기까지 있었던 일을 순서대로 적어 본다.

Creative Project

자신의 첫사랑에 대한 기억을 적어보자.

Output

중학교 3학년이 되던 겨울 나는 교회수련회에 참가하게 되었다. 그곳에서 피부가 뽀얗고 이목구비가 또렷한 한 소녀를 발견한 나는 단번에 그녀에게 마음을 빼앗기고 말았다. 그러나 이미 소녀의 주변엔 많은 사람들이 있었고 나에겐 그 틈을 비집고 말을 건넬 용기가 없었다. 그 날 이후 나는 좋아하는 여자애 앞에서 한없이 작아지는 자신을 한심하게 생각하며 혼자 끙끙 앓을 수밖에 없었다. 그러던 중 그 소녀가 새벽기도에 온다는 사실을 전해 들었다. 아침잠이 많아 새벽기도에 참가하는 것은 불가능하다고 생각했는데 사랑의 힘은 위대했던지 새벽 5시가 되자 저절로 눈이 떠졌고 그렇게 나는 들뜬 마음을 안고 교회로 갔다. 나의 정성에 대한 보답이라도 하듯 마침내 나는 소녀와 이야기를 나눌 기회를 갖게 되었다. 이후로 나와 소녀는 서로에게 호감을 갖고 좋은 시간을 보내게 되었다. 그 때, 단짝친구 녀석이 나에게 자신도 소녀를 좋아한다고 대뜸 말해왔다. 나와 잘 되어가고 있다는 것을 뻔히 알면서도 굳이 나에게 마음의 짐을 지운 녀석이 미웠다. 친구의 말을 듣고 불안해진 나는 소녀에게 좋아한다는 고백을 하였고, 그 일 이후 소녀와 나는 더욱 가까워졌지만, 친구와는 점점 멀어져갔다.

얼마 후 맞이한 나의 생일날. 소녀와 나는 광안리 밤바다에 갔다. 소녀의 손을 잡고 모래사장을 걷고 있는데 홀로 앉아있는 내 친구를 보았다. 나는 나도 모르게 소녀의 손을 잡은 채 친구에게 다가가 왜 혼자 여기 있냐며 말을 건넸다. 못된 심술이었다. 친구는 빤히 쳐다볼 뿐이었다. 집으로 돌아온 뒤 나는 자신의 유치한 행동에 대해 무척 후회했지만 이미 늦은 일이었다. 그런데 이상하게 그 날 이후 소녀의 태도가 갈수록 차가워지더니 결국 이별을 통보하기에 이르렀다. 힘들어하던 와중에, 내 친구가 소녀에게 나에 대한 악담을 퍼부었다는 얘기를 듣게 되었다. 인과응보였다. 내가 한 행동들이 결국 부메랑이 되어 돌아온 것이다. 여전히 소녀를 좋아하고 있기에 이별은 도저히 받아들이기 힘들었다. 나는 소녀가 다시 나를 좋아하게 해달라고 기도하고 또 기도했다.

그렇게 애타게 기다리던 어느 날, 드디어 소녀에게서 문자가 왔다. 오해해서 미안하다며 여전히 나를 좋아한다고 했다. 나는 곧바로 소녀에게 달려가 말없이 손을 잡아 주었고 우리는 다시 예전 같은 사이로 돌아갔다. 하루하루를 소녀와 함께 하며 더없이 행복했지만. 그 시간은 그리 오래 주어지지 않았다. 집안 사정으로 인해 먼 도시로 전학을 가야만 했던 것이다. 또 이별이었다. 16살은 도시와 도시 사이를 넘어서까지 사랑하기는 힘든 나이였다. 나는 헤어져야 한다는 사실을 인정하기 싫었지만 나를 둘러싼 상황은 우리를 이별로 몰고 갔다. 아무것도 모르는 소녀에게 도저히 이 사실을 전할 수 없었던 나는 소녀의 미니 홈피를 방문했고 우리의 사진과 추억으로 가득한 그곳에 한자 한자 이별의 말을 적기 시작했다.

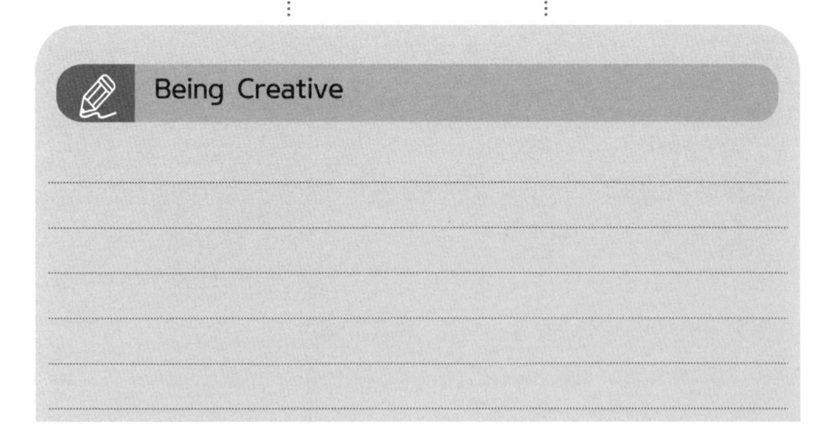

5 미운 사람

글에는 좋은 사람만 등장하는 것이 아니다. 얄미운 사람, 짜증 나는 사람, 성격이 이상한 사람 등 살아가면서 우리는 다양한 인간 군상과 접하게 된다. 나를 화나게 만드는 사람을 어떻게 하면 좋을까? 길에서 혹은 지하철이나 상점에서 만나는 한 번 보고 그만인 사람도 있을 테고, 학교나 직장, 가정에서 지속적으로 접해야 하는 사람도 있을 것이다. 무시할까? 싸울까? 같이 짜증을 내고 화를 낼까? 나도 괴롭힐까? 별별 생각이 다 들지만 해답을 찾기는 쉽지 않다. 그럴 때는 우선 그 사람을 분석해 보면 상대에 대해 어느 정도 알게 되고 그렇게 되면 그에 대한 이해도 가능하게 된다. 인간적으로 연민을 느끼거나 혹은 친구가 되어 줄 수도 있겠지만, 그래도 여전히 수용이 안 된다면 적어도 덜 부딪힐 방법 정도는 고안할 수 있다. 미운 사람 X를 떠올리며 제일 먼저 신상을 파악한다. 다음으로 X의 스타일과 외모를 묘사해 본다. 그리고 X와의 대화 내용을 기억하고 적으면서 그의 성격적 특징을 기록한다. 나의 이야기에 등장하는 특이한 캐릭터 한 명이 완성되는 순간이다.

① 미운 사람의 프로필

② 외모

③ 스타일(헤어, 의상 등)

④ 말투
⑤ 성격
⑥ 특이한 점

Creative Project

미운 사람에 대해 자세히 관찰하고 기록해 보자.

Output

- 이름 홍정아(가명) / 나이 24살 / 성별 여자 / 사는 곳 수원시 장안구 파장동
- 크고 찢어진 눈, 작고 얇은 입, 그리고 매부리코를 가졌다. 예쁘게 생겼지만 선한 인상은 아니다. 내가 그렇게 느껴서인지 알 수 없지만 아무튼 내 눈에는 그렇게 보인다. 키가 크고 마른 스타일이다. 대략 168cm에 48킬로그램쯤 되어 보인다.
- 까만 단발머리. 쫙 달라붙는 바지를 즐겨 입으며 심플하고 세련된 스타일이다.
- '헐'이나 '대박' 같은 단어를 입에 달고 산다. 목소리가 카랑카랑하다. 화를 낼 때는 버럭 하기도 하지만 평소 말투는 의외로 조곤조곤한 편이다.
- 사람을 가려 대한다. 이익이 되는 사람에게는 친절하고 별 볼일 없다고 생각하는 사람에게는 혹독하게 대한다. 그것이 너무 티가 나서 보는 사람으로 하여금 불편하게 만든다. 다소 예민하고 짜증이 많은 타입이다.
- 입이 작은데다가 언제나 '옹'하고 다물고 다니기 때문에 '병어'라는 별명을 가지고 있다. 주량은 소주 2병. 술을 잘 마시고 술자리를 즐긴다.

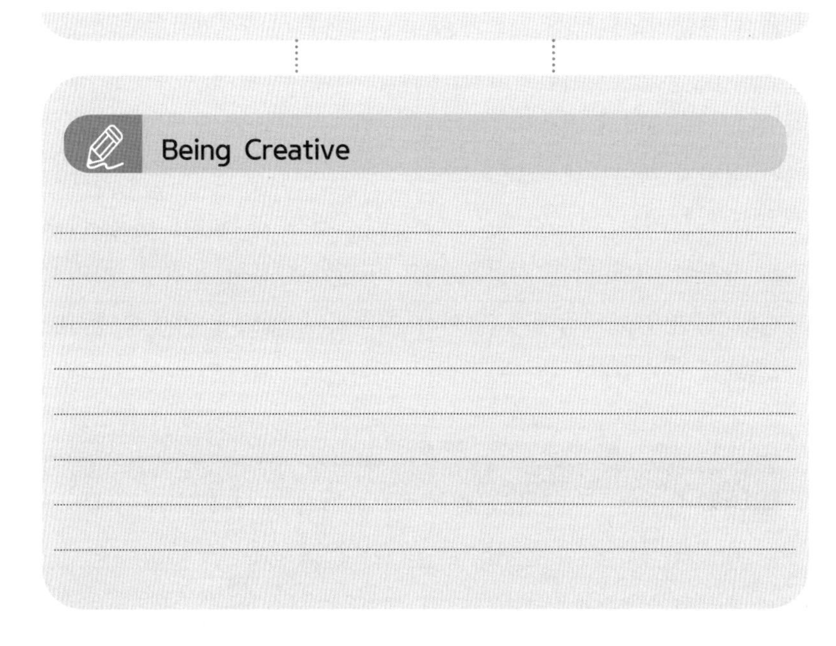

6 아르바이트 경험

아르바이트나 직장 경험, 학원 경험 등 자신이 어떠한 조직에서 지내면서 경험하고 느낀 것은 글의 좋은 소재가 된다. 서머싯 몸은 의사였기에 그의 소설에 콜레라나 나병을 앓는 환자들이 등장하는 부분을 리얼하게 묘사할 수 있었다. 어린 시절부터 공장에서 일하면서 방치되고 학대받는 아이들의 삶을 목격했던 찰스 디킨스는 『올리버 트위스트』를 비롯한 그의 작품 곳곳에 그 경험을 녹아 냈다. 법조인이나 경찰 출신의 작가가 쓴 추리소설은 현장의 생생함이 전해지며, 화가 출신 작가의 글들은 마치 그림을 보듯 강한 이미지가 드러난다. 일 년 동안 같은 사람들을 만나고 같은 장소에서 같은 일을 한다면 언제까지나 그 기억을 간직할 것 같지만 실제 대부분의 사람들은 그 곳을 떠나자마자 모든 기억을 잃고 만다. 출퇴근 카드를 찍던 게이트, 밥을 먹던 구내식당, 거울을 들여다보던 엘리베이터 등 자신에게 익숙한 곳과 심지어 지겹게 느껴지던 일까지 까마득해 진다.

인간의 뇌는 새로운 것을 집어넣는 것을 좋아하기 때문에 새로운 상황이 되면 낡은 기억은 바로 어딘가로 묻어 버린다. 따라서 자신의 경험이 머릿속에서 완전히 사라지지 않도록 기록해 둔 다음 필요할 때 꺼내어 쓸 수 있어야 한다.

Creative Project

자신의 아르바이트 경험을 떠올려 보고 글로 써 보자.

Output

영등포의 낮은 활기차다. 번듯한 백화점이 웅장하게 들어서있고 높은 빌딩이 즐비하다. 수많은 사람들이 쇼핑을 하거나 먹거리를 즐기러 삼삼오오 영등포로 모여든다. 그러나 나의 낮은 이들과 조금 달랐다. 고등학교를 쫓겨나듯이 자퇴하고 이리저리 방황하던 나는 일단 돈을 벌고 싶었다. 집 근처에서는 18살의 나를 받아주는 곳이 없었기에 찾고 찾아 영등포의 조그마한 피자가게까지 오게 되었다. 수원에 살았던 나는, 아르바이트를 하기 위해 30분가량 버스를 타고 1시간 정도 지하철을 타야했다. 다른 사람들은 데이트를 하고 여가를 즐기기 위해 영등포를 찾았지만 나는 시급 4720원을 벌기 위해 피자도우를 반죽하고 바닥을 청소하고 설거지를 해야 했다. 그래도 괜찮았다. 피자가게 안에서는 밖을 볼 수 없으니 다른 사람들이 누리는 여유로운 삶을 보지 못했다. 만약 내가 일하던 피자가게가 밖이 훤히 내다보였다면, 그래서 영등포를 찾은 사람들이 즐겁게 웃고 떠드는 모습을 지켜봐야만 했다면, 나는 금방 그일을 그만 뒀을지도 모른다.

피자가게에서 일하는 대신 나도 그들처럼 놀고 싶었고 교복을 입고 즐겁게 수다를 떨며 학교에 다니고 싶었다. 나는 피자를 반죽하며 일을 하지만 돈을 벌게 되면 곧 그들처럼 지낼 수 있을 거라고 스스로를 위로하였다. 나의 퇴근 시간은 밤 12시였다. 일을 마치고 나오면 영등포는 한밤중이었다. 그곳의 밤은 낮과 극명한 대비를 이뤘다. 마치 낮이라는 가면을 쓰고선 밤이라는 시간이 오기만을 기다리고, 땡 하고 밤이 찾아오면 가면을 한순간에 던져버리는 듯 했다. 골목 이곳저곳에서 반짝이는 모텔의 불빛들이 보이고 홍등가에 빨간색 불빛이 더욱 선명해지면 창녀촌의 삐끼들은 본격적으로 호객행위를 시작했다. 낮에는 보이지 않던 노숙자들이 술병을 들고 하나 둘 나오기 시작했으며 거나하게 술에 취해 비틀거리는 사람들로 거리는 북적거렸다.

그들이 그전에 어떤 삶을 살았는지 나에겐 관심이 없었고 생각할 겨를도 없었다. 나는 18살에 눈앞에서 인생의 밑바닥을 직접 보게 되었다. 그 순간 나에게 공포가 밀려왔다. 집으로 가는 버스에 올라타 이어폰을 귀에 꽂고 재빨리 경쾌한 비트의 노래를 틀었다. 신나는 멜로디가 들렸지만 이상하게도 전혀 신나지 않았다. 나는 다시 슬픈 노래를 틀었다. 그런데 슬프지도 않았다. 처음 느껴보는 감정이었다. 그리고 전혀 슬프지 않았는데 눈물이 났다. 그냥, 이유를 알 수 없는 눈물이 났다. 엄마가 보고 싶었고 친구들이 보고 싶고 학교가 생각났다.

작고 초라해져가는 내가 마치 '벌레'가 되어가고 있는 것만 같았다. 그러나 그 순간 나는 보잘 것 없는 벌레로 살 수는 없다고 생각했다. 어린 시절부터 꿈꾸던 일이 있었고, 그 꿈을 떠올렸다. 그러자 자유롭게 날아다니는 한 마리의 나비가 꿈과 함께 떠올랐다. 기나긴 번데기의 시간을 지나 아름다운 나비가 되어 작은 파닥임으로 다른 이들을 행복하게 만들어 주고 싶었다. 겉모습은 초라해도 꿈을 지니고 있다면 절망할 필요는 없다고 스스로를 다독였다. 집으로 돌아오는 버스 안에서 나는 주체할 수 없이 흐르는 눈물을 닦으며 수없이 다짐했다.

Being Creative

제 5 부

Creative Writing Project

창의성에 깊이를 더하라

자신을 돌아보는 글쓰기

좋은 글을 쓰기 위해서는 자신을 뒤돌아보고 자신에 대해 생각해 보는 시간이 필요하다. 자신이 잘 하는 것과 못하는 것, 좋아하는 것과 싫어하는 것, 성공한 것과 실패한 것을 떠올리며 글을 쓰기 시작하면 어느 순간 진실해지고 겸허해지는 자신을 발견하게 된다.

1 묘비명

모든 이야기가 그렇듯 사람의 생애도 시작과 끝이 있다. 한 인간의 삶은 우렁찬 울음으로 시작하지만, 마지막 순간은 언제 어떻게 찾아올지 아무도 모른다. 마치 영원히 사는 것처럼 인간은 권력과 영화를 꿈꾸지만 이 모든 것은 찰나에 불과하다. 세상과 작별하는 날, 한 줌 흙으로 남을 자신에게 어떤 묘비명이 좋을까?

프랑스의 소설가 미셸 투르니에는 아버지가 세상을 떠난 76세쯤이 자신이 생을 마감하기에 적절한 나이라고 생각하고 2000년을 위해 묘비명을 써두었지만, 그는 여전히 살아 있다.

내 그대를 찬양했더니
그대는 그보다
백배나 많은 것을
내게 갚아주었도다
고맙다, 나의 인생이여!

–미셸 투르니에의 묘비명

19세기 프랑스를 대표하는 소설가로 추앙받는 스탕달(1783–1842)은 본명이 알리 베일(Henri Beyle)이지만 여러 가명과 필명으로 세상을 살았다. 일찍이 어머니를 여의고 변호사인 아버지 슬하에서 자란 그는 1800년 군대에 입대하여 나폴레옹 군을 따라 알프스를 넘었다. 군대를 나온 후 독서와 낭독법 연습 등 문학에 몰두하던 중 1814년, 나폴레옹의 몰락과 동시에 모든 꿈을 접고 이탈리아로 옮겨갔다. 주요 활동지인 밀라노에서 스탕달은 밤낮을 가리지 않고 가극, 미술 감상, 독서, 사교활동 등에 참여하였으며 이탈리아 전국을 여행하고 저술에 전념하였다. 이 때 <하이든, 모차르트, 메타스타시오전(傳) Vies de Haydn, de Mozart et de Métastase>, <이탈리아 회화 Histoire de la peinture en Italie>, <로마·나폴리·피렌체 Rome, Naples et Florence> 등과 같은 책을 썼다. 1819년 이후에는 메칠드에라는 여인에게 빠져 짝사랑으로 괴로워했는데, 이 시기 프랑스 정부로부터 스파이 의혹을 받는 등 여러 가지 곤란을 겪게 된다. 다시 프랑스로 돌아와 파리에 정착한 스탕달은 꾸준히 여러 잡지에 서평과 평론을 쓰는 등 본격적으로 집필활동을 하며 낭만주의를 대표하는 작가가 되었다. 이후 실제로 있었던 재판을 모티프로 한 장편소설 <적과 흑 Le Rouge et le Noir>을 썼고 이는 그의 불후의 명작이 된다. 스탕달은 관절염과 뇌졸중으로 고통 받으면서도 글쓰는 작업을 멈추지 않았다. 1842년 3월 스탕달은 거리에서 쓰러져 삶을 마감했다. 그는 살아생전 미리 자신의 묘비명을 마련해두었다. "밀라노인 베일레, 살았다, 썼다, 사랑했다(He lived, He wrote, He loved)."[84] 짧지만 스탕달의 삶을 송두리째 전해주는 묘비명이다.

Creative Project

나의 묘비명을 써보자.

Output

구름 한 조각 피어나듯 태어났다.
햇볕 쬐였고 비를 피했고 간간이 눈을 맞았다.
때로 천둥번개가 있었으나 때로 무지개도 만났다.
평생을 그렇게 흘러 다니다가,
그러다가 구름 한 조각 스러지듯 돌아갔다.

창작으로 자유를 얻은 행복한 영혼
이번 생은 나에게 충분했다.
내가 쓸 것은 이제 묘비명만 남았다.

Being Creative

2 유언장 쓰기

유언장이라고 하면 우리는 생을 마감하면서 뒤에 남겨진 이들에게 자신의 재물을 어떤 방식으로 나눌지에 대한 기록을 떠올린다. 하지만 유대인은 재물이 아니라 정신에 관한 유언장을 남긴다.

이 유언장은 차바아(tza'va'a)라고 불리는데,[85] 자녀들에게 어떻게 살아야 하는지를 알려주는 도덕적 내용으로 채워져 있다. 도덕적 유언장은 삶이 자신들에게 가르쳐주었듯 자녀들에게도 가르쳐주기를 바라는 것들에 대한 기록이다. 사람의 육신은 사라져도 그의 유전자를 물려받은 자손은 대대손손 이어진다.

랍비 리머와 랍비 나다니엘 스탬퍼는[86] 도덕적 유언장의 작성 순서를 제안하고 있다. 유언장의 첫머리는 유언장을 작성하는 목적과 대상에 대해 쓰며 이어 가족과 자신을 변화시킨 사건, 종교적인 가르침, 도덕적 이상 등을 적는다. 마지막은 자신의 간절한 바람을 신께 간구하는 것으로 끝을 맺는다. 도덕적 유언장에는 중요한 사건과 열정, 삶에 대한 통찰, 가족과 함께 한 행복한 추억 등이 포함되어야 하며 비난하는 내용은 삼가야 한다.

Creative Project

- 자신의 후손들을 위한 도덕적 유언장을 다음 양식에 따라 작성해 보자.

1. 나는 이 유언장을 _____을 위해 _____에게 쓴다.
2. 나에게 가장 중요한 사건은 _____이다. 이 일은 나를 _____변화 시켰다.
3. 나는 살아가면서 _____을 지켜야 한다고 생각한다.
4. 나의 가장 행복한 순간은 _____.
5. 나는 _____을 간절히 바라고 원한다.

Output

1. 나는 내 후손들이 풍요롭고 가치 있는 삶을 살기 바라는 마음에서 이 유언장에 내가 평생에 걸쳐 얻은 사상을 담는다.
2. 나에게 가장 중요한 사건은 사법고시에 합격한 일이다. 이 일은 나의 가치관과 믿음, 가정생활, 타인과의 관계 등 내 인생 전체를 변화 시켰다.
3. 나는 살아가면서 이상과 현실 사이의 균형 감각을 지켜야 한다고 생각한다. 내가 젊었을 땐 장래에 이루고자 하는 목표를 구체적인 영상으로 그리고 마음속에 간직하였으며 목표에 도달했을 때의 기쁜 느낌을 여러 번 경험하였다. 그러나 40대에 접어들면서 인생은 공식대로만 되는 것이 아니라는 사실을 깨닫게 되었다. 이루지 못한 꿈과 현실의 괴리로 인해 번민한 적도 많았다. 그래서 내가 과거에 이루어냈고, 현재 누리고 있는 크고 작은 일들을 상기하고 그것을 감사해야 한다는 사상을 추가적으로 받아들였다. 그러다가 50대부터 삶의 의미는 매 순간 그 자리에서 찾아지는 것임을 배우게 되었다. 즉 인생의 진정한 기쁨은 과거도 미래도 아닌 영원한 현재 안에서 발견되어야 한다는 것을 깨닫게 되었다.
4. 내가 법관이 되어 나의 성공을 가장 바라셨던 아버지를 모시고 전북 임실 시골 도로를 드라이브 한 후 맛있는 음식을 사드렸던 때. 그 때 나는 참으로 큰 행복감을 느꼈다. 그리고 미국의 Yale Law School에 유학하던 시절, 전 세계에서 온 뛰어난 학생들이나 미국 판사들과 함께 파티에 참석하거나 법정을 방청하거나 세미나에 참석하며 교류하던 때, 대서양 해변을 거닐거나 잔디밭 의자에 누워 사랑스런 나의 딸이 뛰노는 모습을 바라보며 따뜻한 햇볕을 쬐던 때가 무척 행복하였다.

5. 나는 내 후손들이 언제나 깨달음의 상태에서 살아가기를 간절히 바란다. 깨달음의 상태란 자아의 집착에서 벗어나 자아를 의식적으로 바라보는 관찰자의 상태로 살아간다는 것을 의미한다. 내면에서 일어나는 분노, 원망, 화, 불평 등의 감정 반응을 의식적으로 관찰하다보면 그러한 생각이나 감정에 지배당하지 않게 된다. 이를 인간관계에 적용하다 보면 자신의 감정을 다스리고 조화로운 관계를 유지할 수 있을 것이며 풍요롭고 의미 있는 인생을 살 수 있을 것이다.

Being Creative

캠페인

캠페인이란 의식의 개혁이나 계몽을 위해 지속적으로 메시지를 전달하는 운동을 의미한다. 방송에서 캠페인 원고는 보통 광고 분량 정도이며, 자연보호, 투표참여, 차별 금지, 폭력예방, 게임중독의 심각성 등을 알리기 위한 목적이나 기업이나 단체의 이미지를 제고하기 위해 제작된다. 캠페인 원고는 메시지의 의도가 분명하게 전달되어야 하지만, 지나치게 직접적인 문구는 거부감을 줄 수 있으므로 감성적이거나 유머러스하게 작성하는 것이 좋다. MBC라디오의 '잠깐만' 캠페인은 1990년에 시작하여 지금까지 계속되어오고 있다. 짧지만 뜻 깊은 이야기가 청취자에게 진한 감동을 주기 때문이다.

Output

나와 지구를 살리는 건강한 생활습관을 아세요?
우리의 터전 지구를 맑고 깨끗하게 만드는 가장 쉬운 방법은
바로 승용차 대신 대중교통을 이용하고
친환경 교통수단인 자전거를 타고 다니는 것입니다.

일주일에 한번 승용차 대신 대중교통을 이용만 해도
일 년에 어린 소나무 159그루,
무려 31만원이 절약된다고 합니다.

버스, 지하철, 자전거!
타면 탈수록 경제는 웃고,
대한민국은 맑고 깨끗해집니다.

앞으로 출퇴근 길
대중교통이나 자전거를 이용해 보세요.
여러분의 작은 실천이 대한민국을 활짝 웃게 만듭니다.

– 대중교통 및 자전거 이용 캠페인(허윤선)

Output

따뜻한 봄 햇살을 본 적이 없는 진영이는
손으로 세상을 배우기 시작했습니다.
가장 좋아하는 엄마 아빠의 얼굴을 손으로 알아 볼 수 있게 되었고,
가장 좋아하는 동화책을 손으로 읽을 수 있게 되었습니다.

진영이가 요즘 가장 배우고 싶은 건
만지기 전에 날아 가 버리는 작은 나비와
너무 높이 있어 만져볼 수 없는 푸른 하늘입니다.

당신의 목소리로 파란 하늘을 알려주세요.
꽃과 꽃 사이를 자유롭게 날아다니는
나비의 이야기를 들려주세요.

당신의 목소리에 담은 세상이
누군가에게는 커다란 희망이 됩니다.

—목소리 기부 캠페인(김민주)

Output

저는 영락애니아의 집에서
행복을 배우는 6살 김은규입니다.
저는요. 궁금한 음식이 정말 많아요.
초콜릿은 얼마나 달콤한지,
돈가스는 얼마나 바삭바삭한지,
행복 선생님께서 조금만 더 같이 하면
다 알 수 있다고 하셨어요.
제 친구들도 밥을 먹을 수 있게
행복 선생님이 많이 와 주시면 좋겠어요.

은규는 뇌성마비를 앓고 있습니다.
1000명 중 3명이 앓고 있는 뇌성마비,

이들 대부분은 물을 삼키는 것조차 어려운 섭식장애로 고통 받습니다.
같이 밥을 먹어주는 것만으로도 기쁨을 줄 수 있습니다.

더불어 행복한 일상, 행복 선생님이 되어주세요.

-행복 선생님 자원봉사 참여 캠페인(표지은)

Output

아주머니 안녕하세요?
저는 윗집에 사는 초등학교 2학년 진주영이라고 합니다.
그동안 저랑 제 동생이 쿵쾅 쿵쾅 뛰어다니고,
떼쓰는 소리 때문에 많이 시끄러우셨죠?
정말 죄송해요.
앞으로는 제가 먼저 의젓하게 행동하고
동생도 잘 타이르겠습니다.
- 진주영 올림

윗집, 옆집, 아랫집에서 발생되는 층간소음
층간소음의 원인은 '그들의 부주의'가 아니라,
'우리의 소통부족' 때문이 아닐까요?
마음을 활짝 열고 이웃과 이야기를 나누어 보세요.
갈등은 풀어지고 정은 쌓이고
세상은 훨씬 살만해 질 것입니다.

-층간 소음 방지 캠페인(진주영)

Being Creative

포토포엠

시는 압축과 비유를 통해 대상을 상징한다. 어느 맑은 날, 카메라를 들고 동네 공원에 가거나 지하철을 타고 무작정 달리다 마음 내키는 곳에서 훌쩍 내려 눈에 띄는 것을 앵글에 담아본다. 그 때의 감흥을 살려 마치 노래를 부르듯이 편하게 시 한 수를 지어 본다면, 풍경이 글과 어우러져 색다른 느낌을 줄 것이다. 이렇게 쓴 글을 혼자만 간직하지 말고, SNS에 올리면 지치고 외롭고 메마른 일상에서 벗어나고 싶은 이들에게 단비처럼 촉촉한 감성을 전달할 수 있다.

Creative Project

근처로 나가 눈에 들어오는 풍경을 사진에 담은 뒤 사진 속의 이야기를 시적으로 압축해 표현해 보자.

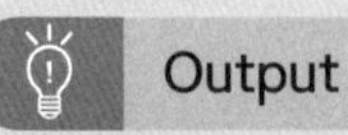

Output

나무는 알고 있었을 테다, 하늘 아래 초록으로 웃고 서 있어도
저 마른 땅이 눈물로 물들었다 저리 굳어진 것을
저 땅이 온통 슬픔 덩어리라는 것을
홀로 간직하고 있었을 테다, 지독한 그리움을

잠시 머물다 떠나는 행궁에서
물을 뜨고 장작을 지피고 밥을 지으며
또 하나의 그리움이 시작된다는 것을
달빛 아래 서성거리는 애달픈 마음이
그를 위해 뜨고 지는 별이 된다는 것을

나무만이 보았을 테다, 발소리를 죽이며 문을 열고 들어와
조용히 옷고름을 풀고 누워있다 돌아가는 처연한 바람을

– 홍숙영 '화성행궁 – 느티나무'

그림 7 화성행궁

Being Creative

포토에세이

에세이란 개인이 지닌 생각이나 사상, 느낌 등을 자유롭게 표현하는 산문 형식의 글을 말한다. 편지글, 일기, 감상문, 기행문, 설명문 등 사실이 담긴 모든 글이 여기에 포함된다. 개인의 사상이나 철학, 어떤 사안이나 사건에 대한 견해를 담은 논리적 에세이도 있고, 감상이나 느낌 등을 주관적으로 쓴 감성적인 에세이도 있다. 에세이는 표현방식이나 길이에 제한이 없기 때문에 처음 글쓰기를 시작할 때 에세이를 장르로 선택하면 자유롭게 쓸 수 있다.

소중하게 간직하고 있는 사진이 있다면 그 사진을 중심으로 자신의 기억과 느낌, 생각을 서서히 풀어가면서 글을 써 본다. 잘 쓰려고 애쓰기보다 우선 자신의 마음이 가는대로 솔직하게 쓰기 시작하면 글쓰기가 부담스럽지 않고 편하게 다가온다.

어린 시절 아버지와의 추억이 담긴 사진 한 장을 꺼낸 다음 생각이 떠오르는 대로 자유롭게 한 편의 에세이를 써 보면 아련한 그 때로 되돌아가서 감성에 젖을 수 있으며 글 쓰는 이의 이런 마음은 글을 읽는 사람에게 그대로 전달된다.

Output

• 아버지의 노래

산업의 역군이었던 우리의 아버지들을 생각하면 괜스레 가슴이 뭉클해집니다. 아버지는 10남매의 맏이이자 4남매를 둔 가장이셨습니다. 늘 무거운 돌덩이가 아버지를 누르고 있었을 것입니다. 그래도 아버지는 긍정적인 생각과 할 수 있다는 자신감으로 가족을 이끄셨습니다.

아버지를 떠올리면 늘 떠오르는 노래가 있습니다. 일곱 살 무렵, 아버지는 나와 여동생 둘을 데리고 종종 집 앞의 작은 언덕에 오르곤 하셨습니다. 하루는 저녁을 먹고 동산에 올랐다가 집으로 돌아오는데 아버지가 하늘에 박힌 별들을 가리키며 말씀하셨습니다.

"저기 봐라. 우리 딸들처럼 별 세 개가 나란히 나왔네."

그러면서 아버지는 우리에게 노래를 불러 주셨습니다.

"날 저무는 하늘에 별이 삼형제, 반짝반짝 정답게 지내이더니.

웬일인지 별 하나 보이지 않고, 남은 별이 둘이서 눈물 흘리네."

가사도 곡조도 서글픈 그 노래를 들으며 나는 가족과 헤어지지 말고 영원히 함께 살아야겠다는 다짐을 했습니다. 어린 마음에 이별은 상상조차 할 수 없는 끔찍한 사건이었지만, 시간은 만남과 헤어짐을 반복하며 우리를 단단하게 만들어 주었습니다.

언젠가는 아버지와 이별할 시간이 찾아오겠지만, 아버지의 손을 잡고 형제별 노래를 부르던 그 시절은 영원한 그리움으로 남을 것입니다.

그림 8 아버지의 노래

기사 쓰기

신문의 기원은 고대 로마시대로 거슬러 올라간다. 이 시기 신문은 중요한 정책이나 판결, 법률 공포 등을 담은 소식을 전하기 위한 목적에서 발행되었다. 새로운 매체가 탄생해도 신문은 사라지지 않고 여전히 갖가지 형태로 변형되어 질긴 생명력을 과시하면서 발전하고 있다. 종이신문, 온라인신문, 일간지, 주간지, 월간지를 비롯해 각종 전문지가 출판되고 있을 뿐 아니라 인터넷과 스마트폰의 영향으로 각종 SNS에 담긴 1인 뉴스도 공유가 가능하다. 이제는 굳이 특정 언론사에 소속되지 않더라도 자신이 관심 있는 분야의 사건을 취재하거나 관련 인물을 만나 인터뷰를 하고 사진을 찍은 뒤 이것을 기사로 작성해 블로그에 올리거나 웹진으로 제작해 나만의 신문이나 잡지를 발행할 수도 있다. 어려운 정책에 관한 내용이라도 연루된 사람의 경험이나 평가를 곁들이면 수치나 용어로 설명하는 것보다 훨씬 쉽게 전달할 수 있다. 기사 작성을 위해 전문가나 관련자를 인터뷰 할 때 사전에 인터뷰 대상자에 대한 정보와 그 분야의 전문지식을 탐색하면 대화를 하는 데 큰 도움이 된다. 인터뷰할 내용을 미리 이메일로 알려 준 다음 약속시간을 정하고, 인터뷰 시간에 잘 맞춰야 한다. 그리고 바로 인터뷰에 들어가기보다는 약간 분위기를 좋게 만들 대화를 진행한 다음 인터뷰에 들어가야 하며, 상대방의 눈을 쳐다보며 진지하게 경청하는 태도를 보인다.

기사를 작성할 때 기본적으로 역피라미드 구성을 준수하는데, 가장 중요한 것이 제일 먼저 나오도록 기사를 쓰는 것이다. 그리고 기자면 누구나 '누가 언제 어디서 무엇을 어떻게 왜' 했는지에 대한 육하원칙을 철저히 준수하도록 훈련받는다. 그러나 최근 들어 매체가 다양해지면서 이러한 원칙이 무너지고 있다. 온라인 기사의 경우 편지글이나 일기 형식의 기사도 등장하며, 육하원칙 가운데 찾을 수 없는 내용은 빼고 작성하기도 한다. 기사의 기본은 익혀야 하지만 어느 정도 훈련이 되면 나만의 개성을 살리면서 독자들이 이해하기 쉬운 기사를 쓰는 것이 가능하다.

기사는 크게 제목, 부제목, 전문(lead), 본문(body)으로 구성된다. 기사의 제목은 쉽고 눈에 띄게 써야 하며, 부제목은 제목을 보완하고 기사의 내용을 설명할 수 있도록 보다 구체적으로 쓴다. 리드는 기사의 맨 첫 부분으로 기사의 내용이 무엇인지 일목요연하게 보여줄 수 있어야 한다. 누군가의 말을 인용하거나 대화체로 시작할 수도 있고, 현장의 모습을 마치 그림을 그리듯이 묘사할 수도 있다. 시나 노랫말, 드라마나 영화의 명대사로 시작하는 리드도 있다. 본문은 어떤 일이 벌어졌고, 어떤 상황인지에 대한 정보를 담고 있어야 한다. 대안을 제시하거나 전문가의 의견을 싣는다면 기사의 내용은 풍부해진다.

일반적으로 기사는 단신 기사인 스트레이트(straight) 기사와 보다 자세한 설명이나 현장 스케치, 인물에 대한 인터뷰 등을 포함한 피처(feature) 기사, 특정 사안에 대한 사적인 견해를 담거나 다양한 시각을 반영한 에디토리얼(editorial)로 구분할 수 있다. 기사를 쓰는 형식은 틀을 따라 쓰면서 익히면 되지만, 거기에 담는 내용은 날카로운 시각으로 관찰하고 신선한 감각으로 발굴한 것들로 채워져야 한다. 식상하고 여기저기서 본 듯한 내용을 베끼듯이 쓰기보다는 나만의 독특한 아이템을 찾아본다.

Creative Project

독특한 아이템을 찾아 사진을 찍고 기사를 작성해 보자.

Output

다음은 한여름의 열대야를 피하려고 하지 말고 오히려 적극적으로 즐기자는 생각의 발상을 통해 탄생한 기사이다. 보통 열대야와 관련한 기사는 너무 더워서 생긴 짜증스런 사건이나 더워서 잠을 잘 못 잔다는 기사에 그치기가 일쑤다. 하지만 대학생 기자들의 새로운 시각으로 진부한 소재인 열대야가 밝고 재미있는 기사로 거듭나게 되었다.

'열대야' 잠 못 잔다고 이럴 때가 아니야 2015-07-31 10:55

CBS 노컷뉴스 표진수 · 이상무 대학생 인턴기자

밤하늘은 나무그늘처럼 시원한데 바닥은 프라이팬처럼 이글이글 타고 있다. 푹푹 찌는 더위에 잠 못 드는 열대야가 찾아 왔다.

열대야란 밤 기온이 최저 25℃ 이상으로 올라가면 열대야라고 불린다. 여름철 장마가 지나고 서늘해지는 가을이 올 때까지 나타나는 현상이다. 열대야는 지구 온난화 때문에 꾸준히 증가하고 있다. 올해는 장마가 끝나는 7월 29일을 기준으로 밤 기온이 25℃이상으로 열대야가 찾아 올 수 있다는 기상청의 기상예보도 있었다.

열대야를 이기기 위해서는 흔히 알고 있는 우유 마시기, 미지근한 물로 샤워하기, 운동으로 땀 흘리고 잠들기 등 여러 가지 잠드는 노하우가 있다.

하지만 이제는 피할 수 없다. 피할 수 없으면 즐기는 이색적인 여름 열대야 나기를 찾아보자.

1. 미드 나잇 레포츠

최근 인기를 끌고 있는 여가활동, 힐링과 웰빙이 열풍을 일으키고 있다. 그와 함께 최근 기온까지 높아지면서 미드 나잇 레포츠 활동이 인기를 끌고 있다. 남녀노소, 나이를 불문하고 잠 못 드는 밤 즐길 수 있는 심야볼링장이 인기를 끌고 있다. 전국에 심야볼링장을 개장한 곳이 곳곳에 있다. 최근 펍과 함께 볼링을 즐길 수 있는 볼링장도 많이 생겨나고 있는 추세이다.

2. 심야 자동차 극장

바람을 가르며 드라이브를 다녀온 후에 잠이 오지 않는다면 최신 영화 한편 시청하는 것도 충분히 열대야를 나기 좋은 방법이다. 사람 많은 극장과 달리 차안에서 오붓하게 영화를 시청할 수 있고 가격도 차량 한 대당 20,000원으로 여럿이 함께 보기에 가격도 저렴하다. 잠실 자동차극장 관계자는 최근 장마 때문에 손님이 줄었지만 다시 무더운 날씨에 관람객들이 다시금 많이 찾아오고 있다고 한다. 잠실에 위치한 자동차 극장엔 탄천이 흘러 강바람 때문에 서늘하며 바로 옆 잠실종합운동장이 위치해 있어 간단한 산책 또한 즐길 수 있다.

3. 365일 도서관

책을 좋아하는 사람이라면 도서관에서 책을 보며 밤새는 것을 생각해 보았을 것이다. 그런 사람들을 위해 파주출판단지에 365일 24시간 책을 볼 수 있는 심야도서관(지혜의 숲)을 이용할 수 있다. 전국에 유일한 곳으로 도서관과는 다르게 북 카페처럼 이용할 수 있으며 책은 모두 기증된 도서이다. 많은 시민들이 가족단위로 방문하여 책을 읽으면서 자유롭게 대화할 수 있는 좋은 환경이다. 이용 시간은 1관은 10시－17시, 2관 10시－20시, 3관 24시간이다. 책은 대여가 불가하고 책을 본 후 제자리에 위치해 주셨으면 좋겠다는 관계자의 당부의 말도 있었다.

4. 무료 공연

휴가철이 되면서 여행지에는 사람들이 많이 몰려있지만 그와 다르게 성수기를 피해서 도심 속 피서를 즐기러 여유롭게 집 밖으로 나오는 사람들도 있다. 이런 이들을 위한 무료 공연이 서울 곳곳에 준비되어 있다. 선선히 부는 바람을 맞으며 부담 없이 앉아서 공연을 보는 것은 몸도 마음도 즐거운 휴식으로 충분하다.

‘문화와 예술이 있는 공연장’을 모토로 하는 서울 여의도 물빛무대에서 10월까지 하는 한강 충전 콘서트가 시민들을 대상으로 성황리에 개최되고 있다.

7월 31일 저녁, 금요콘서트로 남성 듀오 ‘일교차’가 노래와 연주를 선보이고 이어서 열대야 명화 감상회로 영화 ‘겨울왕국’이 상영된다. 8월 1일

일요일 저녁에는 3부에 걸친 열대야 페스티벌 개막공연이 펼쳐진다. 무대 옆에는 화려한 조명이 함께하는 음악분수도 있어 시민들에게 특별한 볼거리를 제공한다.

이와 비슷하게 한강으로 나들이 나온 이들을 대상으로 지난 24일부터 열린 한강 다리밑 영화제가 7.31~8.1일과 8.7~8.8일에 진행된다.

청담대교에는 '아메리칸 셰프', '스탠리의 도시락'이 상영되며, 천호대교에서는 '천국의 속삭임', '모모와 다락방의 수상한 요괴들', 성산대교에는 '말할 수 없는 비밀', 원효대교에서는 '자전거'를 주제로 한 영화. 마지막 날인 8.8일에는 영화제를 하는 모든 대교 밑에서 오페라 '한여름밤의 꿈'이 상영된다.

8.13일 목요일 20시 서울 대학로에 있는 마로니에 공원에서 야외공연으로 무용단 모던테이블의 '명상 & 다크니스 품바'가 열린다. 관람시간은 90분으로 음악에 맞춘 무용수들의 예술적인 움직임이 돋보이는 작품이다.

모티프 빌려오기

모티프는 이야기가 형성되는 과정에서 원천소스로 작용하며, 문학 텍스트가 형성되는 과정에 주춧돌 역할을 한다. 뤼티가 정의한 것처럼 "가장 짧은 이야기단위"인 모티프는[87] 짤막한 내용으로 풍부한 이야기를 만들어내며 다양한 콘텐츠에서 반복되거나 응용된다. 신데렐라나 백설 공주, 파랑새, 콩쥐팥쥐는 전처의 소생과 계모가 선과 악의 구조로 대립되는 모티프이다. 미녀와 야수나 삼손과 데릴라는 아름다운 여인과 괴물 혹은 괴력을 지닌 남성과의 사랑을 모티프로 한다. 살인까지 불러온 형제 간의 질투는 성경에서 그 연원을 찾을 수 있다. 아벨의 제물을 받고 기뻐하시는 신의 모습을 보고 카인은 질투심에 불타 그만 동생을 죽이고 만다. 이러한 모티프는 영화 에덴의 동쪽, 소설 카인의 후예 등에서 찾아볼 수 있다.

이처럼 이야기의 구조를 모티프로 한 콘텐츠가 있는가 하면 전설이나 이야기 자체를 모티프로 새로운 창작이 이루어지는 경우도 있다.

1 춘향전 모티프

시대를 넘어 지고지순한 사랑의 상징이 되고 있는 춘향전은 한 여성이 사랑하는 남성을 기다리다가 시험을 당하고 고난을 겪게 되지만 결국 그 남성의 사랑을 얻게 된다는 내용을 담고 있다. 누가 언제 지었는지 알 수 없지만, 사랑을 지키기 위한 춘향의 험난한 여정이 판소리로 전해져 내려오다가 소설로 정착되었을 것이라고 보고 있다. 소설의 이본이 많고 한문소설로도 창작되었으며 20세기 초에도 소설가들이 즐겨 모티프로 차용하였다. 서양의 '로미오와 줄리엣'과 비슷한 면이 있지만, 로미오와 줄리엣의 사랑은 죽음으로 맺어진 반면 춘향과 이몽룡은 신분의 차이에도 불구하고 현실에서 맺어졌다는 점에서 차이가 있다.

춘향전은 소설 뿐 아니라 시에서도 모티프가 되었는데, 김영랑의 춘향, 노천명의 춘향, 서정주의 추천사, 박재삼의 수정가, 이수익의 단오 등에서 춘향의 사랑과 절개를 노래하고 있다.

김영랑의 춘향은 1연부터 6연까지 춘향이 헤어진 몽룡을 그리워하고, 옥살이를 할지언정 정절과 지조를 지키며 변학도의 수청을 거부하는 모습을 그리고 있다. 춘향의 절개를 '논개'와 '박팽년'에 비유하며 일편단심을 강조한다. 그러나 본래의 이야기와는 달리 이 시에서는 안타깝게도 춘향이 사랑을 이루지 못한 채 죽고 만다. 노천명의 춘향은 옥에 갇힌 춘향의 독백 그리고 춘향과 향단의 대화로 구성된다. 이 시에서 춘향은 '눈 속의 매화'처럼 절개가 굳고 사랑을 지키는 여성으로 그려진다. 서정주의 추천사는 향단이가 밀어

주는 그네를 타는 춘향을 중심으로 시가 전개된다. 그네를 타고 멀리 나아가듯이 이상향을 향해 떠나고 싶은 마음을 드러내는 동시에 그네가 묶여있는 까닭에 아무리 멀리 밀어보았자 결국은 지상에서 벗어날 수 없다는 현실적인 한계를 나타내고 있다.

향단아 그넷줄을 밀어라
머언 바다로
배를 내어 밀듯이
향단아

산호도 섬도 없는 저 하늘로
나를 밀어 올려다오
채색한 구름같이 밀어 올려다오
이 울렁이는 가슴을 밀어 올려다오

바람이 파도를 밀어 올리듯이
그렇게 나를 밀어 올려다오
향단아

– 서정주 '추천사'

박재삼의 수정가는 바람같이 떠나간 님을 그리는 춘향의 마음을 맑고 깨끗한 수정에 비유하며, 이수익의 단오는 부부의 애틋한 사랑을 춘향과 몽룡의 사랑에 빗대어 이야기한다. 아내가 춘향이 되어 그리움을 밟아 그네를 타면 자신은 이도령이 되어 긴 편지를 쓰겠다는 남편의 연정을 담고 있다.

신분과 시대의 제약을 넘어, 사랑의 훼방꾼을 물리치고 마침내 쟁취하는 지순한 사랑의 모티프는 때로는 사랑의 맹세가 때로는 춘향의 한이 때로는 사랑의 결실이 부각되면서 판소리, 시, 소설, 영화, 뮤지컬에서 변형되어 그려지고 있다.

2 시라노 모티프

에드몽 로스탕의 '시라노'는 17세기 프랑스에 살았던 시라노 드 베르주라크의 일생을 그린 희곡이다. 자유롭고 검술이 뛰어난 시라노는 사촌 록산을 사랑하지만 기형적인 코에 추남인 얼굴 때문에 마음을 전하지 못한다. 그러던 중 자신의 부대에 크리스티앙이라는 귀족과 록산이 서로 사랑하는 것을 알게 되고 크리스티앙을 대신해 연애편지를 쓰게 된다. 1897년 12월 28일 처음 무대에 오른 '시라노(Cyrano de Bergerac)'는 이후 500회 연속 공연을 기록할 정도로 대 성공을 거두었다고 한다. 시라노는 영화로도 여러 번 제작되었으며 제럴딘 매코크런이 소설 '시라노'를 쓰기도 하였다. 2010년 상영된 영화 '시라노; 연애조작단'도 사랑을 이어주는 메신저 역할을 하던 사람이 의뢰인을 사랑하게 된다는 내용으로 시라노를 모티프로 하였다.

라틴 아메리카 포스트 붐 세대의 대표적인 작가로 꼽히는 이사벨 아옌데의 소설 '배신당한 사랑의 연애편지'[88] 역시 시라노를 모티프로 하고 있다.

아날리아가 태어나고 얼마 안 되어 그녀의 어머니는 고열로 세상을 떠났고, 아버지는 슬픔을 이기지 못해 보름 후 자신의 심장에 총을 쏘았다. 여섯 살까지 아날리아는 후견인인 작은아버지의 집에 있던 원주민 식모에게서 자랐고, 학교에 갈 나이가 되자 기숙사가 있는 성심 수녀 학교에 보내졌다. 이곳에서 12년 동안 생활하면서 아무도 만나지 못했던 아날리아에게 어느 날 펜팔 친구가 생긴다. 바로 그녀의 사촌 루이스. 시간이 흐르면서 두 사람의 친밀도는 더해갔고 마침내 둘만의 비밀코드를 만드는 데 성공한다. 아날리아와 루이스는 비밀 코드를 이용해 사랑에 관해 말하기 시작한다. 2년 동안의 서신 교환 끝에 아날리아가 열여덟 살이 되던 날 둘은 만나게 되고 결혼까지 약속한다. 하지만 평범한 인상에 상냥한 루이스와 결혼한 아날리아는 결혼 첫날부터 남편을 싫어하게 된다. 그녀는 자기가 환영을 사랑했다는 사실을 깨닫는다. 아이가 태어났지만 두 사람 사이에는 진정한 대화가 없었고, 급기야는 서로 적으로 변하고 만다. 농장 일에서 멀어져 타락의 길로 접어든 루이스를 대신해 아날리아는 아들의 교육에 전념하고 작은 아버지의 농장을 돕는다. 남편이 사고로 죽자 아날리아는 자신의 힘으로 농장을 운영하기 시작한다. 모든 것을 손에 쥐었다고 느끼던 날 아날리아는 화려한 차림으로 아들의 학교로 찾아간다. 목발을 곁에 두고 앉아 있는 아들의 담임교사를 만난 아날리아는 그에게 11년을 책임지라고 말한다. 아들의 성적표에 쓰인 글씨를 본 순간, 아날리아는 2년 동안 자신에게 편지를 쓴 사람이 누구인지 단박에 알아차렸던 것이다. 용서를 구하는 그에게 아날리아가 목발을 건네주며 모든 것은 그에게 달려있다고 말하자 그는 아날리아를 따라 운동장으로 나간다.

이 글에서 장애를 지닌 교사가 기형적인 코를 지닌 추남 시라노에 해당하고, 아날리아가 록산, 루이스가 크리스티앙의 역할을 담당하고 있음을 알 수 있다. 외모가 중요하다고 생각하지만 정작 아름다운 여성은 남성의 생김새가 아니라 편지에 담긴 지성과 마음에 감동하고 편지를 쓴 사람을 사랑하고 있다는 것을 깨닫는다.

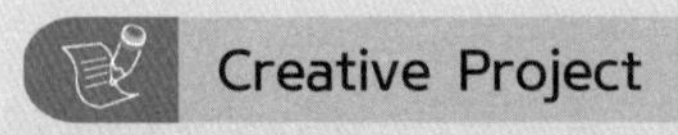

시라노를 모티프로 한 사랑의 이야기를 자유롭게 써 보자.

유정과 재혁은 아주 어릴 때부터 친구인, 둘도 없는 단짝이다. 쌍둥이 남매처럼 늘 붙어 다녔던 유정과 재혁. 귀여운 모습과는 달리 괄괄한 성격의 유정과 반대로 섬세하고 예술적인 감각이 뛰어난 재혁. 성격은 영 반대지만 둘은 모든 것을 공유해왔고 쌓아온 시간은 수없이 많다. 서로에 대해 모르는 것이 없는 둘은 어느덧 고등학생이 된다. 어느 날 유정은 재혁과 같은 반인 준에게 자신의 편지를 전해달라고 부탁한다. 호기심을 이기지 못하고 편지를 몰래 읽는 재혁. 준과 친해지고 싶다는 내용을 담은 유정의 편지는 충격적일 정도로 형편없다. 경악한 재혁은 유정 몰래 자신이 편지를 다시 써서 준에게 준다. 한참 답이 없는 준. 애태우는 유정을 보며 재혁은 어딘가 심사가 뒤틀리는 것을 느낀다. 드디어 유정은 재혁이 건네준 준의 답신을 받게 된다. 유정은 기뻐하며 준에게 줄 편지를 또 쓴다. 이런 모습을 지켜보면서 재혁은 유정을 좋아하고 있는 자신의 감정을 깨닫게 된다. 하지만 마른 체격에 비실비실한 자신과 달리 준은 훤칠하고 듬직하다. 연적으로 치기엔 자신이 너무도 초라하게만 느껴진다. 유정은 아는지 모르는지 재혁에게 번번이 편지를 전해 달라 부탁한다.

그러던 중, 유정은 그동안 준의 편지로 보아 자신을 좋아하는 것이 확실하다며 고백을 할 거라고 말한다. 불안해진 재혁은 유정을 말려보지만 유정은 고집을 꺾지 않는다. 결국 재혁은 준을 만나러 가는 유정의 뒤를 쫓아가는데……. 고백의 현장에는 아무도 없다! 유정은 짓궂게 웃으며 재혁에게 준의 편지들을 건네며 말한다. “너지? 이거 네가 쓴 거 다 알아.”

Being Creative

독백형식의 글쓰기

오태석의 희곡 '빨간 피터의 고백'은 프란츠 카프카의 '어느 학술원에 드리는 보고'를 각색한 것으로 원숭이 '빨간 피터'가 원숭이였던 자신이 인간화되는 과정을 학술원 회원들 앞에서 보고하는 내용의 모노드라마이다. 사냥 원정대가 아프리카 밀림에서 생포한 원숭이 '빨간 피터'. 잡는 도중 얼굴에 난 상처 때문에 빨간 피터라고 불리게 된다. 아프리카에서는 그저 다른 원숭이들과 별반 다를 것이 없는 생활을 하던 피터는, 사냥꾼에게 잡혀 좁은 상자에 갇히게 되면서부터 달라지기 시작한다. 상자 밖으로 나오기 위해 피터는 인간의 행동을 흉내 내기 시작한다. 이렇게 해서 선원들의 눈길을 끈 피터는 상자에서 벗어나게 되지만 그것은 출구를 찾기 위한 방법이었을 뿐, 진정한 자유는 아니었다. 상자에서 나온 피터는 곧 다시 동물원에 가게 될 위기에 처한다. 피터는 동물원에 가지 않기 위해 또다시 인간의 행동을 열심히 연구하던 중 인간의 언어를 말하기에 이른다. 이를 본 사람들은 피터를 동물원이 아닌 서커스로 보낸다. 또 다른 출구를 찾기 위해서 끊임없이 인간을 관찰하고 따라하며 인간화 되어가는 피터. 그는 아프리카에 있는 원숭이들과는 확실히 차별화된 원숭이다. 그러나 어차피 진정한 출구는 없다. 또 다른, 조금 더 큰 곳으로 옮겨갈 뿐이다. 문명화된 인간처럼 행동하는 원숭이가 되지만 결국은 겉껍질을 흉내내는 것에 불과하다. 피터는 그런 사람들의 억압과 구속에 익숙해지면서 자유를 얻지 못한 채 사회에 순응하고 만다.

이언 매큐언의 단편 '벽장 속 남자와의 대화'는 사회복지사를 상대로 혼자 이야기하는 주인공이 등장한다. '나'는 아버지 없이 태어나 홀어머니 밑에서 성장하지만, 자신에게 병적으로 집착한 어머니로 인해 집 안에서만 생활하게 된다. 어머니는 아들이 자라지 못하도록 침대에 눕혀 놓고 아기처럼 키웠다. '나'는 18살이 되도록 말을 제대로 배우지 못하였으며 어머니가 떠먹여주는 이유식을 먹었고, 대소변도 가릴 줄 몰랐다. 그런데 38세 되던 어머니가 드디어 애인을 사귀게 되면서 '나'는 찬밥 신세가 된다. 두 달 동안 '나'를 성인으로 만들기 위해 강훈련을 시켰고, 음식을 흘리거나 말할 때 발음을 잘못하면 곧바로 매가 날아왔다. 엄마를 빼앗기고 낯선 환경에 처하게 된 '나'는 발작을 일으키게 되고, 어머니는 이런 '나'를 요양소에 보낸 후 연락을 끊어버린다. 어머니에게 버림받은 '나'는 일을 배우고 사회생활을 시작했지만 모자라다고 놀림을 당하고 갈취를 당하며 고통을 받는다. 급기야 일하던 곳에서 동료가 자신을 오븐기에 집어넣어 화상을 입게 되자 자기를 괴롭히던 사람에게 복수를 하고 실직 후 절도 행각을 벌이기 시작한다. 결국 교도

소에 들어갔다가 나온 '나'는 벽장 안에서 평온함을 느끼며 그 안에서 생활하게 된다.

인간 세상에서 인간처럼 살게 된 침팬지나, 성인이면서 아기처럼 살아왔던 한 남자의 독백은 그들의 삶에 몰입하게 만들어주며 그들의 시각에서 세상을 보게 한다.

Creative Project

고양이, 개, 금붕어, 코끼리와 같은 동물이 되어 인간을 상대로 독백의 시간을 가져보자.

Output

내 이야기 좀 들어 볼래?(박지희)

제 이야기 좀 들어주시겠습니까? 저는 북극에서 온 북극곰 비올입니다. 온통 하얀 눈으로 뒤덮인 아름다운 세상에서 저는 제 아이들과 물고기를 잡으며 한가롭고 평화로운 시간을 보내고 있었답니다. 남편과 저는 가끔 아이들의 수영실력을 키우기 위해 시합을 시켰답니다. 이 세계에서는 수영을 잘해야 먹이도 쉽게 잡을 수 있고 무엇보다 인기도 높아지거든요.

남편은 수영을 굉장히 잘한답니다. 그래서 아이들에게 좋은 수영선생님이 되어주죠. 제가 그이와 결혼한 이유이기도 하구요. 맙소사! 주책없게 이런 이야기까지 늘어놓게 되었네요. 그러던 어느 날 여느 때와 같이 새끼들이 수영시합을 하는 날이었죠. 막내만 빙하위로 올라오면 되는데 저희들이 있던 빙하가 갑자기 막내와 멀어지고 말았어요. 너무 당황한 저는 멀어지는 막내만 바라보며 울부짖었는데 다행히 남편이 막내를 구해왔죠. 그 일이 너무 끔찍해서 그때 이후 새끼들에게 수영시합을 시키지 않아요.

빙하 위는 참 편하답니다. 여러분이 침대를 편하게 생각하시는 거라고 여기는 것처럼 말이죠. 그런데 언제부턴가 이 빙하가 녹지 않겠습니까? 이게 무슨 일인가 싶어서 전 무작정 저의 식구들을 데리고 녹지 않은 빙하를 찾아 자리를 옮겼지요. 근데 옮기는 것도 한두 번이지 이러다간 물속에서 살게 될 판국에 놓이겠다 싶어 하늘을 원망하는데 이게 웬일입니까?

인간이라고 자신을 소개하는 직립보행을 하는 동물이 왔어요. 제 고향이자 보금자리인 빙하가 녹게 된 것이 다 자신들 때문이라고 그러더군요. 나도 녹일 수 없는 빙하를, 그것도 한 번 훅 치면 날아갈 것 같은 몸뚱이를 가진 인간이 무슨 수로 녹였다는 건지 궁금했어요. 저는 그 이유를 알기 위해 여기까지 오게 된 거랍니다.

누가 이 비올에게 그 이유를 알려주실 수 있나요?

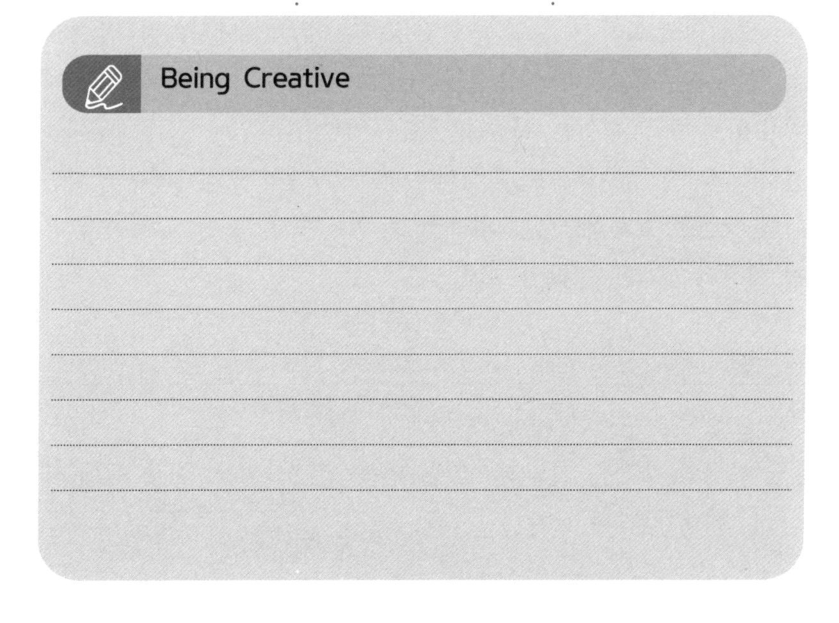

장점 스토리텔링

사람이면 누구나 장점과 단점을 지니기 마련이다. 정리정돈을 잘 못하지만 사교성이 좋은 사람이 있는가 하면 행동은 굼떠도 책임감이 강하고 성실한 사람도 있다. 입학이나 입사에서 요구되는 자기소개서에 필수적으로 기재해야 하는 자신의 장점. 어떻게 하면 나의 장점을 효과적으로 써내려갈 수 있을까? 다음 순서에 따라 우선 자신의 생각을 정리해 보자.

- 나의 장점은 무엇인가?
- 장점과 관련한 에피소드는?
- 나의 장점을 살릴 수 있는 인물, 동물, 식물, 사물 등에 대하여 생각해 보기

이렇게 정리가 되면 이제 장점 스토리텔링의 구성단계에 들어간다. 우선 들어가는 말에서 내가 비교할 대상의 특징과 상징성, 가치에 대해 기술한다. 그리고 자신이 경험한 고난이나 좌절, 실패 사례를 적는다. 다음으로 이러한 일을 어떻게 극복했는지, 변화의 계기나 자신의 장점이 강화된 사건은 무엇인지 떠올리고 그 과정에서 느꼈던 것, 도전정신을 구체적으로 적는다. 마지막으로 어떤 결실을 맺었는지 적은 다음 마무리한다.

① 들어가는 말: 내가 비교할 대상의 특징, 상징성, 가치

② 고난, 좌절, 실패 사례

③ 변화의 계기 또는 자신의 장점이 강화된 사건

④ 과정, 도전

⑤ 결과, 결실

Creative Project

자신을 어디에 비유해서 쓸 것인지 생각한 다음 어떻게 어려움을 이기고 현재의 '나'가 되었으며 앞으로 어떤 꿈을 갖고 도전하겠는지에 대해 써보자.

Output

제목: 겨울을 견디고 꽃이 피다.(조미향)

1. 내가 비교할 대상의 특징, 상징성

꽃가게를 하시는 부모님께서는 내 이름을 '미향'이라고 지으셨다. 아름다

울 미(美), 향기 향(香)자를 쓰는데, '아름답고 향기로운 마음을 가지고 꽃과 같이 살아라'라는 뜻을 지니고 있다. 그래서인지, 나는 꽃과 꽃말을 좋아하는데 그 중에서도 '희망', '인내심'이라는 꽃말을 가진 '설강화'를 가장 좋아한다.

흔히 스노우드롭, 갈란투스라고 불리는 이 꽃은 이름에서도 알 수 있듯 겨울을 견디며 봄이 오기 전 하얀 꽃을 피운다. 추운 겨울, 찬바람과 눈송이에도 결코 굴하지 않고 꽃을 피우는 설강화는 슬프고도 아름다운 전설을 담고 있다. 하나님과의 약속을 깨버린 대가로 아름답고 풍요로운 낙원에서 쫓겨난 아담과 이브는, 살이 에이고 손 끝 마디마디가 부르트는 겨울의 아린 추위에 고통 받는다. 그런 아담과 이브에게 천사가 내려와 외롭게 추위에 떠는 그들을 위해 손으로 흰 눈을 감싸 순백색의 꽃으로 만들어 그들을 위로해 주었다. 그 때 생겨난 순백색의 꽃이 바로 설강화라고 한다.

2. 나의 고난, 좌절

대부분의 사람들이 어렸을 적 아파보기도 하고 크게 다쳐 본적도 있었을 것이다. 나에게도 그런 상처가 있다. 유치원생이었던 나에겐 감당하기 힘든 큰 시련이었다. 처음 기억나는 것은 차문이 닫히는 소리다. 그 후로는 잠시 기절. 그리고 다시 눈을 떴을 땐 당황한 기색이 역력한 누군가의 목소리와 몸을 타고 흐르는 진한 아픔뿐이었다. 부모님의 꽃가게 근처에 세워진 차 뒤에서 놀다가 차가 후진하는 바람에 그것이 사고로 이어진 것이다. 그 사고로 인해 내 얼굴의 반은 흉터가 자리 잡았고, 한 쪽 눈의 눈물샘이 파괴되어 슬프지 않은 상황에서도 눈물을 흘리는 불편함을 얻게 되었다. 한창 외적인 것을 중요하게 여기던 때 괴물처럼 보이는 내 얼굴에 나는 크게 실망하고 좌절하게 되었다. 항상 쉬지 않고 재잘대던 나는 그 때부터 입을 꾹 닫아버렸고 사람들 앞에 나서는 것을 두려워하기 시작했다.

3. 변화의 계기가 된 사건

외모에 자신이 없어지자 남들의 시선이 더욱 신경 쓰였고 급기야 나를 꽁꽁 숨기고 가려버렸다. 당연히 나는 소심하고 우울한 아이로 자랐고 학교에서 은근한 놀림과 차별을 받았다. 나와 9살 차이가 나던 언니는 언제나 가장 친한 친구였으며 동시에 내가 존경하는 사람이었다. 나는 언니가 다니던 초등학교에 재학 중이었다. 언니가 집에서와는 달리 유독 밖에서는 자신감이 부족한 내가 안쓰러웠나 보다. 어느 날 언니는 자신이 방송부를 하던 때를 얘기해주었다. 언니가 하는 모든 것이 부럽고 멋져 보였던 나는 언니의 은근한 부추김에 방송부 아나운서 면접을 보게 되었다.

4. 변화의 과정과 도전

언니와 함께 면접 준비를 면접 전날까지 단단히 하고 복습한 끝에 나는 방송부 아나운서가 되었다. 아나운서라고 해도 얼굴을 보이지 않고, 라디오 DJ처럼 목소리만 나가는 일을 했기 때문에 자신감을 얻어 열심히 방송부 일을 해내었다. 처음 친구들이 나를 보고 뭐라고 할까, 걱정만 하던 나는 '목소리만 내보내는 거지만 열심히 노력하니 친구들이 좋아해주는구나. 내 얼굴에 관해서보다는 내 노력에, 용기를 내어 건 나의 말 한 마디에 응답해주는구나. 내가 괜히 움츠러들어 내 자신의 좋은 면을 보지 못했구나.'하는 깨달음을 얻게 되었다.

물론 처음에는 그런 생각만 가지고 친구를 만들 수도, 소심함을 탈피할 수도 없었다. 하지만 그동안 서먹서먹했던 친구들에게 닫아두었던 마음의 문을 열고 말을 걸어보았다. 친구들이 도움이 필요할 때, 내가 먼저 다가가 여분의 공책을 빌려주는 친절을 베풀기도 했다. 다들 갑자기 바뀐 내 행동을 처음엔 어색해하기도 하고 때때로 무시하는 아이들도 있었다. 그럼에도 나는 굴하지 않고 친구들을 향해 다가가는 노력을 멈추지 않았다.

5. 결과

친구들도 점점 나의 노력에 응해주기 시작했고 결국 나는 서서히 소심함을 극복하고 외모에 대한 열등감에서 벗어나 학교생활을 즐겁게 마무리 지을 수 있었다. 어렸을 적의 사고로 인해 외모에 결함을 느끼고 자신감이 없어지자 마음의 문을 닫아버린 나였다. 나 스스로를 돌보려고 하지 않고 부정적으로만 평가했던 나였다. 그런 나에게 언니는 도움의 손길을 내밀었고, 언니의 조언대로 추웠던 나의 세상에서 벗어나 자신감을 가지고 노력하며 밝게 웃었다. 내가 먼저 다가가고 나아가니 친구들도 나에게 다가와 주었다. 마치 설강화가 추운 겨울을 이겨내고 희망과 인내로 꽃을 피우듯 나는 마침내 어두운 시간을 넘어 밝은 생각과 건강한 눈길로 세상을 보게 되었다.

Output

제목: 나는 독수리이다(김상훈)

1. 내가 비교할 대상의 특징, 상징성

스포츠 팀들 가운데 팀을 상징하는 동물로 독수리를 선택하는 경우가 적지 않다. 하늘을 가르는 독수리의 기품 있는 모습을 보면 누구라도 경외심을 갖게 된다. 독수리는 내가 가장 좋아하는 동물이기도 하다. 멋진 외형 안에 품고 있는 고독과 인내의 삶이 나에게 와 닿았고 그런 독수리의 생애가 나에게 도움이 되고 희망을 주었기 때문이다.

독수리는 보통 70~80년을 사는데 그 삶이 결코 순탄한 것은 아니다. 독수리가 30~40살이 되면 그의 생에 중요한 고비가 찾아온다. 발톱이 가슴 안쪽으로 지나치게 자라 더 이상 사냥이 불가능하게 되고, 부리도 길어져서 자신의 목을 찌르는 위험한 위기를 맞게 된다. 이런 상황에서 독수리는 이대로 생을 마감할 것인지 아니면 또 다른 도전을 통해 새로운 삶을 살지 결정을 내려야 한다. 도전을 선택한 독수리는 끊임없이 돌에 부리를 부딪치고 발톱을 가는 고통 속에서 자신과의 긴 싸움의 시간을 거친다. 그러나 그렇게 기나긴 고통이 끝나면 독수리는 새로운 하늘을 날아오르는 보상을 받게 된다.

2. 나의 고난, 좌절

보통 20대 초반의 나이에는 굴곡이 없다고 하지만 나는 남들과는 좀 다른 삶을 살았다. 중학교 3학년이 되면서 나는 연기자가 되려는 꿈을 가지게 되었다. 그 이전까지는 별다른 희망이나 도전도 없는, 아무런 노력조차 하지 않는 철없는 사춘기 소년이었다. 그러한 내가 안타까웠는지 어머니께서는 연극과 영화, 뮤지컬을 종종 보여주셨다. 공연을 보면서 나는 점점 그 세계에 빠져들게 되었고, 마침내 연극을 하겠다고 마음먹게 되었다. 사실 공부가 하기 싫기도 했고, 연기자가 되는 것은 그다지 큰 노력이 없이도 가능하다고 생각했었다. 그러나 막상 부딪혀 보니 단순히 대사를 암기하는 것뿐만 아니라 신체를 자유롭게 사용해야 했고 감정의 몰입이 필요했다. 의욕과 재능이 부족했던 나는 현실의 벽에 부딪혔고, 결국 연기자의 꿈을 접어야 했다.

3. 변화의 계기가 된 사건

연기를 위해 학교까지 그만 둔 나는 연기라는 목표가 사라지자 방황하기 시작했다. 고기 집, 피자가게 등에서 아르바이트를 하면서 돈을 벌기도 했지만 여전히 내 삶은 공허했다. 다른 친구들은 모두 대학진학을 위해 공부를 하고 있었는데, 나는 고교중퇴의 학력으로 이러고 있다니. 내 자신이 한심했지만 뚜렷이 무언가를 해보고 싶다는 생각은 들지 않았다. 이 무렵 함께 자퇴를 했던 친구로부터 대입 검정고시에 합격했다는 문자를 받게 되었다. 대학에 진학해 신학을 공부할 생각이며 졸업 후 목사이신 아버지의 목회를 돕겠다는 내용이었다. 부모님께 반항하며 종교와는 담을 쌓았던 친구의 변화된 모습이 충격으로 다가왔다.

4. 변화의 과정과 도전

어머니께 대입종합 학원에 다니게 해 달라고 부탁을 드리자 어머니께서는 그동안의 나의 행동을 우려하시며 각오가 되어 있지 않으면 아무 소용이 없다고 하셨다. 나는 만약 한 번이라도 지각이나 결석을 하면 그 즉시 학원을 그만두겠다는 약속을 드렸고, 그 날 이후 단 한 번도 그 약속을 깬 적이 없었다. 그렇지만 초등학교 6학년 이후 공부에 손을 놓았기 때문에 막막하기만 했다. 어떻게 공부하는지 방법도 몰랐고 선생님들이 시키는 대로 남들보다 2배 더 노력했지만, 성적은 생각만큼 잘 오르지 않았다. 이때 독수리의 생애를 담은 다큐멘터리를 보았던 기억이 떠올랐다. 바위에 부리와 발톱을 갈며 새롭게 탄생하는 독수리의 도전. 그리고 그러한 도전에 도움을 주는 친구들. 독수리는 보통 혼자 생활하지만 추운 겨울이 되면 5~6마리씩 무리를 지어 겨울을 난다. 당시의 상황은 너무나도 추운 겨울이었는데 그런 나에게 친구들이 다가와 주었다. 친구들은 같이 도서관에 다니면서 내가 부족한 부분을 채워주었고, 나의 이야기를 들어주며 고민을 나누었다.

5. 결과

나의 실력은 점점 향상되었고 수능 시험을 볼 무렵에는 오히려 내가 그 친구들에게 도움을 주기도 했다. 마침내 나는 성적이 향상되어 A대 영어과에 합격하였고 어려운 시간을 공유한 친구들 역시 대학진학에 성공하게 되었다.

연기자의 꿈을 지녔다가 포기한 일, 아르바이트를 하며 방황하던 시절, 재수학원을 다니면서 친구들과 어려움을 나누었던 시간. 이렇게 독수리의 생애와 내 삶은 많이 닮아 있다. 고통의 시간을 견뎌낸 나에게 남은 건 이제 비상이다. 세상을 향해 날아오르며 나는 한 마리의 진정한 독수리가 될 것이다.

Being Creative

칼럼 쓰는 법

칼럼은 신문이나 잡지 등에 기고하는 개인의 견해를 담은 글이다. 기자가 현장에서 취재를 하며 느낀 점이나 뒷얘기를 담아 칼럼을 쓰기도 하고, 의사, 교수, 작가 등 전문가가 사회적 인식의 전환을 유도하거나 자신의 견해를 피력하기 위해 쓰기도 한다. 칼럼이 일반 기사와 구분되는 가장 큰 특징은 '주관적인 글'이라는 점이다. 기자의 취재를 바탕으로 사실에 근거하여 객관적으로 쓴 기사와 달리 칼럼은 글 안에 주제와 대상을 바라보는 필자의 주관적인 견해와 입장이 담겨 있다.

칼럼을 쓰기 위해서는 우선 매체의 성격을 파악해야 한다. 매체의 성격이 진보인지, 보수인지, 종교적인지, 자유분방한지에 따라 글쓴이의 톤도 달라진다. 블로그에 쓰는 글이라면 누구라도 찾아와서 쉽게 읽고 이웃이 되고 싶은 편한 내용이 좋을 것이다. 간혹 도발적이고 자극적인 글을 써 이목을 집중하기도 하지만, 그럴 경우 생각이 다른 사람과의 불편한 관계가 형성될 수도 있다. 이러한 심적 부담을 감당할 만한 배짱이 없다면 편하고 읽기 쉬운 글, 공감할 수 있는 가벼운 내용도 괜찮다. 청탁을 받아서 쓸 경우 대학신문은 독자층이 대학생들이므로 이들의 관심사에 대하여 젊은 감각으로 쓰면 되고 청소년을 대상으로 하는 매체라면 청소년의 눈높이에 맞추되 멘토로서 도움이 될 만한 이야기를 풀어 놓으면 좋을 것이다.

칼럼 쓰는 순서

① 주제 정하기
② 소재 찾기
③ 자료수집
④ 아이디어 찾기
⑤ 나만의 시각 갖기
⑥ 시선을 끄는 도입부 작성
⑦ 본론쓰기
⑧ 결론쓰기
⑨ 편집하기

글을 다 쓴 다음 소리 내어 읽어보고 어색한 부분이나 문법에 맞지 않는 곳은 수정한다. 글에도 메이크업이 필요한 법이다. 최선의 결과물을 생산하기 위해 여러 번 교정을 거쳐야 한다.[89]

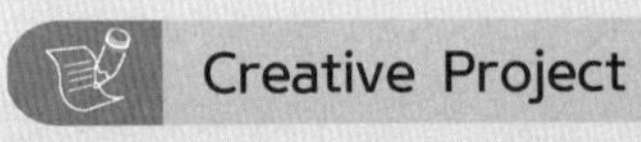

Creative Project

자신이 원하는 주제를 정한 다음 칼럼 쓰는 순서에 따라 칼럼을 써 보자.

Output

- 사보칼럼(현대사보)

제목: 스토리텔링은 힘이 세다

–엄마 대장의 스토리텔링

얼마 전 미국 대선 후보 부인들의 지지 연설이 있었다. 200만원이 넘는 붉은 드레스에 붉은 매니큐어, 황금빛 액세서리를 매치한 앤 롬니는 우아하고 기품 넘치는 모습으로 공화당 대선 후보인 남편 밋 롬니의 인간적인 면모를 드러냈다. 그녀는 남편을 소년이라 칭하며 고등학교 댄스파티에서 처음 만난 남편이 늘 자신을 웃게 한다고 자랑하였다. 다섯 명의 자녀와 18명의 손자 손녀를 둔 행복한 가정의 가장이자 아내를 사랑하는 소년 같은 롬니. 앤 롬니가 연설을 마치자 마치 영화의 한 장면처럼 무대 뒤에 있던 롬니가 앞으로 나와 앤에게 키스하였고, 영화 My Girl의 주제가가 울려 퍼지며 사람들의 마음을 적셨다.

연설은 처음부터 사람들의 마음에 대선 후보 롬니의 가정적인 면을 부각시켜 여성 유권자들의 감성을 흔들기 위한 의도에서 기획되었을 것이다. 딱딱한 문구가 아니라 부드럽고 시적인 언어로 소년과 소녀의 사랑과 그 결실에 대해 이야기하고, 음악을 들려주며 안정된 삶의 환상을 보여준다. 이것이 바로 보수적인 드레스 코드에 맞춘 공화당 대선 후보 앤 롬니의 스토리텔링이었고, 의도했던 것처럼 많은 이들이 앤의 이야기를 듣고 감동을 받았다.

일주일 뒤에 민주당 전당대회에 나타난 미셸 오바마. 팔뚝이 드러나는 기성복 원피스는 평소 '엄마 대장(mom–in–chief)'을 외치는 그녀의 메시지를 그대로 드러내고 있었다. 미셸은 가난했던 시절에 대해 "버락에게 가장 소중한 재산은 쓰레기 창고에서 찾아낸 커피 테이블이었고, 단 하나 있던 정장 구두는 너무 작았다"며 낭만적으로 이야기를 풀어내었다. 이것은 억만장자의 전업주부 아내에게는 불가능한 친서민적인 스토리텔링이다.

대선 후보 부인들의 연설 대결은 어떻게 되었을까? 앤 롬니의 연설 당시 트윗은 6000건을 웃돌았지만, 미셸 오바마의 연설에서는 분당 트윗 수가 2만8000건에 이르렀다.

왜, 무엇 때문에 사람들은 안정적이고 우아한 롬니 부인이 아니라 굵은 팔뚝을 내밀며 엄마 대장을 외치는 미셸에게 열광하는 것일까? 그것은 바로 미셸의 스토리텔링이 지닌 힘 때문이다.

–스토리텔링이란?

스토리텔링이란 '스토리(story)'와 '텔링(telling)'의 합성어로, 스토리는 줄거리가 있는 이야기를 의미하고, 텔링은 매체의 특성에 맞는 표현방법을 말한다. '이야기'라는 콘텐츠를 매체라는 '형식'에 담는 것이 바로 스토리텔링인데, 광고, 무용, 미술, 조각, 연극, 시, 소설, 게임 등 다양한 모습으로 나타낼 수 있다. 특히 스토리텔링은 '이야기를 하는 행위'가 중심이 되기 때문에 현재성과 현장성이 강조된다. '스토리(Story)'가 텍스트를 중심으로 하는 평면적이고, 정지된 상태를 뜻하는 개념이라고 할 때, 스토리텔링은 입체적이며 역동적인 상태를 뜻하게 된다.

미셸은 남편 버락 오바마가 대통령이 되어야 하는 당위성에 대해 대중연설이라는 형식을 빌려 TV매체를 통해 스토리텔링하였다. 그녀의 의상, 액세서리, 말투, 제스처 이 모든 것이 친서민적이고, 자유로우며, 가정적인 버락 오바마를 이야기하는 도구가 되었다. 낡은 커피 테이블과 단 하나뿐인 정장 구두는 소박하고, 인간적인 면을 강조하면서 사람들의 감성을 자극하였다. 이처럼 하나의 지향을 향해 개성적인 요소들이 조화를 이룰 때 비로소 스토리텔링은 탄탄해지고 설득력을 지니게 된다.

–아름다운 유혹, 스토리텔링

아무 무늬도 없는 유기농 면 티셔츠를 입거나 농장에서 사랑을 나눈 암탉이 나은 유정란을 구입하는 것은 이러한 제품들 안에 고귀한 가치를 담은 이야기가 들어 있기 때문이다. 지구의 환경을 생각하고, 자연에서 뛰노는 동물의 자유를 떠올릴 때 사람들은 가격이 아닌 이야기를 선택한다. 롤프 옌센은 우리는 이제 정보를 사고파는 시대를 지나 꿈을 사고파는 'Dream Society'로 접어들었다고 하였다. 감성과 꿈이 담긴 이야기의 아름다운 유혹에 사람들은 점점 빠져들고 있다.

스토리텔링에서 말하는 '행위'는 이야기를 하는 사람과 듣고 보는 사람의 행위를 모두 포함하는 것이다. 누군가가 문제를 제기하거나 감화를 주기 위해 또는 사건이나 사고를 전달하고 위험을 경고하려는 목적으로 이야기를 들려줄 때, 듣는 사람은 어떤 식으로든 반응한다. 따라서 이야기를 하는 행위에는 필연적으로 듣는 사람의 반응과 서로 간에 오가는 대화가 포함될 수밖에 없다.

스토리텔링은 유연성(flexibility), 상호작용성(interactivity), 행동(action)을 특징으로 한다. 스토리텔링에서 이야기는 수정이나 삭제, 첨가 등을 통해 얼마든지 변형이 가능하다. 이러한 유연성은 상대방과의 상호작용을 통해 더욱 활발해진다. 스토리텔링의 대상이 되는 사람들은 제스처나 소리로 감정을 전달하기도 하고, 직접 창작 행위에 참여하기도 한다. 이들은 이야기가 진행되는 동안에도 반응하지만, 이야기 행위가 끝난 뒤에도 자신이 경험한 스토리텔링에 대해 느끼거나 깨달은 바를 실행에 옮길 수 있다. 스토리텔링의 목적은 바로 누군가를 움직여 행동하게 하는 것에 있다.

어느 면세점에서나 볼 수 있는 키엘(Kiehl)이라는 화장품은 원래 뉴욕

13번가의 한 약국에서부터 시작된 것이다. 1851년 콜럼비아 약대를 졸업한 약사 존 키엘이 뉴욕에서 약국을 열었는데, 그는 이곳에서 천연 허브로 만든 제품들을 공급하였다. 그가 제조한 자극이 적고 최상의 효과를 거둘 수 있는 제품들은 고객들로부터 큰 인기를 끌었다.

키엘은 냄새와 향이 없는 이 화장품을 연고통이나 약통에 넣어 약봉지에 담아 판매하였다. 약사 가운을 입은 판매사원은 약사들처럼 제품의 효과에 대해 상세하게 설명하였고, 이후 고객들의 입소문에 힘입어 키엘은 큰 성공을 거두게 되었다. 약국이라는 탄생 공간, 창업자인 약사, 화장품 용기, 가운을 입은 화장품 판매원에 관한 이야기는 고객들의 입에서 입으로 전해지게 되었다.

−스토리가 담긴 스펙이 있어야 한다.

요즘 대학생들이 기를 쓰고 청춘을 바치는 중요한 일 가운데 하나가 바로 스펙 쌓기이다. specification의 줄임말인 스펙은 출신 학교, 학점, 토익 점수, 자격증, 해외 연수, 인턴, 봉사활동 등 대학 시절 확보할 수 있는 물리적 조건의 총합을 말한다. 이를 위해 어떤 학생들은 휴학을 하거나 졸업을 유예하기도 하고, 대학원에 진학하거나 유학을 다녀올 정도로 시간과 돈, 노력을 투자한다. 그러나 근래에는 스펙보다는 스토리가 더 각광을 받으면서 오히려 스펙을 위한 스펙에 대해 경계하는 분위기이다. 스펙만을 위한 스펙이나 스펙없는 공허한 스토리가 아니라 '스토리가 있는 스펙'을 지닌 사람들이 점점 늘어나고 있다.

구글의 광고 전략 업무를 담당하는 김태원씨는 청춘 멘토로 불린다. 그는 어려운 가정에서 자라 대학 입시에서 좌절을 맛보았으나 곧 다시 일어나 고려대 사회학과에 진학하였다. 유학이라고는 상상할 수조차 없었던 형편이었으나 미국의 유명한 대학들을 인터넷 즐겨찾기 목록에 추가하여 전 세계를 무대로 지구촌 사람들과 친구가 되었다. 또한 각종 아르바이트를 하며 현실 경제와 마케팅을 몸소 체험할 수 있었다.

어느 날 직장을 찾던 그에게 드디어 면접 기회가 주어졌고, 이 때 면접관이 그에게 지원한 회사에 들어오기 위해 어떤 노력을 기울였는지에 대해 질문하였다. 그는 주저 없이 한 노점상에게서 마케팅을 배웠다고 말했다. 궁금해 하는 면접관에게 김씨는 인사동에서 액세서리를 팔던 노점상에서 아르바이트를 했던 경험을 들려주었다. 날씨가 꾸물꾸물하던 어느 날, 아르바이트를 하던 김씨는 얼른 비가 오면 좋겠다고 지나가는 말처럼 내뱉었다. 이 말을 들은 노점상 주인은 불같이 화를 내며 비가 오면 액세서리가 모두 물에 젖는다고 김씨를 나무랐다. 한여름, 소나기가 내리면 우산장수는 웃지만 부채 장수는 운다. 이런 마케팅의 원리를 길거리에서 깨우친 이야기로 김씨는 면접에서 높은 점수를 받을 수 있었다고 한다.

–진정성이 담긴 스토리텔링은 힘이 세다.

아름다운 가치가 담긴 진실한 스토리텔링은 많은 이들의 마음을 움직이고 몸을 움직여 행동하게 한다. 이것이 자선사업일 때는 기부가 될 것이며, 기업의 입장에서는 구매로 이어질 것이며, 구직자에게는 취업의 문이 활짝 열리는 결과를 가져다 줄 것이다. 재미있고 의미 있으며 탄탄한 플롯을 지닌 나의 이야기, 우리의 이야기, 그것의 스토리텔링이 세상을 움직이고 있다.

Output

- 미디어칼럼

제목: 출산, 여성 그리고 미디어

–몸과 규율

피임, 낙태, 저출산…….

이런 말을 들으면 우리는 반사적으로 여성을 떠올리게 된다. 이 모든 것은 여성의 책임이며, 여성의 일이자 동시에 국가가 관여할 수밖에 없는 어떤 것으로 인식된다. 그러나 이는 남성과 여성 그리고 국가가 공동으로 책임져야 할 사안들이다. 그런데도 국가는 이를 여성의 책임으로 보고, 여성만을 상대로 정책을 펼치며, 여성의 육체에 대해 지시를 내린다.

인구 억제 정책이 대두되면서 1970년대의 '둘만 낳기' 운동에 이어 1980년대는 '아들딸 구별 말고 하나만 낳아 잘 기르자'는 표어가 여성의 몸에 대해 압력을 행사하였다. 자녀가 없거나 하나 혹은 둘 정도의 단출한 가정을 이루며 사는 여성은 모던하고 지적이며 규율에 잘 따르는 규범적인 여성으로 간주되었으나 그렇지 못한 여성에게는 정반대의 평가가 내려졌다.

권위적이고 독재적이며 반인권적인 인구정책은 오늘날 저출산 시대에도 그대로 답습되고 있다. 과거 출산억제 정책이 여성의 몸에 대해 가혹하게 금지하고 통제한 결과 저출산을 가져왔다는 자성 없이 또 다시 성급하게 다산하는 여성은 국가의 장래를 진정으로 걱정하고 2세 생산을 통해 노동력을 생산하는 애국자라는 규율을 강제하고 있는 것이다.

인구정책에 있어서 역사적 인식이나 인류학적 고민도 없이 즉흥적이고 임기응변적인 정부의 정책을 아무런 비판 없이 따라가는 —때로는 앞장서서 나가기까지 하는— 언론의 태도 역시 문제 삼지 않을 수 없다. 과연 여성의 몸은 정책의 대상인가? 국가는 여성의 몸을 함부로 규율하고 통제해도 되는가?

—출산과 여성

에리티에—오지라는 학자는 여성의 출산력을 남성이 어떻게 지배하고 이용했는지에 관해 흥미 있는 연구를 진행한 바 있다.

아프리카의 누에르족 사이에서는 불임으로 인정된 여성, 즉 결혼해서 일정기간(아마도 폐경기까지?) 동안 아이를 낳지 못한 여성은 친정으로 돌아온다. 그때부터 그 여성은 남자로 간주되어 형제들에게는 '형제', 형제의 아이들에게는 친가 쪽의 '아저씨'가 된다. 남자와 똑같이 가축을 키울 수 있게 된다. 그녀의 개인재산인 가축과 과일들을 가지고, 이번에는 여러 아내들에게 신부값을 지불한다. 그녀는 '남편'으로서 이러한 제도화된 결혼관계를 시작한다. 그녀의 아내들은 그녀의 시중을 들고 그녀를 위해 일하며 그녀를 존경하고 남편에 대한 공손함을 표현한다. 그녀는 다른 종족집단, 흔히 딩카족에서 하인을 고용하여 자신의 아내를 위한 성 관계 등 여러 가지 서비스를 요구한다.[90]

이 연구에서 보듯 결국 남성과 여성의 역할에 있어서 불균형은 출산에서 비롯되는 것임을 알 수 있다. 실제로 출산 연령을 넘긴 독신 여성이나 자녀가 없는 여성들이 사회생활을 할 경우 남성들과 거의 동등하게 일하며, 직장에서 훨씬 당당하다. 자녀를 위해 근무시간을 조절할 필요가 없으며, 야근이나 출장에 있어 자유롭기 때문이다.

그러나 이와 같은 당당함은 '보이지 않는 응시'에 의해 어느새 죄책감으로 변질되고 만다. 푸코(Foucault)는 인간의 몸이 어느 사회에서나 권력/지식 관계의 그물망을 통해 구속과 금기, 통제의 대상이 되어온 현상에 주목하였다. 이 때 인간의 몸은 주로 여성의 몸을 의미한다. 특히 푸코는 파놉티콘에 의한 감시 기능을 강조하면서 '보이지 않는 응시'가 인간의 행동을 통제할 수 있다고 보았다. 파놉티콘이란 영국의 철학자 벤담이 제안한 것으로 소수의 감시자가 자신을 드러내지 않고 모든 수용자를 감시할 수 있는 형태의 감옥을 말한다. 푸코의 논의를 진전시킨 바트키(Bartky)는 가부장적인 문화 속에서 성장한 여성들의 의식 속에는 파놉티콘의 감시관 같은 남성감식가가 상주한다고 보았다. 여성들은 권력을 지닌 간수의 시선을 통해 끊임없이 자신의 몸을 감시하며 훈육하고 스스로를 길들인다는 것이다. 여성에 대한 사회적 응시는 여성들로 하여금 늘 주위의 평가를 의식하게 하여 결국 여성들 스스로 감옥에 갇혀 사는 것처럼 만든다.

산아제한 시기에 자녀 셋 이상을 출산한 여성들은 스스로 주눅들어하였으나 이제는 자녀를 낳지 않거나 불임인 여성들이 죄책감을 가지며 마치 국가에 죄를 지은 죄인처럼 느끼도록 강제하는 것이 바로 이 '보이지 않는 응시'라고 할 수 있다. 출산율 저하를 여성의 탓으로 돌리는 각종 캠페인과 미디어의 비난은 이것을 기정사실로 만드는 데 기여하고 있다.

오늘날 TV, 신문, 잡지, 인터넷과 같은 미디어는 앞 다투어 세 자녀 이상, 심지어는 열 명 이상의 자녀를 지닌 가정의 행복한 모습을 생산해낸다. 불과 십수 년 전만 해도 시대에 뒤떨어지고, 비지성적이며, 가난과 불행의 상징으로 치부되어 외면 받았던 다산(多産)은 이제 부와 행복, 애국의 상징이자 정책의 수혜를 받는 축복으로 칭송받고 있으며, 이러한 이미지는 미디어에 의해 더욱 강화되고 있다. 지방자치단체마다 '여성이 행복한 도시', '다자녀 가정에 대한 지원'을 외치면서 출산한 여성을 대상으로 한 특별한 혜택을 약속한다. 반면 결혼을 해도 자녀가 없거나 결혼을 하지 않은 독신 여성은 여성을 위한 정책의 대상이 되지 못한 채 소외되고 만다.

-출산, 여성, 그리고 미디어의 성찰

부르디외(Bourdieu)는 몸이 곧 문화라고 하였다. 인간의 몸은 자연의 일부라기보다 문화적 규범에 의해 철저히 규제된다는 것이다. 우리 사회에 삶의 원칙이자 질서로 자리잡은 불평등한 문화로 인해 우리는 불평등한 현실을 자연스럽고 당연하게 받아들이게 된다. 부르디외는 어떻게 남성지배와 같은 불평등한 사회적 관계가 지속될 수 있는지 반문하면서 그 해답을 '공론의 모순(paradoxe de doxa)'에서 찾고자 하였다. 그는 권력관계에서 지배적인 위치에 있는 집단뿐 아니라 불이익을 당하는 집단마저도 불평등한 관계를 수용하고 있기 때문에 사회적 상징질서가 유지되고 존중될 수 있다고 보았다.[91] 출산한 여성이 자녀의 양육과 가사를 담당하는 것, 직장을 다니는 여성이 출산으로 인해 직장에 피해를 줄 수 있다고 생각하는 것, 출산 후 몸매가 망가지는 것을 부끄러워하는 것, 끊임없이 다이어트를 하거나 해야 한다는 강박관념을 갖는 것……. 우리 사회에서 당연시되는, 그러나 불평등하기 그지없는 생각들이다.

저출산 현상이 더욱 심각해지면, 국민 1인당 부양해야 할 노인 인구가 증가하며, 노동 인구가 감소하여 경제 활동이 위축되고 결국 국가경쟁력이 떨어지게 된다. 따라서 여러 가지 출산 장려 정책을 시행하여 출산율을 올려야 하겠지만, 이 모든 것을 여성의 책임이자 의무로 강제하며 여성의 육체에 압력을 가하는 것에 대해서는 분명하게 짚고 넘어가야 한다.

언론이 국가의 인구정책에 대한 비판 없이, 출산에 대한 철학적·인류학적 성찰 없이, 양육과 보육 인프라에 대한 고민 없이 출산율 장려 캠페인을 따라간다면 이는 너무 경박하다. 행복의 시초가 될 수 있으나 동시에 불평등의 단초가 되는 출산에 대한 미디어의 성찰, 그리고 여성의 육체에 대한 예의와 존중이 아쉽다.

–2011 경기저널 가을

Output

- 영화 칼럼

제목: 영화 '시'를 통해 본 시의 스토리텔링

–우리 시대 '시'의 의미

글을 쓰면서 먹고 사는 사람들 가운데 시인이 가장 가난하다고 한다. 기자, 구성작가, 드라마 작가, 시나리오 작가, 소설가, 시인. 이 가운데 시인의 연봉은 172만원으로 최저치를 기록하고 있다. 한국고용정보원이 732개의 직업에 종사하는 2만3745명을 대상으로 한 조사를 보면 수입이 낮은 그룹 가운데서도 시인은 최하위에 머문다. 시집을 출간하여 인세를 받거나 문예지에 시를 써서 원고료를 받는다고 해도 연 소득 500만원을 넘기기 힘들다. 그래서 대부분의 시인은 시를 쓰는 일이 아니라 다른 일을 해서 먹고 산다. 그러다보니 시 쓰는 일은 부업 혹은 취미 생활이 되거나 그도 아니면 뒷전으로 밀려나기 일쑤다. 콘텐츠의 중요성이 강조되고, 세상 모든 가치와 이념을 스토리텔링 하는 시대에도 여전히 시는 뒷방 신세를 면치 못한다. 그래서 시인은 말한다. 시는 죽었다고.

–영화 '시'를 통해 본 삶이 되는 시

이창동 감독의 영화 '시'는 참으로 겁도 없이 '시'를 타이틀로 내세웠고, 감독은 덜컥 시 한 편을 써서 세상에 내놓았다.

영화 속 주인공 양미자는 60대 중반의 여인으로 외손자 종욱을 돌보며 생활보조금과 한 노인을 수발해 받는 돈으로 근근이 살아간다. 그렇지만 그녀는 밝고 엉뚱하며 삶을 사랑하는 낙천적인 성격의 소유자이다. 꽃을 좋아하고 이상한 소리도 잘해 시인 기질을 지녔다고 믿는 미자는 문화원에 시를 배우러 간다. 그 곳에서 강좌를 맡은 김용탁 시인은 시를 쓰기 위해서는 우선 잘 봐야 한다고 말한다. 진심으로 알고 싶어서 대상에 대해 관심을 갖고 바라본다면 어느 순간 샘에 물이 고이듯이 시가 찾아온다는 것이다. 그러면서 그는 강좌가 끝날 때까지 한 편의 시를 완성하라는 과제를 내어 준다.

몸이 좋지 않아 병원을 찾은 미자는 그곳에서 딸의 자살 소식을 듣고 찾아온 희진 엄마의 실성한 모습을 목격한다. 이어 손자의 친구인 기범의 아버지로부터 종욱과 기범을 비롯한 여섯 명의 중학생들이 희진을 성폭행했고, 이 충격으로 희진이 자살했다는 소식을 듣게 된다. 가해자 부모들은 각자 500만원씩 합의금을 마련하는 데 동의하지만, 미자에게는 불가능한 일이다. 망연자실해 하는 미자에게 또 하나의 성가신 사건이 생긴다. 중풍에 걸려 말도 거동도 힘든 강 노인이 자신의 마지막 소원이라며 성관계를 요구한 것이다. 화가 난 미자 앞에 펼쳐진 현실은 더욱 가혹하기만 하다. 그녀에게 알츠하이머 선고가 내려진 것.

고단한 삶 속에서 미자는 더욱 시 공부에 매달린다. 누구나 가슴 속에 시를 품고 있으며, 가슴 속에 갇혀 있는 시가 날개를 달고 날아오를 수 있도록 해야 한다는 시인의 말에 따라 미자는 시상을 찾아 나선다. 메모를 하기 위해 수첩을 꺼내든 순간 후드득 빗방울이 떨어진다. 비에 홀딱 젖은 미자는 그 모습으로 강 노인을 찾아간다. 무미건조하게 노인을 씻기고, 다른 곳을 바라보며 관계를 갖던 미자는 마침내 노인을 바라보며 그의 얼굴을 쓰다듬는다. 연민과 매춘의 경계선상에서 결국 미자는 합의금을 내기 위해 강 노인을 찾아가고, 그로부터 500만원을 받아내 기범의 아버지에게 전달한다.

자신의 병이 심각해지고 있음을 자각한 미자는 손자를 비롯한 가해자들이 죗값을 치러야 한다고 믿는다. 희진을 위해 또 자신을 위해 진실을 밝히며 미자는 마침내 한 편의 시를 완성한다.

—아네스의 노래

미자가 쓴 '아네스의 노래'에서 아네스는 희진의 세례명이다. 이 시에서 목소리의 주체는 아네스 혹은 미자, 아니면 시를 사랑하고 시를 쓰고 싶어 하는 모든 사람들이 될 수도 있다. 나의 이야기를 들려주고, 누군가 나를 기억해주기를 바라는 것은 우리 모두의 바람이기에 미자는 아네스를 통해, 아네스는 미자를 통해 새롭게 태어나 한 편의 시로 완성된다. 여섯 소년에게 만신창이가 된 한 소녀의 일상과 꿈은 60대 중반의 할머니 미자에게로 전이되고, 미자는 희진과 일체감을 느끼며 희진의 시 곧 자신의 시를 완성한다.

그곳은 어떤가요. 얼마나 적막하나요.
저녁이면 여전히 노을이 지고
숲으로 가는 새들의 노래 소리 들리나요.
차마 부치지 못한 편지 당신이 받아볼 수 있나요.
하지 못한 고백 전할 수 있나요.
시간은 흐르고 장미는 시들까요.
(……)
검은 강물을 건너기 전에
내 영혼의 마지막 숨을 다해

나는 꿈꾸기 시작합니다.

어느 햇빛 맑은 아침, 다시 깨어나
부신 눈으로 머리맡에서
당신을 만날 수 있기를.

—'아네스의 노래' 중에서

—시는 어디에?

영화 '시'에서 미자와 희진의 존재는 시 '아네스의 노래'를 통해 완성되고 거듭나지만 정작 영화에는 어떠한 노래도 등장하지 않는다. OST가 없는 몇 안 되는 영화 가운데 하나인 '시'는 그래서 우리를 새 소리, 차 소리, 바람 소리, 강물 소리, 동네 사람들 떠드는 소리에 더욱 예민하게 반응하도록 이끈다.

이 영화에 대한 반응은 열렬하였다. '시'는 2010년 대종상 최우수작품상, 각본상, 여우주연상(윤정희), 남우조연상(김희라), 대한민국 영화대상에서 최우수작품상, 감독상, 각본상 등 국내 영화상을 휩쓸었다. 또한 2010년 칸 영화제 각본상을 수상하는 쾌거를 이루었으며, 이어 2011년 아시아 태평양 스크린 어워드 감독상, 여우주연상 및 2011년 아시안 필름 어워드 감독상, 각본상을 수상하였다. 각국의 언론들 역시 극찬을 아끼지 않았는데, 미국 CNN은 이 영화를 '2011년 최고의 영화 TOP 10'에 선정하였고, 시카고 트리뷴 역시 '2011 올해 최고의 영화'로 꼽았다. 그 뿐이 아니다. 가수 박기영은 '시'를 보고난 후의 감흥을 담아 시어에 곡조를 붙였고, 이 노래는 지금까지도 많은 이들의 사랑을 받고 있다.

영화 '시'는 이처럼 국내 영화상을 석권하고, 세계무대에서 그 작품성을 인정받았으며, 영화에 등장한 시가 노래로 만들어졌지만, 국내 개봉 당시 관객 수는 22만 명에 그쳤다. 도대체 왜 이런 결과가 나온 것일까? 그것은 아마도 영화 속 한 시인의 말처럼 시가 죽었기 때문인지도 모른다. 아이나 어른 할 것 없이 대중 매체와 엔터테인먼트, 그리고 물질을 추구하는 시대에 살면서 시를 재미없는 것, 어려운 것, 돈 안 되는 것으로 간주한다. 우리는 지금 시를 무시하는 시대에 살고 있기에 시를 소재로 하고, 시를 타이틀로 한 영화의 저조한 흥행성적은 어쩌면 시작하기 전부터 예견되었을 것이다.

프랑스에서는 공립유아학교에 다니는 세 살배기 꼬마들도 베를렌느와 같은 시인들의 시를 외운다. 우리의 선조들은 시를 써서 대화하고, 마음을 전하였으며, 허난설헌의 시는 멀리 중국에까지 알려질 정도로 많은 이들이 베껴 쓰고 암송하였다. 그런데 지금의 우리 교육은 값비싼 영어 유치원과 국제학교가 판을 치고, 대학은 취업준비센터로 탈바꿈하여 시 따위는 아무도 신경 쓰지 않는 지경에 이르렀다. 그렇다고 시가 철저히 외면당하는 것을 이대로 두고 볼 수는 없다. 존재에 대한 물음이자 타인과의 대화이며, 삶의 방식인 시가 살아나기 위해서는 시를 전달하는 형식과 도구 역시 달라져야 한다. 우리의 시를 영어로 번역하고, 스마트폰의 어플로 만들고, 영상으로 만들어 가까워지기 위한 노력을 기울여야 할 것이다. 그래서 시는 더 이상 종이책에 써서 책꽂이에 꽂아 놓는 장식품이 아니라 지하철 스크린 도어에, 버스 정류장에, 동네 담벼락에 쓰이고, mp3와 휴대폰에 담겨 누구나 보고 듣고 쓸 수 있어야 한다.

시를 쓴다는 것은 타인과 관계를 맺는 일이다. 이는 하이데거가 말한 것처럼 타자와의 관계를 통해 주체를 확인하는 작업이다. 영화에서 희진은 덧없이 사라진 것이 아니라 미자의 시를 통해 새롭게 세계와의 관계를 형성하고 있다. 기억을 잃어가고 있는 미자는 희진이 걸었던 길을 따라 걷고, 새들의 노랫소리를 들으며, 아네스가 되어 기도하고 축복한다. 하나의 삶은 한 편의 시를 통해 비로소 완성된다는 것을 보여주며 사람들에게 시를 사랑하고 시를 쓰고 싶어 하는 욕구를 불러 일으켰다는 점에서 영화는 의미 있는 시의 스토리텔링 작업을 전개하고 있다. 영화 '시'는 잔잔하면서도 아프게 이야기한다. 결국 완결된 한 편의 시는 제대로 마감하는 삶과 같다는 것을.

—서시 2012 여름호 Vol. 27

Being Creative

글쓰기의 구성요소

글을 쓰기 위해서는 우선 글을 쓰는 분명한 목적이 있어야 한다. 누구를 위해, 왜 쓰는지에 대해 알아야 한다. 이 때 '누구'는 타깃에 해당한다. 대상이 주부인지, 직장인인지, 남성인지, 여성인지, 청소년층인지, 노인층인지에 따라 글을 쓰는 방식이나 소재는 달라진다. '왜'는 주제를 담고 있는 핵심 메시지를 의미한다. 주제란 '예술 작품에서 지은이가 나타내고자 하는 기본적인 사상'을 의미한다.[92] '사상'은 사고나 생각, 인식 체계나 견해 주장 등을 포괄하는 개념이며 이는 곧 작가의 개성으로 연결된다.[93] 글에서 주제는 주제어에 담긴 주제문장을 통해 드러나기도 하지만, 전체적으로 주제를 암시하는 여러 문장을 통해 제시되기도 한다. 따라서 주제란 텍스트가 제공하는 중요한 정보를 담고 있는 '중심 내용(main idea)'[94]뿐 아니라 글을 쓴 이의 의도까지 포함하는 개념이며, 이 때 중심 내용보다 더 중요한 것이 바로 글쓴이의 의도이다. 독자는 글을 읽으면서 작가가 어떤 의도로 글을 썼는지 이해하게 되고, 자신의 신념이나 가치관에 영향을 주게 될 경우 작가와 공감하게 되기 때문이다.

대상과 주제가 정해지고 나면 내용을 구상한다. 무엇을 어떻게 전달할 것인가에 대해 생각하는 단계이다. 등장인물, 소재, 사건, 갈등 등에 대해 아이디어를 내고 이것을 시나 소설, 광고, 드라마, 연극, 영화, 칼럼 등 어떤 매개물을 통해 어떻게 표현할 것인지 결정해야 한다. 그리고 추리, 공포, 비극, 멜로, 풍자, 해학 등 어떤 장르의 이야기로 꾸며서 쓸 것인지에 대해서도 생각해야 한다.

표 5 글쓰기의 구성요소

누구를 위해	글을 쓰는 대상(타깃)
왜	글을 쓰는 목적(주제)
무엇을	내용(소재, 시간, 공간, 인물, 사건)
어떻게	형식(장르, 매체)

이러한 구상 과정은 순차적으로 일어나기보다는 동시 다발적으로 발생하거나 또는 복합적으로 떠오르는 경우가 대부분이다. 따라서 글을 써야 하는 상황이 주어졌을 때, 스스로에게 질문을 던져 이와 관련한 아이디어를 곰곰이 떠올려 보고 생각이 나는 대로 멈추지 말고 물 흐르듯 적어나간다.

비트 만들기

재미있는 글쓰기는 항상 '이야기'를 담고 있다. 이야기가 담긴 칼럼이나 기사, 보고서는 상대방에게 그 내용을 쉽게 전달하며 설득의 힘을 발휘할 수 있다. 이야기는 시작과 중간, 끝으로 구성된다. 아리스토텔레스는 이것을 '초중종'이라고 하였고, 학자에 따라 3막 구성, 3부 구성, 3단계 구성이라고 부르기도 한다. 글 속에 담아낼 이야기를 구상할 때 그 이야기의 제일 기본적인 구성요소를 비트(beat)라고 하는데 비트는 모든 이야기의 가장 원자적 토대이며 사건, 구절, 에피소드, 일화와 같은 이름으로 불리기도 한다.[95] 이야기 안에는 수많은 비트가 포함되며, 비트는 상황, 갈등, 결말로 이루어진다. 상황은 정지해 있는 상태로 질문이 가해지며 긴장이 도입되는 단계이다. 갈등에서는 긴장이 고조되고 극적인 질문이 던져진다. 결말에서는 극적인 질문에 대한 해답이 제시되면서 긴장이

해소된다.[96] 이 중에서도 가장 중심이 되는 부분은 바로 갈등이다. 갈등은 예상하지 못했던 곳으로 사람들을 끌고 가며 이야기에 집중할 수 있도록 만들어준다. 심각한 문제가 발생하고, 이로 인해 고도의 긴장 상태에 이르게 되는데 해법을 찾기 어려울수록 이야기의 몰입도는 높아진다. 단단한 비트가 제시되고 비트의 수가 증가하면 이야기는 더욱 흥미를 더하고 구성도 탄탄해진다.

스콧 피츠제럴드의 '벤자민 버튼의 시간은 거꾸로 간다'라는 단편 소설의 앞부분에서 비트가 어떻게 등장하는지 살펴보면 비트가 얼마나 중요한지 알 수 있다. 시작 부분이지만 여기에는 벌써 여러 개의 비트가 등장한다.

- 1860년 대부분의 사람들은 집에서 아기를 낳는다. (상황)
- 버튼씨 부부는 첫 아이를 어디서 낳을지 질문을 던진다. (갈등)
- 최고의 병원에서 낳기로 한다. (결말)
- 볼티모어에서 사회적으로나 재정적으로나 모두 부러워할 만한 위치에 있는 버튼씨는 아기의 탄생 소식을 들으러 '신사와 숙녀를 위한 메릴랜드 사립병원'으로 간다. (상황)
- 화를 내는 의사, 경멸의 눈초리로 바라보는 간호사, 도대체 아기는 어떻게 된 것일까? 불안과 걱정으로 폭발 직전인 버튼씨 (갈등)
- 아기라고 보여주는 데 침대에는 백발의 칠십 노인이 앉아 있다. (결말)
- 늙은이가 버튼씨와 간호사를 차분하게 바라본다. (상황)
- 여기서 데리고 나가 달라는 노인에게 사기꾼이라고 말하는 버튼씨. 간호사는 그 노인이 버튼씨의 아기가 맞다며 가능한 빨

리 데리고 집으로 가 달라고 한다. 버튼씨는 그렇게 할 수 없다며 화를 내고 노인은 그런 버튼씨에게 옷과 지팡이가 필요하다고 말한다. (갈등)

- 문을 거칠게 쾅 닫고 나가는 버튼씨 (결말)
- 옷가게로 간 아버지 (상황)
- 아동복 코너를 뒤지고 다니지만 늙은 아들의 옷을 발견할 수 없다. 불쌍하게 돌아서서 가게를 나가려고 한다. (갈등)
- 그 순간 버튼씨는 쇼윈도의 마네킹이 입고 있는 옷을 발견한다. "저거야!" (결말)

—스콧 피츠제럴드 '벤자민 버튼의 시간은 거꾸로 간다' 중에서

글쓰기에 익숙해지면 비트식의 구성이 자연스러워지지만, 배우는 단계나 습작 기간에는 작위적인 구성이라 할지라도 연습을 해야 한다.

Creative Project

지금 자신의 문제를 비트문장으로 구성해 보자.

Output

문제: 학교에서 해외 현장 실습을 간다고 한다. 등록금 내기도 힘들어서 학교가 끝나면 아르바이트하러 뛰어가는 형편이다.

상황: 과대표의 문자다. 다음 달에 대만으로 글로벌 실습을 간다고 한다.

국제통상학과이니 해외에서 경험을 쌓는 건 당연한 일이지만, 문제는 비용이다. 절반만 내면 된다고 다들 좋아하는데, 나는 그나마도 낼 형편이 못 된다.

갈등: 식당에서 일하는 엄마와 어디 있는지 알 수 없는 아버지. 아버지 앞으로 되어 있는 재산 때문에 우리는 아무런 보조금도 받지 못하지만 가난하다는 것만은 분명하다. 용돈을 벌기 위한 대학생 아르바이트가 아니라 직장에 다니는 사람처럼 일해서 등록금을 마련하고 겨우 쓸 용돈을 버는 형편에 45만원을 들여 해외에 나간다는 것은 가당치도 않다. 홧김에 엄마에게 능력도 없으면서 자식은 왜 낳았냐고 버럭 소리를 질렀다. 무책임한 아버지 같은 사람과 결혼한 엄마의 잘못이라고 몰아붙였다.

결말: 엄마에게 짜증을 내니 마음이 좋지 않다. 혼자서 동네 편의점 앞에 앉아 포테이토칩을 안주삼아 소주를 한 잔 마시고 있는데 맞은 편 자리에 누군가 앉는다. 나도 한 잔 줘 봐. 앗, 엄마!

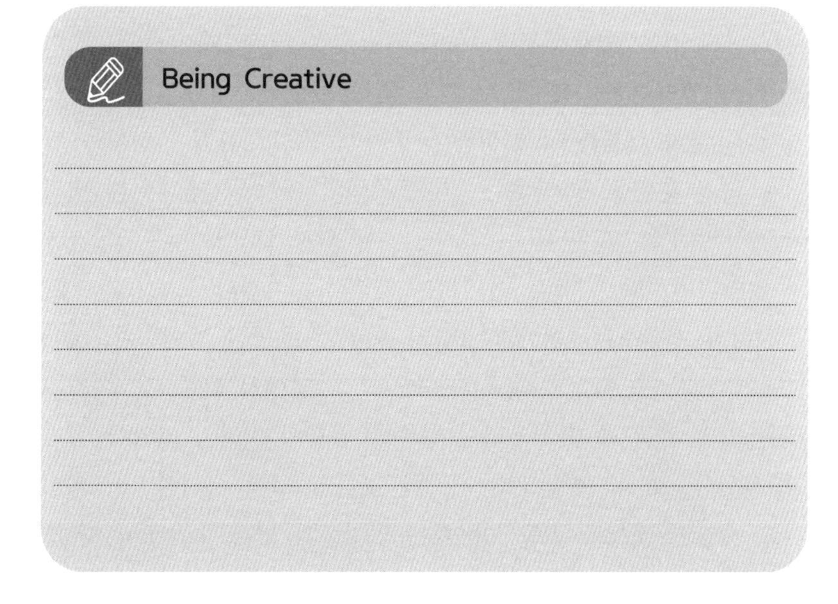

소재

글의 시작을 이끌어 내거나 중요한 부분을 이루는 이야기의 소재는 세상에 널려 있지만, 사람들은 그것을 잘 보지 못한다. 이는 바로 옆에 있는 행복을 놓치고 멀리서 행복을 찾는 것과 마찬가지다. 글의 소재를 찾기 위해 일부러 오지로 떠나거나 상처를 입거나 극기 훈련을 할 필요는 없다. 주위의 이야기들을 다 해 버려 글감이 떨어졌다면 어쩔 수 없지만, 아직까지 그렇게 많은 글을 쓰지 않았다면 우선 주위를 살펴보는 것부터 시작한다.

헨리 제임스는 "이야기는 (…) 이웃이 우연히 떨어뜨린, 마치 바람에 날릴 듯 하찮고 작은 단 하나의 씨앗에서 싹튼 것이다. 그것은 말의 흐름 속에 부유하던 단순한 입자에 지나지 않았다."[97]라고 하였다. 별 것 아닌 것, 사소한 것들이 나를 통과하면서 의미 있고 대단한 것으로 변할 가능성은 얼마든지 있다. 사람들의 대화,

지나가다 목격한 사고, 비 내리는 풍경, 길 고양이가 아파트 화단에서 낮잠을 자는 모습 등 사소하든 대단하든 내가 글을 쓰기 시작하면 언제나 소재가 될 준비를 하고 있는 것들이 우리 주위를 가득 채우고 있다. 편안한 마음으로 잘 듣고 잘 보면서 주위를 살펴보면 얼마든지 쓸 거리들이 넘쳐난다는 것을 알 수 있다.

소재를 찾기 위해 다음과 같은 방법을 사용해 보면 효과적이다.

엿듣기

지하철이나 버스에서 다른 사람의 대화나 통화 내용을 엿듣는다. 요즘은 휴대폰 사용이 보편화되면서 공공장소에서도 남의 시선을 괘념치 않고 떠들고 통화하는 사람들을 어렵지 않게 찾아볼 수 있다. 대화 내용을 엿들으면서 수화기 너머에 있는 상대방을 상상해보거나 이들의 상황을 설정해볼 수도 있다. 옆 사람이 읽고 있는 책이 어떤 것인지 슬쩍 훔쳐보는 것도 재미있다.

표정 살피기

어느 날 지하철에서 앉아 가는데, 내 옆에 서 있던 연인으로 보이는 남녀 한 쌍이 떨어져 앉게 되었다. 나는 그들이 함께 앉아 갈 수 있도록 자리를 바꿔주겠다고 제안했다. 그러자 그들은 괜찮다며 사양했다. 둘을 살펴보니 서로 마주 앉은 채 계속 문자로 채팅하면서 신호를 보내며 웃고 즐거워하였다. 연인들은 나란히 앉는 것보다 마주 앉는 것이 더 좋은 법이다.

Creative Project

엿듣거나 표정을 살펴 알게 된 내용을 글로 적어보자.

Output

강남의 한 브런치 카페. 옆자리에 세 모녀가 앉아 있다. 셋 다 경상도 사투리를 쓰는데 자세히 들어보니 부산 사람들이다. 동생의 결혼을 앞두고 언니, 엄마가 모여 의논을 하는 중이다. 예식장은 어디로 할지, 음식은 어떻게 할지, 예단은 어디까지 해야 할지……. 엄마는 결혼을 앞둔 딸에게 언니와 같은 실수는 반복하지 말라고 당부한다. 남편에게 너무 심한 말을 하거나 험한 모습을 보이지 말라는. 언니도 이 말에 동조하며 자신이 결혼 초에 그렇게 행동한 데 대해 후회한다고 말한다. 결혼은 식을 올리기까지도 어렵지만 그 이후의 삶도 그토록 어려운 일인가 보다.

Being Creative

좋은 도입부

글에서 시작 부분은 독자를 유인하는 기능을 하므로 다양한 장치를 이용해 시선을 사로잡아야 한다. 폴 스미스는 좋은 도입부란 놀라움이나 미스터리, 도전으로 구성된다고 하였다.[98] 놀라운 사건이나 통계자료, 기이한 인물 등에 관한 내용이나 풀리지 않는 수수께끼, 몽환적인 분위기를 포함하는 미스터리, 난관을 뚫고 나가야 하거나 새롭게 도전해야 하는 상황으로 시작하는 도입부는 다음에 어떤 이야기가 나올지 기대하게 만들어준다. 책이나 신문기사, 칼럼, 시나리오 등에서 도입부를 찾은 다음 이것을 기록해 보면 어떻게 글을 시작해야 하는지에 대한 아이디어를 얻을 수 있다.

- 미움 우정 구애 사랑 결혼(앨리스 먼로)

한참 전에, 기차가 여전히 이런저런 작은 역에 서던 그 시절에, 주근깨가 난 넓은 이마에 붉은 곱슬머리를 가진 한 여자가 역 안으로 들어와 가구 배송에 대해 물어보았다.

• 작업실(앨리스 먼로)

내 삶을 해결할 방법이 불현듯 떠오른 것은 어느 날 저녁 셔츠를 다림질하고 있을 때였다. 그것은 간단하지만 뻔뻔해져야 할 수 있는 일이었다.

• 갈매기(안톤 체호프)

메드베덴코: 왜 당신은 항상 검은 옷을 입고 있죠?

마샤: 내 인생의 상복을 입고 있는 거예요. 난 불행한 여자니까.

메드베덴코: 왜요? (생각에 잠긴다) 모를 일이군요…… 당신은 건강하고, 당신 아버지만 해도 부자는 아니지만 먹고 살기엔 걱정 없는데 말입니다. 거기에 비하면 나는 훨씬 살기가 힘들어요. 한달에 겨우 23루블밖에 받지 못하는데다 퇴직 연금까지 공제 당하고 있으니까요. 하지만 난 상복 따윈 입지 않아요. (두 사람 앉는다)

• 새들은 페루에 가서 죽다(로맹 가리)

그는 테라스로 나와 다시 고독에 잠겼다. 물가로 밀려온 고래의 잔해, 사람의 발자국, 조분석으로 이루어진 섬들이 하늘과 흰빛을 다투고 있는 먼바다에 고깃배 같은 것들이 이따금 새롭게 눈에 띌 뿐, 모래언덕, 바다, 모래 위에 죽어 있는 수많은 새들, 배 한 척, 녹슨 그물은 언제나 똑같았다.

• 목요일이었던 남자(길버트 키스 체스터턴)

런던 서쪽에 위치한 사프론 파크 지역 주변은 해 질 녘의 구름처럼 붉은색을 띠고 줄멍줄멍한 모습을 하고 있었다. 그 곳의 집들은 모두 밝은색 벽돌로 지어졌다. 집들이 하늘과 맞닿아 그리는 선은 환상적이었고, 위에서 내려다본 모습도 기이했다.

인물

소설이나 연극, 영화, 광고, 드라마 등에서 등장하는 인물은 행동이나 말을 통해 특성을 드러낸다. 독백 형식의 장르가 있긴 하지만, 그 경우를 제외한다면 설명적인 글보다는 주위 사람들의 대화나 사건을 통해 그 인물이 어떻게 행동하는지 알려주는 글이 훨씬 흥미롭다. 예를 들어 드라마에서 바람기가 다분한 남자라면, "너는 바람둥이야."라고 하거나 "너는 치마만 두르면 다 좋아하지." 라고 말하는 것보다 여자 친구와 함께 있으면서도 다른 여자들이 지나갈 때마다 힐끗힐끗 쳐다보는 남자에게 여자친구가 "뭘 봐?"라고 쏘아 붙이는 장면이 오히려 효과적이다.

인물은 우리 주변에서 찾을 수도 있고, 신화나 전설 또는 기존 소설이나 연극, 영화에 등장하는 인물에서 유형을 가져와서 재창조할 수도 있다. 우리나라의 건국 신화에 등장하는 주몽은 신의 아들로, 알에서 태어났다. 그의 이름은 부여 말로 '활을 잘 쏘는 사람'이다. 이름에서 알 수 있듯, 주몽은 어릴 적부터 활쏘기에 뛰어난 재능을 보였다고 한다. 또한 물과 수중생물을 다스리기도 했다. 비범한 능력과 기이한 출생은 고대 영웅 설화에서 빠지지 않는 요소인 셈이다. 주몽은 자신의 능력을 시기한 일곱 왕자들을 피해 졸본으로 가 정착하여 새로운 나라를 건국하였고, 그것이 고구려의 시초이다. 주몽과 같은 캐릭터는 재벌이나 정치권의 후계 다툼에 종종 등장한다.

그리스 신화에 등장하는 이피게니아는 고귀한 인물의 전형이다. 트로이 전쟁이 발발하자 미케네의 왕 아가멤논은 그리스 군대를 아울리스 항에 집결시킨다. 그러나 바람이 불지 않아 군대는 2년동안 출항조차 못한다. 예언자에게 물어보니, 아가멤논이 여신 아르테미스의 사슴을 사냥해버려 저주를 산 것이었다. 여신의 분노를 풀기 위해선 그의 딸 이피게니아를 제물로 바쳐야 했다. 고민 끝에 아가멤논은 당대 최고의 장군 아킬레우스와의 혼인을 핑계로 딸을 부른다. 아울리스 항에 도착해서야 아버지의 뜻을 알아차린 이피게니아는 울며 애원하지만 이미 엎질러진 물. 이피게니아가 제물대에 올라선 그 때, 그녀를 가엾게 여긴 아르테미스는 이피게니아를 자신의 신전으로 데려가 신관으로 삼는다. 그리고 제물대에는 사슴 한 마리가 대신 놓여있었다고 한다.[99]

윌리엄 셰익스피어의 희곡 '햄릿'의 주인공인 덴마크 왕자 햄릿은 복수심에 불타는 비극적인 인물을 대표한다. 형을 독살하고 형수와 결혼한 삼촌이자 국왕인 클로디어스를 죽이기 위해 정신병자 행세를 하며 치밀한 계획을 세우는 햄릿은 치밀한 성격의 소유자이다. 동시에 철학적이고 감성적인 특징을 갖고 있다. 그와 대립각을 세우는 클로디어스는 권력과 소유욕, 질투심이 강한 냉혈한으로 형을 죽이고 형수를 아내로 삼는다. 목적을 이루기 위해서는 수단과 방법을 가리지 않는 잔혹한 인물이다.

글에 등장하는 인물을 창조하기 위해서는 무엇보다 현실에서 인간에 대한 탐색과 이해가 선행되어야 한다.

Creative Project

주위에 있는 사람들을 둘러보고 그들을 세밀히 관찰한 다음 특징을 기록해 보자.

Output

- 외형적 특징(신장, 몸매, 얼굴 생김새, 신체적 특징): 183cm의 큰 키에 마른 체형의 남성. 팔다리가 길다. 조깅이나 근력운동을 꾸준히 해서 근육을 키웠기 때문에 말랐지만 비교적 탄탄한 편이다. 체질적으로 살이 잘 찌지 않아서 조금만 운동과 식이요법을 게을리 해도 살이 빠져버린다. 마른 몸매와 좁은 어깨가 콤플렉스다.
- 한 쪽 눈은 쌍꺼풀이 있고 한 쪽은 없는 짝짝이 눈. 웃을 때 눈이 반달모양으로 휘어 흔히 '눈웃음 친다'는 말을 많이 듣는다. 눈 밑에 점이 하나 있다. 가구공방을 하는 아버지를 도와 거친 일을 해 와서 손에 굳은살이 많고 거칠다.
- 말투와 언어습관: 어색한 분위기가 몹시 싫다는 그는, 처음 만난 사람과 만나면 어색함을 이기기 위해서라도 끊임없이 말을 한다. 그것이 거슬리거나 불편하지 않은 이유는 말주변이 좋기 때문. 일단 웃긴다. 말을

재밌게 할 줄 알아서 금세 대화가 즐거워진다.

• 제스처: 하이파이브를 즐겨 한다. 웃을 때 손으로 입을 가리고 웃거나, 무언가를 들 때 새끼손가락을 드는 등 가끔 의외의(?) 여성스러운 동작이 나온다.

• 성격: 착하고 순한 편이다. 부탁을 잘 거절하지 못해 종종 일을 떠안게 된다. 그래도 불평 않고 주도적으로 해나간다. 처음 보는 사람과도 금방 친해질 수 있을 만한 넉살과 센스의 소유자. 외향적인 성격이라 밖에서 사람들과 어울려 노는 것을 좋아한다. 붙임성이 좋고 눈치가 빨라서 부담스럽지 않게 상대를 챙길 줄 안다. 때문에 어른들도 금방 호감을 갖게 되고, 특히 여자들에게 인기가 많다. 의도치 않은 '어장관리' 스타일. 재치 있는 대화와 배려 '돋는' 행동이 상대 여자로 하여금 착각하게 만들기 때문이다. 자신도 은근히 그것을 즐기는 것 같다.

• 감정의 표현과 조절(분노, 좌절, 기쁨, 슬픔 등): 감정표현은 적극적이고 확실한 편이다. 다만 그가 화를 내는 것은 거의 못 봤다. 분노를 조절하는 것에 능하다. '좋은 게 좋은 거지'하고 넘기는 타입이라 화가 나도 금방 삭히고 잊어버린다. 가끔 화가 쌓여 폭발할 때는 평소의 모습이 싹 사라지고 화를 내서 무섭긴 하다. 웃음이 많아서 즐거울 때는 물론 당황하거나 민망할 때도 일단 웃고 본다. 그런 상황을 웃음으로 모면하는 편.

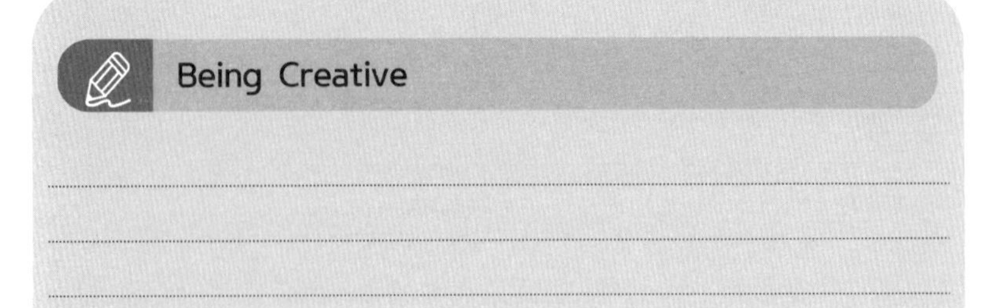

시놉시스

시놉시스란 방송 대본이나 영화, 게임 시나리오를 쓰기 전에 한눈에 볼 수 있도록 이야기의 줄거리를 적은 글을 말한다. 시놉시스는 주제, 기획의도, 등장인물의 특성, 내용의 요약을 포함한다. 제작자와 투자자, 감독, 배우에게 보이는 것이기 때문에 작가의 의도와 세계관, 작품을 통해 전달하려는 메시지, 작품의 전체적인 내용이 잘 드러나되 흥미를 끌 수 있도록 작성해야 한다. 제작사는 시놉시스를 먼저 검토한 다음 투자자를 모으고 감독과 배우 역시 시놉시스의 내용에 따라 영화에 참여 여부를 결정하기 때문이다.

시놉시스를 쓰기 위해서는 떠오르는 영상을 토대로 아이디어를 메모한 다음 전체적으로 잘 짜인 기획서를 작성하여야 한다. 시놉시스의 내용을 구성하기 위해서는 뼈대를 구성하고 플롯을 만들어야 한다. 토비아스는 플롯이란 방향을 잡아가는 나침반이라고 하였다. 이러한 플롯은 '모험'과 같은 외적인 행동으로 나타나는 '몸의 플롯'과 '어떤 대상을 추구'하는 것과 같이 내면의 움직임을 드러내는 '마음의 플롯'으로 나뉜다.[100] 마음의 플롯과 연결되는 '추구'는 인간이 소유하기 힘든 물건이나 사람을 찾아가는 이야기를 다루는데 이동하는 과정에서 여러 가지 경험을 하게 되며 목표를 이루는 순간 모든 사건들은 유기적으로 연결된다. 몸의 플롯과 관련되는 '모험'은 주인공의 심리 변화보다 모험 자체에 주목하여 신기한 장소나 행운, 로맨스 등이 등장한다.[101] 토비아스는 그 밖에 추적, 구출, 탈출, 복수, 수수께끼, 라이벌, 희생자, 유혹, 변신, 변모, 성숙, 사랑, 금지된 사랑, 희생, 발견, 지독한 행위, 상승과 몰락 등 모두 20가지의 플롯을 제시하고 있다. 이처럼 다양한 플롯의 유형을 활용하여 자신이 전달하고자 하는 이야기의 틀을 구성한다.

창조의 과정은 극히 개인적이기 때문에 무엇을 먼저하고 무엇을 나중에 하라고 하는 것이 어떻게 보면 의미 없을 수도 있지만, 초기 단계에서는 어디서부터 손을 대야 할지 막막하기 때문에 이와 같은 틀을 이용하면 된다. 글을 쓰는 사람은 이야기를 통해 하나의 세상을 창조하고 그 안에 뒤엉켜 살고 있는 인물 하나하나에게 생명을 부여하는 역할을 한다. 결국 이야기란 스토리텔러가 자신의 세계관을 사람들에게 이해시키기 위해 만들어낸 인간의 커뮤니케이션 형태라고 할 수 있다. 스토리텔러는 실존하거나 허구의 인물을 설정한 다음 시간이 흐르면서 이 인물에게 무슨 일이 일어나는지 보여주며, 등장인물은 자신의 가치에 부합하는 목표를 찾아 모험을 떠난다.[102]

디지털 시대에 이야기의 골격을 이루는 시놉시스를 작성하는 법 역시 기존의 스토리텔링 방식과 크게 다르지 않다. 신화와 전설, 영웅과 모험, 도전과 사랑, 질투와 배신 등 모든 이야기는 구전 전통에서 비롯되고 있다. 조지 루카스는 스타워즈 대본을 만들 때 아이디어를 얻기 위해 조지프 캠벨의 저서를 읽었으며, 매트릭스를 연출한 워쇼스키 남매는 캠벨이 제시한 영웅의 여정을 완벽하게 따랐다고 한다. 이처럼 오늘날 디지털 문화 속에서 구전 시대의 주된 요소를 받아들이고 있기 때문에 '디지토럴 시대'라고 부르기도 한다.[103] 따라서 창의적인 이야기를 짓기 위해서는 무엇보다 기본에 충실해야 함을 알 수 있다.

시놉시스의 구성

– 제목
– 기획의도
– 주제
– 등장인물
– 시간적 배경
– 공간적 배경
– 줄거리

Creative Project

시놉시스 구성 방식에 따라 젊은이들의 소중한 만남을 소재로 한 글을 써 보자.

Output

- 제목: 그 시각 AM 4:00(장윤정)
- 기획의도: "지구－나＝행복"이란 공식이 있단다. 지구에서 나 빼고 다 행복한 것 같다는 뜻이다. 다들 뭐가 그렇게 신나고 즐거워 보이는지, 나만 이렇게 권태롭고 심심한 하루하루를 보내는 것 같아 알 수 없는 박탈감에 힘겨워한다. 하지만 사실 그토록 인생이 재밌어 보이는 이들도 알고보면 똑같이 외롭고 지루하다. 인간관계에서 오는 외로움과 소통의 부재는 누구에게나 해당되는 본연의 문제인 것이다. 새벽 4시. 아침이 되기 직전, 여자는 하루를 시작하고 남자는 하루를 끝낸다. 평행선 끝에 서있는 둘이 만나 서로에게 건네는 위로는 결국 '우리'가 '우리'에게 선사하는 소소한 위로가 될 것이다.
- 주제: 소통의 부재에서 오는 선입견과 편견에 대해 생각해 보고, 상대의 입장에서 진정으로 서로를 이해하는 것이 얼마나 큰 위로가 되는지 깨닫게 된다.
- 등장인물

최 현: 21세. 여자. 대학생. 단정해 보이는 외모에 내향적이고 조용한 성격이지만 알고 보면 강단 있고 꽤 쿨한 편이다. 취미는 독립 영화관에서 독립 영화 보는 것과 전시회 관람하기. 특기는 사진 찍기. 사진작가가 꿈이다. 아직은 프로 수준은 아니지만 시간 날 때면 아빠가 물려준 필름 카메라를 들고 혼자서 여기저기 다니며 사진을 찍는다. 그녀와 편한 사이의 사람들은 안다. 그녀의 빛나는 재치와 매력을. 하지만 먼저 나서지 않는 성격 때문에 '최 현은 재미없는 사람'으로 생각한다. 자기들 멋대로 판단한 거지만, 항상 그녀에게 '생각보다 별로 착하지 않던데', '그냥 별거 없고 조용한 애야'라는 화살이 돌아온다. 그렇게 입은 상처들이 쌓이고 쌓여 마음이 문이 닫혔다. 알아주는 누군가를 기다리는 것보다 먼저

다가가 자신을 알리는 방법을 아직은 모르고 있는 현에게 원태와의 만남은 파동을 일으킨다.

송원태: 21세. 남자. 대학생(현재 휴학상태). 미대 재학생도 아니고 미술을 배운 적도 없지만 그림 그리는 것을 좋아해서 포털 사이트에 도전 웹툰 코너에 틈틈이 웹툰을 올리고 있는 아마추어 작가다. 도전 코너에서 나름 인기 있는 그의 웹툰 장르는 로맨스. 겉보기와는 다른 섬세한 감성의 소유자. 군 입대 D-45. 긍정적이고 유쾌하며 외향적인 성격과 늘씬하고 훤칠한 외모 덕분에 늘 주위에 사람들이 많다. 군대 때문에 학교를 휴학한 뒤 시급이 높은 야간 아르바이트를 하며 나름 열심히 착실히 살고 있지만 친구들이 많고 활달하다는 이유로 자신을 가벼운 사람으로 보는 시선이 싫다. 이제는 무언가 변화가 필요하다는 진지한 고민에 빠져있을 때 현을 만났다. 자신과 다른 듯 닮은 그녀와의 하루는 그에게 소중한 시간이 된다.

- 시간적 배경: 현재
- 공간적 배경: 서울
- 줄거리: 새벽 4시. 강의가 없는 금요일, 아침 일찍 일어난 현은 카메라를 들고 밖으로 향한다. 같은 시각, 원태는 새벽까지 계속된 술자리가 겨우 끝나고 집으로 돌아가는 중이다.

비틀비틀 걸어가다가 욱, 하고 게워버리는 원태. 숙였던 허리를 피는 순간 중심을 잃고 쓰러지려는 원태가 마침 그 옆을 지나가던 현을 붙잡게 된다. 현과 원태는 중학교 동창에, 1년 전 패밀리 레스토랑에서 같이 아르바이트를 했던 구면. 꽤 오랜 인연이지만 친한 사이는 아니다. 이도 저도 아닌 사이에 부딪힌 상황이 어색하기만 한 현은 자리를 뜨려고 하는데 원태는 술기운에 현에게 친한 척 안부 따위를 물으며 현을 졸졸 따라와 귀찮게 군다.

생수 한 병 사주고 돌려보내려 했지만 원태는 전혀 돌아갈 기미를 보이지 않고, 결국 현은 신경 안 쓰고 제 갈 길을 간다. 원태는 자신이 뭐라고 하는지도 모르는 채 현을 따라다닌다.

새벽, 현이 향한 곳은 가락시장. 그곳에는 싱싱한 기운이 가득하다. 현은 놓칠 새라 사진을 찍기 시작하고 원태는 옆에서 아직 술이 덜 깬 얼굴을 손으로 비빈다.

촬영을 마친 현이 첫 차를 타고 장소를 옮기려 하는데 원태는 아침이라도 먹고 움직이자며 고집을 피운다. 현은 그런 원태가 영 못마땅하지만 간단한 요기는 필요했기에 같이 식사를 한다. 배가 부르니 이제 슬슬 술이 깨는 원태. 자신이 왜 여기에 현을 따라다니고 있는지 모르겠다. 그런데 조용하고 소심하다고만 생각했던 현이 의외로 시크한 면이 있다. 그리고 사실 자기가 졸졸 쫓아다니며 여기까지 따라왔는데 밥만 먹고 홀랑 가버리는 것도 모양새가 이상하다. 어색한 동행을 계속하던 현은 아는 사이였지만 잘 몰랐던 원태에게 약간의 호기심이 생기기 시작한다.

결국 둘은 이 급작스런 동행을 계속하게 된다. 대화는 끊길 듯 이어지고 어색한 듯 편하다.

현과 원태는 남산으로 향한다. 새벽 7시. 텅 빈 남산 순환 버스 첫 차에 타는 두 사람. 새로운 경험에 어딘가 설레는 표정의 현과 원태다. 현이 즐겨 간다는 남산 계단 밑의 작은 카페 앞에도 가보고 현의 카메라로 원태가 사진을 찍어보기도 한다. 조금 친해진 것 같지만 서로에게 진지한 태도는 아니다. 원태와 현은 아직 서로에 대한 편견에서 벗어나지 못한다. 툭툭 던지는 말 속에서 조금 언짢아지곤 하는 둘. 원태는 현의 자존심을 자극하고, 현은 원태의 신경을 긁는다.

오전 9시 30분. 두 사람은 광화문역에 도착한다. 어쩐지 어색해진 둘은 현의 제안으로 독립영화관에 간다. 영화 관람 후 영화에 관해 이야기하기 시작한 현과 원태는 의외로 감성코드가 비슷하다는 것을 깨닫게 된다. 좋아하는 영화, 좋아하는 책, 좋아하는 웹툰도 같다. 서로의 말에 공감하고 점점 할 얘기가 많아지는 둘. 자신의 생각을 조목조목 얘기하는 현이 의외라고 생각하는 원태. 그리고 현은 자기가 무슨 얘길 해도 타박하지 않는다. 현 역시 자신과 같은 것을 보고 느꼈던 원태가 신기하다. 둘의 공감대가 형성되면서 대화는 풍성해진다.

다음 장소를 찾는 현에게 원태가 부암동을 제안한다. 원태는 현에게 나중에 자기가 살고 싶은 동네라고 소개하며 누군가와 같이 간 적은 처음이라고 덧붙인다. 원태의 의외의 모습에 일렁이는 현. 부암동에 도착한 둘은 동네 입구에 있는 작은 일식 카레 집에서 점심을 먹고 동네 구석구석 사진을 찍는다. 원태는 현의 사진 촬영을 생색내지 않고 재치 있게 도와준다. 현은 원태가 고마우면서도 괜히 그에게 트집을 잡으며 빈정거린다. 하지만 알고 보니 원태는 어제 밤부터 새벽까지 야간 아르바이트를 했던 것. 오늘 새벽 취해있었던 것도 마무리 작업을 하고 뒷풀이를 하느라 그랬다고 말하는 원태. 원태가 술에 취해있는 모습에 '늘 그렇듯' 친구들과 밤새 놀았을 것이라는 현의 추측이 깨져버린 것이다. 놀라는 현. 자신이 부끄럽다.

집으로 향하는 버스 안. 두 사람은 햇살이 들이치는 2인석에 나란히 앉아 있다. 현과 원태는 이제 자신에 대해 말하기 시작한다. 친한 친구들에게도 차마 말하지 못했던 속마음을 서로에게 털어 놓는다. 내색은 않지만 서로에 대해 깊게 알게 된 것 같아 어딘지 뿌듯한 원태. 그런데 오히려 현이 자신이 느낀 것을 원태에게 솔직하게 말한다. 아까는 섣불리 오해해서 미안하다며, 의외로 네가 나와 잘 맞아서 놀랐고 이런 친구를 만나게 되서 기분 좋다고. 서로가 재밌고 신기한 둘. 그러다가 어느새 서로 머리를 맞대고 잠이 든다.

동네의 버스 정류장에 내린 원태와 현. 유통기한은 하루라고 생각했던 인연이었지만 어느새 둘은 특별한 사이가 되었다. 원태가 머뭇거리며 현에게 연락처를 물어보려는 찰나, 현이 갈아타야 하는 버스가 도착해버리고 현은 급하게 버스에 올라탄다.

아쉬워하는 원태와 현.

둘은 다시 일상으로 돌아가 각자 삶을 살아간다. 원태는 현을 통해 알게 된 독립영화관의 영화를 예매하고, 현은 그 날 찍은 사진을 디지털 현상소에 맡긴다.

며칠 뒤 늦은 밤. 편의점에서 일하고 있는 원태에게 현이 찾아온다. 그때 찍은 사진들과 현이 몰래 찍은 원태의 사진을 건네주는 현. 원태는 당황해 아무 말도 못하다가 정신을 차리고 이내 계속 간직하고 있던 봉투를 현에게 건넨다.

그 안에는 영화 티켓 두 장이 들어 있다.

현의 미소와, 원태의 미소.

Output

- 제목: Simple Dream
- 주제: 허황된 꿈을 꾸며 청춘을 허비하는 자와 작지만 소박한 꿈을 꾸며 실현하는 사람. 꿈은 고문이 아니라 행복이어야 한다.
- 기획의도: 다들 목표를 높이 세우고 그것을 좇으라 하지만 행복은 멀리 바라본다고 해서 느낄 수 있는 것은 아니다. 자신이 좋아하는 일을 하며 소박하게 꿈꾸는 자가 누리는 진정한 행복의 가치를 이야기하고 싶다.
- 시간적 배경: 현대
- 공간적 배경: 패밀리 레스토랑 "IHAD" I Have A Dream
- 등장인물

－영훈: 22세. K대 연출과 재학. 순정만화의 주인공 같은 용모를 지녔다. 배우를 꿈꾸었으나 학원에 다닐 형편이 되지 못해 혼자서 연기연습을 했지만 실기 시험에 번번이 떨어지자 연출과를 지망한다. 군대도 가야하고 돈도 필요한 영훈은 배우의 꿈을 버리지 못한 채 투잡을 뛰며 힘들게 번 돈을 여자 친구와 즐기는 데 탕진하고 있다.

–수빈: 22세. 집안형편이 어려워 실업계 고등학교에 진학하였다. 고교 졸업 후 곧바로 패밀리 레스토랑 "I HAD(I Have A Dream)"에 취업하여 키매니저가 되었지만 셰프가 되고 싶은 꿈을 버리지 못한다.

• 줄거리: 서둘러 뛰어봤지만 영훈은 오늘도 지각이다. 이렇게 불성실해서 어떻게 직원이 되겠느냐는 키매니저 수빈의 질책에 영훈은 자신이 이런 데서 일할 사람이 아니라며 마음속으로 콧방귀를 뀐다. 동갑이면서도 꼬박꼬박 상사노릇을 하려고 드는 수빈에게 짜증이 나지만 자신보다 경력이 많은 정직원이기 때문에 아르바이트생인 영훈의 입장에서는 어쩔 수 없는 노릇이다.

순정만화 캐릭터 같다는 말을 수도 없이 들어온 영훈은 10살 때부터 배우를 꿈꾸어 왔다. 하지만 식당일을 하며 두 형제를 키우는 홀어머니 밑에서 연기학원은 꿈도 꿀 수 없었던 터라 혼자 TV를 보며 익힌 연기로 입시준비를 한다. 매번 낙방을 하던 영훈은 어쩔 수 없이 연출 쪽으로 전공을 바꿔 진학에 성공하지만 영상 분야의 기술을 익히기보다는 엑스트라 아르바이트를 하며 배우가 되는 길을 모색한다. 하지만 지원하는 오디션마다 번번이 실패하고 설상가상으로 어머니가 원인을 알 수 없는 병에 걸리게 되면서 형과 함께 어머니의 병원비를 부담하게 된다. 여전히 배우를 꿈꾸는 영훈은 낮에는 패밀리 레스토랑에서 아르바이트를 하고 밤에는 경비 근무를 하며 고달픈 나날을 보낸다. 그러던 중 홍대 클럽에서 미모의 레이싱걸과 만나 사귀게 된 영훈은 자신의 사정을 털어놓지 못한 채 힘들게 아르바이트를 해서 번 돈을 데이트 비용으로 쓰고 있다.

수빈은 매번 지각을 하면서도 SNS에 여자 친구와 주말나들이를 즐기는 사진을 올리는 영훈이 한심하게만 느껴진다. 자신보다 학벌도 좋으며 잘생기기까지 한 영훈이 패밀리 레스토랑에서 아르바이트를 하고 있으니 말이다.

팀 회식자리에서 끝까지 남게 된 두 사람은 서로의 속마음을 털어놓게 된다. 교통사고를 당한 아버지를 대신해 가장이 되어야 했던 수빈은 본디 자신의 꿈은 셰프였고, 요리의 본고장 프랑스에서 제대로 공부하고 싶었다고 말한다. 하지만 어려운 집안 형편 때문에 실업계 고교에 진학할 수밖에 없었고 졸업을 하자마자 패밀리 레스토랑 "IHAD(I Have A Dream)"에 취직하게 된 것이다. 이에 영훈은 자신의 어린 시절 꿈은 아버지처럼 군인이 되는 것이었는데 아버지가 일찍 세상을 떠나시면서 주위 사람들이 자신의 외모를 추켜세우는 바람에 얼떨결에 배우를 꿈꾸게 되었다고 털어놓는다. 이야기를 하는 도중 영훈은 자신이 어디에서 어떻게 무엇을 시작할지에 대해 깨닫게 된다. 레이싱 걸에게 전화를 걸어 자신은 직업군인이 되겠다고 하는 영훈. 수빈 역시 자신이 가장 원하는 것을 깨닫게 되고 영훈에게 당장 요리 학원에 등록하겠다고 말한다. 키매니저에서 이제는 키친매니저를 꿈꾸는 수빈. 이들에게 꿈은 더 이상 고문이 아니라 행복이다.

1 Robert J. Sternberg, E.L.GRIGORENKO, J.L.SINGER 저, 임웅 역, 창의성 그 잠재력의 실현을 위하여, 학지사, 2009.

2 Amabile, The social psychology of creativity, Springer-Verlag, 2011.

3 크로플리 저, 이경화, 최병연, 박숙희 역, 창의성 계발과 교육, 학지사, 2004.

4 크로플리, 앞의 저서에서 재인용.

5 토랜스 저, 이종연 역, 창의성과 교육, 학지사, 2005.

6 토랜스, 앞의 저서에서 재인용.

7 토랜스, 앞의 저서에서 재인용.

8 크로플리, 앞의 저서에서 재인용.

9 Kozbelt, Encyclopedia of creativity, v. Vol II, Runco, Mark A. Pritzker, Steven R. Amsterdam, Elsevier, 2001.

10 Runco, Encyclopedia of creativity, v. Vol I, Runco, Mark A. Pritzker, Steven R. Amsterdam, Elsevier, 2011.

11 글렌 그리핀, 데보라 모리슨 저, 권재식 역, 광고 천재들의 아이디어 발상 비법노트, 비즈앤비즈, 2014.

12 앤드루 로빈슨 저, 박종성 역, 천재의 탄생-10년의 법칙, 학고재, 2012.

13 Weisberg, I2 Creativity and Knowledge: A Challenge to Theories. Handbook of creativity, 226.

14 말콤 글래드웰 저, 노정태 역, 아웃라이어, 김영사, 2009.

15 James C. Kaufman 저, 김정희 역, 창의성 101, 시그마프레스, 2010.

16 Gruber, Howard E. "The evolving systems approach to creative work." Creativity Research Journal 1.1, 1988, pp. 27-51.

17 Florida, Richard L, Cities and the creative class, New York ; London : Routledge, 2004.

18 앤디 프랫·폴 제프컷, 문화경제의 창의성과 혁신, 한국문화관광연구원, 2010.

19 토랜스 저, 이종연 역, 창의성과 교육, 학지사, 2005.

20 버나드 골든 저, 강미경 역, 생각을 생각하다, 북폴리오, 2010.

21 메리 J 로어 저, 남인복 역, 생각관리, 부글북스, 2010.

22 미하이 칙센트미하이 저, 노혜숙 역, 창의성의 즐거움, 더난출판사, 2003.

23 마리사 앤 저, 이세진 역, 크리에이티브 데이(내 안의 창의성을 일깨우는 주 1회 프로젝트), 컬처그라퍼, 2014.

24 황지우 저, 나는 너다, 문학과지성사, 2015.

25 신해철 작사, 신해철 작곡, 민물장어의 꿈, 1999.

26 자넷 룬고 저, 김병희 역, 창의성을 키우는 365일, 나남, 2009.

27 채널A 시사인사이드, '서울광장 멍때리기 대회' 우승 비법은?, 2014.10.28.

28 허버트 마이어스, 리처드 거스트먼 저, 강수정 역, 크리에이티브 마인드, 에코리브르, 2008.

29 빈센트 라이언 루기에로 저, 박중서 역, 생각의 완성(창의적이고 비판적인 생각의 바이블), 푸른숲, 2011.

30 토랜스 저, 이종연 역, 창의성과 교육, 학지사, 2005.

31 허버트 마이어스, 리처드 거스트먼, 앞의 저서에서 재인용.

32 해럴드 블룸 저, 손태수 역, 세계문학의 천재들(사람이 알아야 할 모든 것), 들녘, 2008.

33 강혜선 저, 여성한시선집, 문학동네, 2012.

34 배준호, ['주식회사 미국'도 주총 시즌] "겨울왕국 · 스타워즈 속편 만들 것… 4년동안 마블 영화 11편 나온다", 신작 발표한 아이거 디즈니 CEO… '어벤져스 2' 예고편 공개하자 주가 3% 상승, 이투데이, 2015.03.19.

35 닐 D. 버나드 저, 김영선 역, 뇌를 위한 파워푸드, 부키, 2013.

36 버나드 골든 저, 강미경 역, 생각을 생각하다, 북폴리오, 2010.

37 다카하시 마코토 저, 조경덕 역, 창조력 사전: 아이디어 개발과 문제 해결을 도와주는 88가지 기법, 매일경제신문사, 2003.

38 이재승 저, 글쓰기 교육의 원리와 방법, 교육과학사, 2002, p. 276.

39 강민경, 대학 글쓰기 교육에서 창의성 향상을 위한 한 방향 : 쓰기 전 활동인 고정관념 깨뜨리기 수업 모형을 중심으로, 한국비평문학회 Vol.–No.45, 2012, pp. 205–231.

40 Graham Wallace1858–1932 The art of thought 1926.

41 제임스 웹 영 저, 신인섭 역, 아이디어를 내는 방법, 커뮤니케이션북스, 2014.

42 박은주 기자, 2015-03-24 18:41:45.

43 허버트 마이어스, 리처드 거스트먼, 앞의 저서에서 재인용.

44 빌 루어바흐, 크리스틴 케클러 저, 홍선영 역, 내 삶의 글쓰기(기억을 회고록으로 아이디어를 에세이로 삶을 문학으로 담는 법), 한스미디어, 2011.

45 알프레드 아들러 저, 라영균 역, 인간이해, 일빛, 2009.

46 칼 구스타브 융 저, 권오석 역, 무의식의 분석, 홍신문화사, 2007.

47 칼 구스타브 융, 앞의 저서에서 재인용.

48 알프레드 아들러, 앞의 저서에서 재인용.

49 황희수 저, 아이디어발상 A To Z, 내하출판사, 2003.

50 로버트 루트번스타인, 미셸 루트번스타인 저, 박종성 역, 생각의 탄생, 에코의서재, 2007.

51 로버트루트번스타인, 미셸 루트번스타인, 앞의 저서에서 재인용.

52 앤서니 웨스턴 저, 이주명 역, 창조적 비판의 요령, 필맥, 2007.

53 앤서니 웨스턴, 앞의 저서에서 재인용.

54 이용성, 버려진 음식으로 1만명 먹여…영 '사회적 식당'의 의미있는 실험, 조선비즈, 2014.12.17.

55 토니부잔, 배리부잔 저, 권봉중 역, 토니부잔의 마인드맵 북, 비즈니스맵, 2010.

56 토니부잔, 배리부잔, 앞의 저서에서 재인용.

57 Eberle, Bob, Scamper: Creative Games and Activities for Imagination Development, Waco, TX:Prufrock Press, 2008.

58 알프레드 아들러, 앞의 저서에서 재인용.

59 남상권, 『12월 12일』의 글쓰기와 감정이입, 한국문학이론과 비평 9권3호 제28집, 2005.9, pp. 345-370.

60 최낙환, 임아영, 영화의 동감과 감정이입을 유발하는 캐릭터의 기능성 요인과 매력성 요인, 한국산업경제학회, 산업경제연구 제24권 제1호, 2011.02, pp. 539-574.

61 로버트 서튼 저, 오성호 역, 역발상의 법칙, 황금가지, 2003.

62 정영일, 식품업계, "고객에게 새로운 레시피 아이디어를 얻다"…모디슈머 콘테스트 마케팅, 메트로신문, 2014.09.19.

63 자비에르 드 메스트르 저, 장석훈 역, 내 방 여행, 지호, 2001.

64 http://www.segye.com/content/html/2009/12/09/20091209001541.html

65 박재호 저, 창조의 심리학, 영남대학교출판부, 2007.

66 윌리엄 W. 앳킨슨 저, 박별 역, 성공을 부르는 기억의 힘, 나래북, 2012.

67 윌리엄 W. 앳킨슨, 앞의 저서에서 재인용.

68 네이버 지식백과 시사상식사전, 박문각.

69 크리스토퍼 존슨 저, 노정태 역, 마이크로스타일: 소셜미디어 시대의 글쓰기 가이드, 반비, 2011.

70 신윤천, 브랜드 네이밍 따라잡기, 마케팅 제48권 제9호 통권548호, 2014.9, pp. 29 – 39.

71 양승훈, 박희정, 지역브랜드 네이밍의 언어유희 표현 : 브랜드슬로건, 캐릭터, 농수산물공동브랜드를 중심으로, 한국농어촌관광학회, 농어촌관광연구 제19권 제1호, 2012.6, pp. 119 – 131.

72 박경철, 문화콘텐츠 캐릭터의 네이밍 개발을 위한 방법 연구, 한국만화애니메이션학회 제15호, 2019.05, pp. 193 – 206.

73 크리스토퍼 존슨, 앞의 저서에서 재인용.

74 다산 정약용 저, 박석무 역, 유배지에서 보낸 편지, 창비, 2009.

75 송경동 저, 사소한 물음들에 답함, 창비, 2009.

76 연합뉴스 2014.09.15.

77 츠지야 켄지 저, 송재영 역, 홍차를 주문하는 방법, 토담미디어, 2013.

78 이병초 저, 살구꽃 피고, 작가, 2009.

79 안정효 저, 안정효의 글쓰기 만보, 모멘토, 2006.

80 http://www.busanilbo.com/news2000/html/2007/0605/030020070605.1007103305.html

81 http://news.donga.com/3/all/20110603/37746566/1

82 http://www.hankyung.com/news/app/newsview.php?aid=2014122990347

83 빈센트 라이언 루기에로, 앞의 저서에서 재인용.

84 박경남 저, 우물쭈물하다가 내 이럴 줄 알았다, 포럼, 2009.

85 랍비 조셉 텔루슈킨 저, 김무겸 역, 죽기 전에 한 번은 유대인을 만나라, 북스넛, 2012.

86 랍비 조셉 텔루슈킨, 앞의 저서에서 재인용.

87 이승진, <갈등> 모티프 스토리텔링, 한국브레히트학회, 브레히트와 현대연극 제22권 pp. 367－386.

88 가브리엘 가르시아 마르케스 저, 송병선 역, 붐 그리고 포스트붐, 예문, 2005.

89 빈센트 라이언 루기에로, 앞의 저서에서 재인용.

90 크리스 쉴링 저, 임인숙 역, 몸의 사회학, 나남출판, 2000.

91 윤조원, 여성의 교환과 상징적 폭력－부르디외의 논의를 중심으로,『여성의 몸: 시각 쟁점 역사』, 한국여성연구소, 창비, 2005.

92 조은경, 한영균, 텍스트 말뭉치의 주제와 주제어 분석 －세종 문어 말뭉치를 중심으로, 한국텍스트언어학회, 텍스트언어학 37권0호, 2014, pp. 201－232.

93 신지연, 주제 분석과 텍스트 유형, 한국어의미학회 제36호, 2011.12, pp. 189－202.

94 이삼형, 설명적 텍스트의 내용 구조 분석 방법과 교육적 적용 연구, 서울대 대학원, 교육학박사 학위논문, 1994.

95 로렌스 빈센트 저, 박주민 역, 스토리로 승부하는 브랜드 전략－브랜드에 숨어있는 신화찾기, 다리미디어, 2003.

96 로렌스 빈센트, 앞의 저서에서 재인용.

97 헤더 리치, 로버트 그레이엄 저, 윤재원 역, 창의적인 글쓰기의 모든 것, 베이직북스, 2009.

98 폴 스미스 저, 김용성 역, 스토리로 리드하라, IGMbooks, 2013.

99 진상범, 주제학의 관점에서 한 독문학에 나타난 사랑관, 한(恨)과 내면성 비교시론, 세계문학비교학회, 세계문학비교학회 학술대회, 2012.11, pp. 65－80.

100 로널드 토비아스 저, 김석만 역, 인간의 마음을 사로잡는 스무가지 플롯, 풀빛, 1998.

101 김만수 저, 스토리텔링 시대의 플롯과 캐릭터, 연극과 인간, 2012.

102 조나 삭스 저, 김효정 역, 스토리전쟁, 을유문화사, 2013.

103 조나 삭스, 앞의 저서에서 재인용.

· 참고문헌 ·

가브리엘 가르시아 마르케스 외 저, 송병선 역, 붐 그리고 포스트붐, 예문, 2005.

강민경, 대학 글쓰기 교육에서 창의성 향상을 위한 한 방향: 쓰기 전 활동인 고정관념 깨뜨리기 수업 모형을 중심으로, 한국비평문학회 Vol.－No. 45, 2012, pp. 205－231.

강혜선 저, 여성한시선집, 문학동네, 2012.

글렌 그리핀, 데보라 모리슨 저, 권재식 역, 광고 천재들의 아이디어 발상 비법노트, 비즈앤비즈, 2014.

김만수 저, 스토리텔링 시대의 플롯과 캐릭터, 연극과 인간, 2012.

김명석, 한국인 1인당 라면소비, '모디슈머' 열풍 속 짜파구리↑, TV REPORT, 2014.12.21.

남상권, 『12월 12일』의 글쓰기와 감정이입, 한국문학이론과 비평 9권3호 제28집, 2005.9, pp. 345－370.

네이버 지식백과 시사상식사전, 박문각.

닐 D. 버나드 저, 김영선 역, 뇌를 위한 파워푸드, 부키, 2013.

다산 정약용 저, 박석무 역, 유배지에서 보낸 편지, 창비, 2009.

다카하시 마코토 저, 조경덕 역, 창조력 사전: 아이디어 개발과 문제 해결을 도와주는 88가지 기법, 매일경제신문사, 2003.

동효정, 신상품까지 낳는 모디슈머의 힘, 데일리한국, 2014.08.21.

랍비 조셉 텔루슈킨 저, 김무겸 역, 죽기 전에 한 번은 유대인을 만나라,

북스넛, 2012.
로널드 토비아스 저, 김석만 역, 인간의 마음을 사로잡는 스무가지 플롯, 풀빛, 1998.
로렌스 빈센트 저, 박주민 역, 스토리로 승부하는 브랜드 전략－브랜드에 숨어있는 신화찾기, 다리미디어, 2003.
로버트 루트번스타인, 미셸 루트번스타인 저, 박종성 역, 생각의 탄생, 에코의서재, 2007.
로버트 서튼 저, 오성호 역, 역발상의 법칙, 황금가지, 2003.
마리사 앤 저, 이세진 역, 크리에이티브 데이(내 안의 창의성을 일깨우는 주1회 프로젝트), 컬처그라퍼, 2014.
말콤 글래드웰 저, 노정태 역, 아웃라이어, 김영사, 2009.
메리 J 로어 저, 남인복 역, 생각관리, 부글북스, 2010.
미하이 칙센트미하이 저, 노혜숙 역, 창의성의 즐거움, 더난출판사, 2003.
박경남 저, 우물쭈물하다가 내 이럴 줄 알았다, 포럼, 2009.
박경철, 문화콘텐츠 캐릭터의 네이밍 개발을 위한 방법 연구, 한국만화애니메이션학회 제15호, 2019.05, pp. 193－206.
박미영, '골빔면' 인기에 이색 콜라보 음식 쏟아진다, 디지털 타임스, 2014.08.04.
박재호 저, 창조의 심리학, 영남대학교출판부, 2007.
배준호, ['주식회사 미국'도 주총 시즌] "겨울왕국·스타워즈 속편 만들 것… 4년동안 마블 영화 11편 나온다", 신작 발표한 아이거 디즈니 CEO… '어벤져스 2' 예고편 공개하자 주가 3% 상승, 이투데이, 2015.03.19.
버나드 골든 저, 강미경 역, 생각을 생각하다, 북폴리오, 2010.
빈센트 라이언 루기에로 저, 박중서 역, 생각의 완성(창의적이고 비판적인 생각의 바이블), 푸른숲, 2011.
빌 루어바흐, 크리스틴 케클러 저, 홍선영 역, 내 삶의 글쓰기(기억을 회고록으로 아이디어를 에세이로 삶을 문학으로 담는 법), 한스미디어, 2011.
송경동 저, 사소한 물음들에 답함, 창비, 2009.
신윤천, 브랜드 네이밍 따라잡기, 마케팅 제48권 제9호 통권548호, 2014.9, pp. 29－39.
신지연, 주제 분석과 텍스트 유형, 한국어의미학회 제36호, 2011.12, pp. 189－202.
안정효 저, 안정효의 글쓰기 만보, 모멘토, 2006.
알프레드 아들러 저, 라영균 역, 인간이해, 일빛, 2009.
앤드루 로빈슨 저, 박종성 역, 천재의 탄생－10년의 법칙, 학고재, 2012.
앤디 프랫·폴 제프컷, 문화경제의 창의성과 혁신, 한국문화관광연구원, 2010.
앤서니 웨스턴 저, 이주명 역, 창조적 비판의 요령, 필맥, 2007.
양승훈, 박희정, 지역브랜드 네이밍의 언어유희 표현: 브랜드슬로건, 캐릭터, 농수산물공동브랜드를 중심으로, 한국농어촌관광학회, 농어촌관광연구 제19권 제1호, 2012.6, pp. 119－131.
연합뉴스 2014.09.15.
윌리엄 W. 앳킨슨 저, 박별 역, 성공을 부르는 기억의 힘, 나래북, 2012.
윤조원, 여성의 교환과 상징적 폭력－부르디외의 논의를 중심으로, 『여성의 몸: 시각 쟁점 역사』, 한국여성연구소, 창비, 2005.
이병초 저, 살구꽃 피고, 작가, 2009.
이삼형, 설명적 텍스트의 내용 구조 분석 방법과 교육적 적용 연구, 서울대대학원, 교육학박사 학위논문, 1994.

이승진, <갈등> 모티프 스토리텔링, 한국브레히트학회, 브레히트와 현대 연극 제22권 pp. 367－386.

이용성, 버려진 음식으로 1만명 먹여…영 '사회적 식당'의 의미있는 실험, 조선비즈, 2014.12.17.

이재승 저, 글쓰기 교육의 원리와 방법, 교육과학사, 2002, p. 276.

자넷 룬고 저, 김병희 역, 창의성을 키우는 365일, 나남, 2009.

자비에르 드 메스트르 저, 장석훈 역, 내 방 여행, 지호, 2001.

정영일, 식품업계, "고객에게 새로운 레시피 아이디어를 얻다"…모디슈머 콘테스트 마케팅, 메트로신문, 2014.09.19.

제임스 웹 영 저, 신인섭 역, 아이디어를 내는 방법, 커뮤니케이션북스, 2014.

조나 삭스 저, 김효정 역, 스토리전쟁, 을유문화사, 2013.

조은경, 한영균, 텍스트 말뭉치의 주제와 주제어 분석 －세종 문어 말뭉치를 중심으로, 한국텍스트언어학회, 텍스트언어학 37권0호, 2014, pp. 201－232.

진상범, 주제학의 관점에서 한 독문학에 나타난 사랑관, 한(恨)과 내면성 비교시론, 세계문학비교학회, 세계문학비교학회 학술대회, 2012.11, pp. 65－80.

채널A 시사인사이드, '서울광장 멍때리기 대회' 우승 비법은?, 2014.10.28.

최낙환, 임아영, 영화의 동감과 감정이입을 유발하는 캐릭터의 기능성 요인과 매력성 요인, 한국산업경제학회, 산업경제연구 제24권 제1호, 2011.02, pp. 539－574.

츠지야 켄지 저, 송재영 역, 홍차를 주문하는 방법, 토담미디어, 2013.

칼 구스타브 융 저, 권오석 역, 무의식의 분석, 홍신문화사, 2007.

크로플리 저, 이경화, 최병연, 박숙희 역, 창의성 계발과 교육, 학지사,

2004.

크리스 쉴링 저, 임인숙 역, 몸의 사회학, 나남출판, 2000.

크리스토퍼 존슨 저, 노정태 역, 마이크로스타일: 소셜미디어 시대의 글쓰기 가이드, 반비, 2011.

토니부잔, 배리부잔 저, 권봉중 역, 토니부잔의 마인드맵 북, 비즈니스맵, 2010.

토렌스 저, 이종연 역, 창의성과 교육, 학지사, 2005.

폴 스미스 저, 김용성 역, 스토리로 리드하라, IGMbooks, 2013.

해럴드 블룸 저, 손태수 역, 세계문학의 천재들(사람이 알아야 할 모든 것), 들녘, 2008.

허버트 마이어스, 리처드 거스트먼 저, 강수정 역, 크리에이티브 마인드, 에코리브르, 2008.

헤더 리치, 로버트 그레이엄 저, 윤재원 역, 창의적인 글쓰기의 모든 것, 베이직북스, 2009.

황지우 저, 나는 너다, 문학과지성사, 2015.

황희수 저, 아이디어발상 A To Z, 내하출판사, 2003.

Amabile, The social psychology of creativity, Springer-Verlag, 2011.

Eberle, Bob, Scamper: Creative Games and Activities for Imagination Development, Waco, TX:Prufrock Press, 2008.

Florida, Richard L, Cities and the creative class, New York ; London : Routledge, 2004.

Graham Wallace1858-1932 The art of thought 1926.

Gruber, Howard E. "The evolving systems approach to creative work." Creativity Research Journal 1.1, 1988.

James C. Kaufman 저, 김정희 역, 창의성 101, 시그마프레스, 2010.

Kozbelt, Encyclopedia of creativity, v. Vol II, Runco, Mark A. Pritzker, Steven R. Amsterdam, Elsevier, 2001.

Robert J. Sternberg, E.L.GRIGORENKO, J.L.SINGER 저, 임웅 역, 창의성 그 잠재력의 실현을 위하여, 학지사, 2009.

Runco, Encyclopedia of creativity, v. Vol I, Runco, Mark A. Pritzker, Steven R. Amsterdam, Elsevier, 2011.

Weisberg, I2 Creativity and Knowledge: A Challenge to Theories. Handbook of creativity, 1999.

http://news.donga.com/3/all/20110603/37746566/1

http://www.busanilbo.com/news2000/html/2007/0605/030020070605.1007103305.html

http://www.hankyung.com/news/app/newsview.php?aid=2014122990347

http://www.segye.com/content/html/2009/12/09/20091209001541.html

• 찾아보기 •

저자소개

홍 숙 영

이화여자대학교 졸업

프랑스 파리 2대학교 석사, DEA, 박사

창작: 단편소설 푸른 잠자리의 환영, 람페두사 잃어버린 섬, 시집 '슬픈 기차를 타라' 등

저서: '창의력이 배불린 코끼리', '매혹도시에 말걸기', '스토리텔링, 인간을 디자인하다'

논문: 다문화 TV 프로그램이 결혼이주여성에 대한 인식에 미치는 영향, 위기상황에서 스토리텔링의 구성방식과 효과에 대한 분석, SNS토론에 나타난 논증구조와 SNS 토론의 특징－네이버 밴드를 활용한 모바일토론을 중심으로, 공동체 라디오를 통한 다문화 인식개선과 스토리설계 방안 등

방송 출연: OBS 패널, 경기방송 옴부즈맨 프로그램 제작 및 진행

프로젝트: '텍스트가 된 인간'전 기획(이응노 미술관)

멀티미디어 시 전시회(대전프랑스 문화원)

서울디자인 재단 DDP 미션 메시지 개발

CBS VJ 양성 프로그램 진행

소설 쓰는 모임 MAG 동인

독서토론 클럽 '책 읽는 사람들' 운영

제자들의 글쓰기 모임 '생글생글' 지도

생각의 스위치를 켜라 –창의적인 글쓰기 프로젝트

초판인쇄 2015년 10월 16일
초판발행 2015년 10월 28일

지은이 홍숙영
펴낸이 안종만

편 집 배근하
기획/마케팅 정병조
표지디자인 김문정
제 작 우인도·고철민

펴낸곳 (주) 박영사
서울특별시 종로구 새문안로3길 36, 1601
등록 1959. 3. 11. 제300-1959-1호(倫)
전 화 02)733-6771
f a x 02)736-4818
e-mail pys@pybook.co.kr
homepage www.pybook.co.kr
ISBN 979-11-303-0243-0 93800

정 가 18,000원